第六屆魯迅文學獎獲獎作品

回鹿山

侯健飛 著

昌明文化

這是一個父親的全部而不是一個老兵的全部……

—— 獻給父親，以及所有解甲歸田的先輩
　　同時獻給成長中的兒女們

目 次

前　言

侯健飛

　　1988年9月，貧病交加的父親被肺病奪去了生命。那年他六十五歲。2003年元旦前一天，岳父去世，也是肺病，他只有五十九歲。這篇以「父親」為主人公的作品，就起筆在2003年春夏之交。那段日子，中國正經歷著一場空前駭人的瘟疫──「非典型肺炎」，而岳父的所有症狀都與「非典」無異。

　　可以想見，我當時是怎樣一種心情，雖然我不能向家人說出擔心，但我不得不在內心做好最壞的打算，因為，岳父臨終前一段日子，親人們時刻守護在他身旁。

　　等待不幸和死亡降臨是一種多麼特殊的心理體驗，心在某一刻突然寧靜下來……

　　瘟疫的不可控制，生命的脆弱，兩個父親的過早離世，這一切就像發生在一夜之間。當時，北京很多所學校停課了，十二歲的兒子卻什麼都不懂，他把自己關在屋裡，滿頭大汗地玩著電子遊戲機。

　　稿子寫完了，只有十三四萬字，一直不敢拿給人看。放了兩年，用化名呈給同事王瑛女士。因為她辦雜誌辛苦，一直沒有時間讀。有一天，稿子被她放在衛生間的洗衣機上，卻被她的先生王樹增如廁時順便看了……當天晚上，我接到樹增兄的電話，給了恰當的表揚，也提出很好的建議。鼓舞就是力量。2006年，我把稿子又呈給另一個同事殷實兄長，他是一位詩人，也是一位有

獨立品格的批評家。一個月後，殷實退還稿子時，附上了四五千字的文章：〈假如軍人無功而返〉。

殷實兄的肯定和鼓勵，讓我慚愧，也讓我重拾信心並有所覺悟。

確然，戰爭並沒走遠。中華人民共和國的建立，人民付出了巨大的代價。成千上萬個官兵死了，也有很多人靠勇敢、智慧和運氣活了下來，其中只有極少數人，最終成了金字塔頂尖部分。而那些僥倖活下來、解甲歸田的老兵，卻生活艱難，晚景淒涼。老兵們不是英雄，更不會成為卡萊爾筆下的英雄；這些寂寂無名的人，即使羅蘭再世，也不會成為他筆下的巨人；他們不需要軍禮，不需要墓碑，甚至連自己的名字也不需要。這些被稱為「卑賤者」的靈魂，飄蕩在山谷和野草間的靈魂，痛苦而喑啞的靈魂，卻把「不要仇恨」的遺願傳給下一代，又下一代，這是一種多麼頑強又高貴的品質——然而這一切，都不是我在寫作時想到的，我沒有這種高遠，更不會這樣深邃。父親在兩場戰爭中的作用也許是無足輕重的，雖然各有一顆子彈擊穿了他的身體。我甚至不知道，戰爭留給父親的回憶是快樂還是悲傷，但我終於明白，作為一個弱小的父親，眼見一個拼命尋找人生出路的兒子走到懸崖邊兒上，他再次向命運妥協了——他堅定地把兒子送進了軍營。這就是一個父親的全部而不是一個老兵的全部。西方有句話，大意是，父親和兒子的感情截然不同，父親的愛是兒子本人，而兒子的愛則是對父親的回憶，僅此而已。假使如樹增、殷實諸兄，在作品中讀出了大體上的另一個或另一些父親——千百個像我父親一樣的老兵故事，我當然是榮幸的，我願意眼含熱淚地向這些父親致敬！

紀實寫作必須忠實於記憶。何況這些記憶中的事實並沒有成為過去。歷史就是現實的血脈，忘記過去，蔑視貧賤，讓為國家流血的人流淚，並且讓他們的子孫因嫉妒和仇恨步入歧途，甚至甘冒上斷頭臺之險……這一切，不僅直接威脅著當下的國家生存，民族未來更可堪憂——如果說，幾位老師和友人的感受喚醒了我的某種覺悟，我也願意真誠而惴惴地把此篇紀實性很強的文章（或叫非虛構作品）推薦給有緣的讀者。

在此，我要特別感謝大龍樹（廈門）文化傳媒有限公司和廈門墨客知識產權代理有限公司的賞識和厚愛，特別是婁珮蕾和朱維兩位小妹的舉薦，讓這樣一本薄薄的小書同臺灣同胞見面，這是我的榮幸，更是我寫作的榮耀。

這本書在大陸由人民文學出版社出版，兩年後忝獲魯迅文學獎。回鹿山是地名儿，我的出生地，美麗而荒涼，那也是我父母親葬身的地方，這個獎或可是對他們的一次安慰。

臺灣繁體字版增加了禪者林谷芳先生的序文和汪守德、朱向前兩位賢達的跋文。林先生是臺灣著名學者，他與我的緣分，真是一言難盡。先生序文雖短，卻意味深長。汪、朱兩位先生於我，亦師亦友，多年提攜幫助，沒齒難忘。另外，也感謝畫油畫的兒子侯恕人，他幾年前畫了一幅我的肖像，取名《父親》，我很歡喜，就把此畫拿來充當作者像，畫名和書的內容倒也契合，像是天意。

我不太熟悉臺灣文學市場的境況，很擔心出版公司出版這樣陽春白雪的小眾作品會賠錢，那就讓我以文學的名義，以親情、友情的永駐，來報答所有為此著付出金錢和勞動的朋友們！

最後，請允許我以這個版別的戔戔小著向剛剛辭世的前輩作

家陳忠實致敬，他不認識我，但我會永遠懷念這位樸實無華的作家，願先生在天國安好。

2016年5月8日於北京三鏡齋

序一
追憶與救贖

林谷芳（臺灣知名東方文化學者、音樂人、禪者）

人有過去，有過去就有記憶。但記憶很奇怪，不是那些生命中驚天動地或關鍵轉折的才會被記憶，更多時候，我們想起過去，浮起的，竟都是些不重要乃至不著邊際的小事。

這是一本作者回憶過去的書，除了書末寫及家人在戰爭中的戲劇性遭遇外，通篇盡是「小事」。而這小事，也不有趣，只是些偏鄉中貧苦人家的日常關係，可奇的是，你就會被它吸引。

吸引，也許來自我們多數人，或更甚地，所有生命的本質原就如此平常；但吸引，相信也來自作者那如實的自述。這如實甚至包含即便父親已逝，仍不時出現的猶有其怨的行文，但無論如何，質樸，甚而有時還顯粗陋，可卻直接映現作者性格的文字，就讓我們看到了真實。換句話說，我們許多時候看到的故事，果真只是個「故事」而已，它總過多的修整，不只是情節的修整，也是語調行文的修整，而作者原有足夠的這種能力，但他卻讓故事，就只回到了「過去的事」這個原點。可卻由此，反而讓我們面對了一個個活生生的日常生命。而這生命，儘管活在偏鄉，儘管仍係經由作者口述，卻都能與我們的日常對應起來。

吸引，當然也來自記憶——尤其是追憶，常就是生命的一種救贖。這救贖不一定就真緣於愧對過去，而只是經由追憶，過

往的種種乃得以有它生命中該有的位置，而當這些位置擺對了，我們乃能將那一直伴隨我們生命的「結使」放下。

「因結而使」，這些結使往往是我們今天之所以成為我們的主要力量，而透過放下，或許生命乃能真正地告別過去，或許也就真正地接納了當前，但無論是告別還是接納，過往內心的催逼卻已不再是無名的糾結，你，由此也真正有了新的人生。

結使，正如記憶，不一定來自那關鍵乃至驚天動地的過往，有時，它只是恰好在臨界點出現的小事，有時，是事雖小卻正好觸到自己生命獨有的幽微，有時，則是長期積累的結果。而正如本書，除開最末，通篇雖說盡是小事，但這些小事，卻就是作者敏感心靈的全部，長期積累，就型塑了他近乎難以擺脫的生命性格。而其實，我們生命不也盡多這樣的結使在！

正因是難以擺脫的生命性格，所以行文用字，作者乃直接吐露著他對這些親人的愛憎，但也因此，他才更清晰地看到自己與父親之間的關係模式，竟就如此活生生地被複製在自己與兒子之間。而在此，追憶與書寫，容或還不足以讓生命真徹底跳出，但這點如實知其因的面對，就讓作者在現實上有了生命的一轉。

這轉，我是親眼看見。侯健飛做我美學著作《諦觀有情——中國音樂裡的人文世界》而與我相熟，可是小侯——我總如此叫他，卻原是個對音樂一竅不通的人，他做，只因同為文化界，年輕的孫小寧熱忱的推介，他做，更因為覺得中國音樂需要這樣的經典錄音與美學詮釋。就如此，大的資金籌措不說，細部種種的準備不談，只為了壓碟片，他可以吃的睡的都極簡陋，孤身一人在深圳個把月，與相關江湖人士周旋，只為確保音樂的品質。這樣的性格，說理想，說衝動，說純真，說執拗，你盡可以就此

談他，但沒這精神，一個當年還年輕的小編，又如何能促成這非
時潮，卻包含兩本書、十片錄音光碟的大部著作，跨海在當時經
濟尚未起飛的大陸出版，且引致一定的社會反響。

　　我是瞭解他這性格的，而這瞭解原是從他與我的具體接觸而
得，但要直到讀了這本書，也才知我的瞭解仍只是表面而已。原
來，朋友每覺得他太執拗自限而又無以幫他，但如今我卻看到，
因這書之成，他與兒子之間的關係乃得以緩解，甚至翻轉解套。

　　緩解、翻轉，乃至整體解套，往往不是片段性的追憶所能
完成的。而這書，正是作者整體全然的追憶，且更甚地，也就因
這整體全然，才有了書末歷史謎題的得解。這歷史性、戲劇性的
一段，誠令人唏噓，而由這深深觸動人心的波瀾相映前十分之九
的貧困平常、細瑣微小，卻就使得兩者都有了更深一層的意義。
「大時代中的小人物，」對這大家常說的詞語，讀者因此也就更
能有其不同於以往的觀照。儘管，不是每個人的追憶最後都能有
此戲劇性的一筆，但芸芸眾生的日常起落，卻常就關聯著一定的
大背景，我們能看到這背後的種種，也才能真正領受生命在此的
卑微，而能領受這樣的卑微，對諸多生命的樣態與因緣也才會有
真正的同情，也才能在這卑微中有真正的超越！

序二
假如軍人無功而返

殷 實（詩人、評論家）

　　大約每個成年以後的男子，心中都多少有那麼一筆關於自己
和父親關係的糊塗帳，這遲遲未了或已經再也得不到機會了結的
帳，相類於某種心病，是很難徹底痊癒的。有一天，當他們忽然
開始念叨父親，歷數父親的修為、品格和生命故事時，多半是自
己也在做著一個有點心煩意亂或躊躇滿志的父親的時候。果真如
此的話，他對心目中父親形象的描述，必然是帶有追悔、反省、
自我辨析等複雜成分的單方面行為，而不是生發了通常意義上所
說的對父親的愛之類。尤其當被不受約束地評說的那個對象（父
親）已經永遠地離開，對任何的臧否均不會予以回應時，就更是
如此。提說父親可以用來觀照自己，檢點父親甚至可以為自己某
些不夠理想的現況尋求支援，等等。這就是《回鹿山》這篇紀實
色彩濃厚的作品讓我想到的。
　　我很喜歡推動作者提筆寫作的那個理由：名流、政客和富豪
們被樹碑立傳的確已成慣例，那些「地位卑微、生活平常」的人
的生平卻得不到照顧，總是被荒廢。當已被公認的大人物們在成
功與輝煌的頂層還要塗抹上炫目的乃至神祕的光圈之時，無名之
輩們的平凡平庸似乎就更顯其瑣碎低下和微不足道，偉大的愈發
偉大，卑微的更加卑微，這真是古怪而且殘酷。

　　《回鹿山》為之作傳的這類「父親」，在中國有千百萬之
多，他們是地道的卑微者，註定要像塵埃一般遭無視。不久前的
一期《南方週末》上刊登過一位民國老兵的故事，這位九旬老人
的抗戰經歷，眼見就要被他帶到另一個世界裡去了，他的不為人
知，皆因為他已被釘牢在「平民」的位置上不得動彈。被記者挖
掘出來的他的「傳記」內容僅僅是：「老兵胡俊才，抗戰時駐四
川梁山機場空軍上士，現重慶市梁平縣梁山鎮八角村農民。」不
知道為什麼，讀完該老兵在日軍炮火中搶修機場的故事，我突然
想到了張學良，這個終身囚徒可謂聲名顯赫，他的從捉蔣到戀愛
的種種事蹟，讓芸芸眾生們陶醉不已，關於他的書出了又出，影
視等媒介亦是不斷地花樣翻新。很顯然，這裡存在著某種巨大的
不公：人們總是接受這個而拒絕那個，俯仰自己並不十分知曉的
紅人而睥睨甚至鄙視身邊的普通百姓。囚徒張學良終會被加冕為
「世紀老人」、「風雲人物」之類，禮拜了又禮拜，風光至死，
老兵胡俊才之流則始終分文不值，以至會完全被忽略不計。這一
愚蠢的法則由於庸眾本身的心理原因是不可能得到改變的，所
以，生命的平等就只是一句真理意義上的空話。多年以前，莫言
開創了有關「我爺爺、我奶奶」等草民們的抗戰敘事，其意義之
重大，完全超出了文學之外：對土地和家園的某種熱血感情，有
時候完全出自天然，而非何種理性的社會精神（意識形態）指
引。但是，畢竟莫言的小說仍相關著抵禦外辱的宏大主題，相形
他對中國軍事文學思想解放的實質性貢獻，無疑會喧賓奪主，所
以，其劃時代意義幾乎被忽略了。從莫言再往前一步，去揭開凡
夫俗子們暗淡悽愴的個人歷史，去還原沒有地位、沒有勳章的戰
士們的落泊寡歡，那就是更上層樓，而《回鹿山》正包含有這樣

的企圖，無論作者有意與否。

《回鹿山》奇怪地只寫父親的那些令人不可忍受的缺陷：狂躁、陰鬱、潦倒，依賴麻醉品，以及對兒子的暴力行為等等，作者看上去簡直是在自曝家醜，有關父親的早期經歷，不是語焉不詳，就是一帶而過，總之作品中那個驚魂不定的兒子看到了什麼，讀者就看到什麼。至於戰爭故事、戎馬生涯，在幾乎有一點俄狄浦斯情結的兒子看來，不過是謊言。而實際上，「父親四十五歲前有兩個名字，兩種生活，故事是傳奇而迷亂的，包括戰爭經歷和情感世界，四十五歲後父親只剩下一個名字，這時他成為真正的鄉民。」在一些簡略的交代中我們得知，這位父親早年曾參加共產黨領導的抗日部隊，有一次中彈負傷，後來又參加了遼沈戰役，再次負傷，並升至營長。在我們經常能看到的情形中，一個人由於曾經出生入死地戰鬥過，不管他現在仍非常尊貴地活著，還是已經十分榮耀地善終，他的過去簡直就是一座挖掘不盡的富礦，什麼都可以找得到；反之，一個被命運捉弄，讓生活折磨到山窮水盡的角色，他眼下的不光彩就成了他一生失敗的證據，他若繼續活著則壓根就是讓悲哀加劇，讓自己出更多的洋相。

為《回鹿山》所秉持的這種冷敘述尋求開脫的最好方法，是相信作品本文中告訴我們的一切，至於隱含的、刻意避諱的或者是本來就不太清楚的東西，那就是沒有，不存在，像崔健歌中所唱的：「聽說過，沒見過」。作者之所以「冷」，是因為他從未感受到過「熱」，這是由生命本身的色調決定了的：「我」睜開眼睛，看到的就是一個沒有任何足以產生驕傲和自豪感的父親，一個貧窮、失意、落拓的男人。這種情況下，強調所謂光榮

的過去非但沒有意義，弄不好反而會招致嘲弄、羞辱。另外，在
既定社會情勢下，通過追討過去的所謂貢獻、功勞來尋求救濟，
既難於上青天，且不是一個襟懷樸直的底層人士意願所為的：既
然已經放棄了，那就再也不存在、沒有理由重提。這類情操我們
相當熟悉。每一場戰爭結束後，都會有許多人解甲歸田，他們一
般都不以功臣自居，而是覺得，終於不打仗了，可以回家過正常
的生活了，參加戰爭，那是迫不得已的差使，幹完了就好。我們
一定記得在某些場合，當某個功成名就者在訪問他們戰鬥過的貧
困老區，看見那裡的人們生活仍艱辛困頓時，往往會發出「這裡
的人民多好」之類的感歎，有時甚至不禁聲淚俱下。人民當然是
好的，而且永遠是好的，可是人民也是由一個一個有血有肉的個
體組成的，只不過這些個體與世界上任何其他民族中的個體相比
較，都更缺少自我意識，更缺少自我實現的強烈願望而已。《回
鹿山》中的父親，正屬於這樣的人民中的一分子。

　　遼瀋戰役結束後父親的回鄉，看來是這個老兵厄運的開始。
他因為完成婚約，因為憧憬安寧的生活，因為想著在自己眷戀的
故土上做點什麼，又或者像作者推測的那樣，是徹底厭倦了戰爭
和殺戮，總之他可以說是自動放逐，前功盡棄，人生由此根本轉
向。相比在「四清」、「文革」等政治運動中有驚無險的磨難，
更可怕的其實是差不多持續終生的赤貧。作者的觀察敘述正是從
這裡開始的：一個說不清自己歷史的父親，沒有榮譽，沒有名
分，沒有「待遇」，沒有本事，總之沒有任何證據可以表明他此
前的經歷到底是值得尊敬還是根本無足輕重，不必掛齒。看起
來，這像是刻意的隱瞞，又像是無情的埋沒。其實，這裡沒有什
麼可供界說命運不公的明確理由，或者說，是看不到清楚呈現人

生怎樣被歪曲、從而可還以清白的一定之規的。在中國,我們至多會聽到一句話:「那都是歷史造成的。」這就是生活本身的邏輯。

如此一個狼狽地應對紛亂家庭局面的父親,當然不會讓兒女們滿意,他在任何情況下提到自己的戰爭經歷都必定會招致懷疑嘲弄,被認為是編造。事實上,作品中的這位父親對自己的光榮歷史也始終保持了緘默,他只在臨終前才向兒子提到自己當年服役的具體部隊:冀察熱遼軍區三團二營。當時他是二營營長,最親密的戰友是師長張澤,外號張黑子,這些其實都有據可考。令人驚異或者說震撼的地方在於,不經意間,他還說出了自己和兄長、姪子(也就是作者的二伯、堂哥寶山)在中條山戰役邂逅的事實。而關於自己家族中的這兩位烈士,從父親口中所知道的,也只是二伯失蹤,堂哥被「燒了」而已,他並未曾多有一句話置評!這種低調再次使我們想到中國的農民,他們老實本分到近乎愚蠢,從不知道自己應該要求什麼,也不知道自己的基本權利。仿佛自己來到這個世界就是為了聽天由命地生存,任憑操縱擺佈,卻照單全收被加諸於自身的一切責任、代價甚或災難;我們更不由要想到那些農民中的少數佼佼者:他們在關鍵時刻似乎長出了翅膀,飛離土地而去,令繼續留在土地上的人們瞠目,他們也許根本就是混在農民隊伍中的異類。《回鹿山》在一定程度上揭示了這樣的真相。父親來自農民,歸於農民,他生活於本可化腐朽為神奇的歷史中,他所處時代的變幻風雲極有可能鑄造他為另一個父親,另一個人物,但他偏遭遺漏,竟被拋出歷史、時代之外,成為眼前這個父親。

外國文學中的兩個案例在這裡值得提及:《無名的裘德》

和《冷山》。前者中主人公自求真誠的生活信念，艱辛歷盡，仍不見容於虛偽殘忍的英國世俗社會，導致悲劇性下場；後者寫一個軍人為高於戰場廝殺的純淨意念牽引而離開前線，曲折返鄉與自己愛人相聚。顯然，兩部作品均與個人主義傳統深厚的西方價值觀念有密切聯繫，只不過，《無名的裘德》中裘德表兄妹的失敗，更多對早期保守社會中風尚流俗的揭露，而《冷山》所展示的生命立場，則純屬當代美國極端個人化世界「風格」的末端。總的來看，這兩部作品都強調了自我抉擇的毋庸置疑的價值，當我們試圖作一點比較的時候，就會發現，無論我們的現實、我們的世界觀念，還是在我們的文學中，都較少對個人價值的清晰定義、明確推崇。即便在今天，我國文學中仍大量充斥著將人作為符號，或是作為觀念的玩偶的可悲狀況。不過，在稀見自我抉擇的大多數中國農民的身上，我們倒是可以看到一種可以稱之為自我承擔的精神。對於降臨到他們生活中的任何苦難，他們都會接受下來，仿佛那都是自己的事，仿佛他們是完全孤立地生活在歷史之外，也就是一小片原始的「天地」之間，他們看上去不需要除個別親友、家族成員之外的任何援手。比如一個像《回鹿山》中的這樣父親，當民族危亡、國難當頭時，他就是理所當然的戰士，會不惜獻出生命以盡匹夫之責，一旦回到故土，回到自己的生活，他們就與自己一度曾經關切過的那個整體脫節了，自動將自己邊緣化。這在現代人類社會可以說近乎奇觀，但非常真實。

可想而知，在上述背景下，作者對自己父親的敘述面臨著什麼樣的困難，尤其是當自己作為這個父親生命的後果，卻並未在其蔭庇、慰藉中幸福成長的情況下。在近於支離破碎的回顧中，一個很早脫離了部隊的老兵的形象漸漸顯影，他的敵人是貧困，

是由貧困所導致的不穩定的人際關係、親情網路，最後是疾病和悄然的死亡。時間過去了很久以後，作者才恍然有所悟：這個沒有被典型化——有時甚至還可能是戲劇化——的老兵的故事，當然是平淡無奇的，與任何一個躬身於土地的農民沒有什麼兩樣，但是，這樣的一個農民卻同樣是富有寬廣襟懷、仁厚性格和憐憫之情的，他似乎從土地中獲取到某種天然美德，並以一己微弱之軀力行之：化解包括兒子在內所有人的發作和不滿，寬容對自己懷著近似敵意的鄰人，最重要的是，當與兒子同時報名參軍的幾個人，因傳聞入伍後要去廣西前線而打退堂鼓時，這位父親卻堅定地支持兒子，告訴他「保家衛國是不能含糊的事」，並最終遊說村支書同意兒子去部隊，這讓我們看到一個老兵真正的覺悟與情懷。在數落了父親的種種不是之後，以一個過來人的眼光，作者發現原來所有那些「缺陷」其實都不能稱之為真正的缺陷，幾乎沒有什麼是不可理解、不可原諒的，一如活著時的父親，用沉默和退讓抵擋生活全部的壓迫。那個在前線沒有帶回任何榮譽，既沒有創造什麼現實利益也不可能光宗耀祖的戰士走遠了，當兒子也作為一個仍在服役的軍人，審慎觀察那個卑微身影時，想到要為其寫一篇既無法感天動地，也不大可能使之聲名遠播的「傳記」，這就是《回鹿山》。

作品最大的啟發意義在於：我們當善待無名之輩。戰爭年代，在一場又一場的戰役中，許多人倒下犧牲了，只有很少幸運者在戰神護佑下成為人民功臣、國家元勳和集體記憶中的璀璨星斗，被歷史鄭重書寫，更多的人活著回到故鄉，由戰士還原為各式各樣的勞動者，命途不免崎嶇多舛，生活不免暗淡艱辛。他們是無功而返的軍人，卻不等於在戰爭中沒有自己的戰績和作為，

他們沒有勳章和可以證明自己「身價」的憑據之類，也壓根沒想過拿自己的「光榮歷史」兌換絲毫的幸福和榮耀，他們在故土完善自己的氣節，並將自己的生命融於故土，不要求評價，甚至連致敬都不需要。

1
父親在天堂

一想到那麼多富豪、政治家和名人被後人樹碑立傳，我就想到那些地位卑微、生活平常的父親。偶爾，一個老人的面孔就閃過腦際。我努力回憶，就像早年看過的電影中的某個人物，老人的形象既清晰又模糊，他就是我的父親。

嚴格說來，父親在我眼裡一直是老邁的，即使少不更事，我也不曾覺得父親有多麼強大，我喜歡父親講的故事，卻從來沒有崇拜過他，雖然，在懵懂少年時，父親還處在人生最燦爛的年月。

那時，父親是生產隊長，享有小小權力帶來的樂趣。

在我成人之前，就差不多知道了父親有一個不光彩的故事──與母親之外的另一個女人有關，我開始對父親產生了某種憎惡。這種感情持續了好多年，直到父親在我眼前變得衰老，更加衰老，然後生病，最後死亡。

遠遊異鄉快三十年了，所有熟悉我的人，都不曾聽我提到過父親。如果我足夠誠實，我必須承認，在父親過世後的十幾年裡，我還常常為父親一生中的某些經歷感到隱隱的難堪和不快。

我不曾真正愛過父親，不知道這是父親的悲哀，還是我自己的悲哀。

歲月易老，人就容易悲傷，而悲傷這個詞，似乎惟有中文才

能表達，它與親人的生離死別有關。偶然的一天，我腦海陰霾的天穹突然被一道閃電劃破，年少某個時段的記憶全部復活了——幾乎全是關於父親的故事，這是我始料不及的。隨著往事的復活，我逐漸產生一種隱痛般的愧疚感，覺得自己很失孝道，既沒有好好珍惜與父親共度的時光，也沒有好好愛過父親一回。難過之後才意識到，原來，我可以從來不在人前提到父親，但一個父親的往事，永遠不會被兒子遺忘，這就是父與子的某種宿命。

過去一去不返，人生就是這樣，不管是對是錯，往事並不能改變。誰都可能用哀傷和懺悔的心回憶故人，但這並不能真正救贖什麼。我自己也一樣，因為，在父親眼裡，我這個兒子雖然不怎麼優秀，但還不算太壞；我也有太多讓父親失望傷心的地方，幸好這些俱成往事。現在，我再次與父親重逢，平靜而祥和。儘管我在人間，父親在天堂，父子相距遙遠，可我相信，天堂裡有一雙眼睛總看著我，那是父親的眼睛。

2
哨子刀

　　某一天，我在家裡心急火燎地尋找起父親的遺物來——我很容易就找到了那張合影，那是1988年夏天，父親被我接到承德某軍醫院住院，在一個陽光充足的中午，父子倆在大佛寺前留下這張照片。

　　我從書櫥裡拿出這張照片，走到窗前認真端詳著。父親的形象依舊，眉眼卻怎麼也瞧不清楚。一陣酸楚上來，熱淚開始在我眼裡打轉，就好像剛剛得到父親的死訊，我幾乎不敢相信，那個謎一樣的父親真的已經與自己陰陽兩界。

　　最後，我在書房的角落裡找到了那把哨子刀。這把被灰塵掩蓋了許久的刀，以它特有形制蟄伏著，像一個沉睡了百年的武士突然被驚醒。我費了好大勁才打開這把刀，一束清冽的寒光直刺屋頂。

　　哨子刀是滿洲有錢人家[1]的舊物，為趕車人專用。抗日戰爭和解放戰爭時期，北方部隊中有很大一部分是趕車人，也就是騾馬輜重分隊。這些特種士兵，都以擁有一把上佳的哨子刀為榮。

1　中華民國前滿族人自稱滿洲人。本書之後提到的滿洲人是從民族概念上理解的，不再注解。——編者注

父親曾在軍旅，卻從來沒有趕過大車，但在某一天，他得到了這把用最好的鋼鍛造的哨子刀。我知道，這把刀在父親的腰帶上懸掛了幾十年，它像一副鋼鑄的骨架，從1948年一直支撐著父親的肉體，也像一盞不滅的馬燈，照耀著一個老兵越來越灰暗的道路。

就在這一天，我萌生了寫寫父親的願望。我從軍前是一個文學青年，也許機緣巧合，也許命裡註定，我穿上了軍裝，但是，軍旅生活在我二十八歲時變了味兒，槍炮還沒操練熟悉，卻成了一個有些偏執的文學編輯。

我編輯出版過一些人物傳記，最有名的，算美國四星上將、前國務卿科林·鮑威爾的《我的美國之路》，財經大佬格林斯潘的傳記和影星格裡高利·派克的傳記，即使如此，我仍對名人傳記保留自己的看法。

其實，為平民敘事作傳，首倡者為胡適，但我非常清楚，當今社會是名利場，為普通人立傳雖然能夠做到，但要在讀者中產生影響幾近妄想；青年人的人生目標似乎只有一個，那就是名望的飆升和金錢的積累。在這樣的世界觀和人生價值標系裡，一個平民百姓的人生經歷，不管多麼與眾不同，與他人也毫無干係。

然而，當我打開哨子刀的瞬間，立即決定動筆寫寫父親，我想，不一定發表，就給自己看看。如果至親至近的人和三五好友能讀一回，已經很好了。

我為此文定下基調：忠實生活原態，儘管這是情感傷痛的一部分——雖然如此，我或許能在其中找到一種怎樣做父親、做什麼樣父親的建議和忠告。

但我不確定，九泉之下的父親是否願意我這樣做。

3
茅山之戰

　　我認為，關於人的出身，是有區別和不同的，這裡包含了政治、社會、民族、家庭、卑賤與高貴等各種詮釋。在1949年後，出身問題曾較長時間困擾著社會各階層。

　　二十世紀五六十年代出生的人，都在階級路線的杠杆下，被分成三六九等。家庭出身是必須明確的，對一個青年而言，各種表格上，「家庭出身」一欄後面的空格總像一口深不可測的枯井，填「農民」、「工人」或「幹部」意義是不同的，對深懷理想的青年人來說，這很像一次命運攸關的宣判。

　　六十年代中期，我出生在河北、內蒙古和遼寧三省交界的地方。很早以前，一定有一個傳奇故事決定了這裡的名字，美麗又樸素，叫回鹿山。這個地方地貌奇特，有人認為是草原，也有人認為是山谷，但無論地貌如何，我的童年很快樂。這裡山青水淨，四季如歌。

　　那時，父親正值壯年，之前他從軍離開故鄉有十年之久。有一天，他突然帶著一身硝煙、一把哨子刀和謎一樣的經歷解甲歸田，不久就當上了生產隊長，從此，一個身經百戰的軍人成為回鹿山一個普通的鄉民。

　　我是一個對年代極其敏感的人，出生在「文革」時期的孩子，不論生在城市還是鄉村，不能統稱為「六十年代」或「七十

年代」，應該改稱為「文革一代」才夠準確，因為，他們在人生一開始就被時代永遠打上了「文革」特有的印跡。

......

我對父親最初的記憶是恐懼。

父親中等個子，偏瘦，窄額頭，深眼窩，眼珠淡黃，偏灰色，赤紅臉，高顴骨，右手比左手大。他最明顯的特徵，就是在左額角上，有一個核桃大小的凹坑，這裡不長頭髮，晴天時呈淺紅色，陰雨天則變成暗紅色，微微發亮。

父親說，這是在隊伍上讓日本人打的，就一槍，「差點兒揭了蓋兒！子彈卻從後腦勺滑出去了⋯⋯」

父親講到打鬼子，像講一個別人的故事，他不說子彈飛，而說「滑」，這讓我和童年夥伴們聯想到在河裡抓泥鰍的感覺，很是讓人著迷。

然而，父親脾氣暴躁，打人時下手很重。如果他剛喝過幾盅燒酒，恰巧此時鄰居來告狀，說我把她家的鴨子攆到冰窟窿裡了，這下就很麻煩。

料定大事不好，我趕緊飛逃出屋。

酒後的父親聞聲下炕。

我母親早有準備，急忙踮著小腳先一步沖出門外，以最快的速度關起風門，並用身體在門外死命抵住。

父親力大，又借酒勁，用膀子一扛，結果小腳母親抱著一扇風門仰面倒了。雖然這一扛一頂總算贏得了片刻時間，無奈父親畢竟行伍出身，身手矯健，力大如牛，幾步就追上來，伸出左手，像抓雞一般擰住我，順勢摁倒，舉起大一號的右手一頓猛抽⋯⋯

　　然而，誰都不會英武一輩子。「文革」後期，父親因「歷史問題」被揪鬥，他被鄉民劉戰踢下臨時搭建的土臺，摔折了左臂，從此身手不再矯健。

　　我照常惹禍，父親雖然還能追上我，但因為殘了，左手已無縛雞之力，再難扭住我暴打，無奈之下，父親改用腳踢了。

　　在我十四歲的某天，父親又踹了我兩腳，事情的起因我竟奇怪地忘了。這也是父親最後一次踹我。我當然不能反抗，但是，一種倒胃般的反感情緒在那一刻油然而生。我覺得，一個連名字都寫得很難看的父親，無異於一個白癡；那麼，父親所描繪的戰鬥經歷一定就是天大的謊言。

　　從那時起，父親的脾氣突然溫和起來，像換了一個人。

　　軍校畢業後，我獲得確鑿證據，父親早年確實參加過共產黨領導的抗日部隊。日本投降後，他參加了遼瀋戰役，曾兩次負傷，當時父親已經升任營長。這是有關父親「歷史問題」最準確的記述。之前的「文革」後期，還有地區副專員劉文會的文字證明。可惜，這位與父親共生死的戰友，在做完這份證明不久，就被打成「現行反革命」遭揪鬥，肝病復發，半年後病死在縣城北頭看守所。

　　我曾努力回憶父親關於打鬼子的故事，但卻完全忘掉了。幸好記起一件事兒，那是小學五年級時，我寫了平生第一個小說，叫〈茅山之戰〉。寫一支英雄的八路軍抗日部隊，在茅山與鬼子進行了一場遭遇戰。這支部隊的最高長官是團長，戰鬥即將結束時卻被流彈擊中頸部，壯烈犧牲了。團長的親弟弟是營長，他和戰友們用滿洲人的喪俗就地火葬了哥哥。之前，弟弟割下哥哥一根腳趾藏入懷中……這是整篇小說寫得最動情的地方。可是，茅

山在哪裡？我不知道，這完全是由父親的片斷故事拼接起來的。現在我終於知道，安徽境內有個茅山，當年曾是敵後抗日根據地。不過，史料表明，這裡的抗日遊擊隊沒打過幾個勝仗。

我小學的班主任姓蔡，是位知青，看了這個作品很喜歡，特別喜歡團長和弟弟，專門為我重新裝訂起來，用白卡紙做封面，還在上面用鋼筆畫了一座山，山前畫了一株孤零零的玉蘭樹，盛開著幾朵玉蘭花。蔡老師說，滿洲人最喜歡的動物是狗，最喜歡的花是玉蘭花。狗是我熟悉的，玉蘭花我從來沒有見過，老師是南方人，就順勢把鄉情移植過來。

十四歲，我上初中一年級，就是父親最後一次踹我之後。那時塞北地區廣大鄉民饑寒交迫，很多公辦學校開始停課勤工儉學。恰逢此時，我情竇初開，暗戀一個同屆蘋果臉女生，又不得要領，煩悶如影隨形。某天，在目送蘋果臉與一個鄉幹部的兒子有說有笑地離開學校，我立即痛不欲生。當晚，我躺在學校冰涼的大炕上，一次次思考起人生到底何去何從問題。

思考的結果是悔恨交加，既後悔沒生在工人家庭，又恨自己選錯了父親（更要命的是，我的母親還是個小腳，一個大地主的女兒！外公李善人是回鹿山東麓五道川有名的大地主，靠種大豆起家，偶爾也種植罌粟，土改時被新政權鎮壓）。

懵懂少年沮喪的心情，比對饑餓的恐懼更令人悲傷。此時，我正值青春期，也就是說，除了情竇初開，也正是準備叛逆的時候，但我還不知道，有一個叫遇羅克的北京青年，在我出生四年後就被執行死刑。據說，遇羅克因寫了一篇叫〈出身論〉的文章而獲罪。

如果，現在還有哪位同齡人為自己的出身耿耿於懷的話，

我表示理解。出身貧賤的苦惱一定在一些人心中隱藏著。這是某個時代的社會常態，今天更不一樣，而且大大超過了階級鬥爭為綱時期。一切都以經濟建設為中心了，政府允許一部分人先富起來，並且是真正富起來了，金錢比生命和信念都重要了。

我有時想，如果遇羅克活到今天，說不定就有人向他請教：出生在官宦之家（政治貴族）和企業家（資本貴族）家庭的孩子，與農牧民家庭的孩子有何不同？真不知他作何回答。至於被憤怒的鄉民用石頭砸爛腦袋的外公李善人，說不定會選擇到冥府上訪！

我清楚地記得，母親的故事常常以外公為主角。小腳母親一說就流淚。她說：「那時候，你姥爺公雞一叫就起來，平時和長活一起下地幹活。他年紀很大了，每天只比長工多吃一塊煮豆腐，誰想到，竟被亂石砸死了，連個全屍也沒留下……」

也是從十四歲那年開始，我聽故事的興趣轉移到外公身上，而父親再也不提他扛槍打仗的事了。

一個喜歡聽故事的兒子和一個會講故事的父親的交流中斷了。如果說，父親在我童年的心中還有些分量的話，那麼，隨著故事的中斷，一切都將變得無足輕重。

實際上，當時的父親五十八歲，在那個年代，五十八歲已經算老年了。

4
背井離鄉

　　父親祖上是河北省寬城縣。

　　他是五兄弟中最小的一個，小名老五。不知何故，父親從來沒向我說起過爺爺，就像我從來沒有過爺爺一樣。

　　某一年，父親、二伯、三伯、四伯跟隨大伯侯萬慈穿過伊遜河向北進發，在草原和森林交界的回鹿山落腳。那是二十世紀二十年代末的事情。他們兄弟五人為何背井離鄉，不得而知。

　　我大伯侯萬慈惟一的兒子寶山，也隨父輩一起北上。他比五叔，也就是我父親大兩歲，真正的老侄少叔。當地流行一句諺語：老侄打少叔，打死不能哭。但侄子寶山從小就能找准自己的位置，他與五叔情同手足。

　　向北進發時，父親還是一個七八歲的孩子，他一直臥伏在大哥侯萬慈的背上，而寶山卻沒有這個福分。

　　在父親的童年世界裡，大哥侯萬慈成了他心中的一座高峰，是一尊神，不幸的是，幾年後，侯萬慈把五弟和兒子寶山一起交給一支共產黨的隊伍不久，突然病死了。

　　隨後，四伯侯十慈也意外死亡。

　　客死異鄉的大伯侯萬慈、四伯侯十慈先後被葬在回鹿山西側一塊很平整的低谷，兩個墳頭前方是一片胡麻地。

　　1949年夏天，鄉鄰們突然發現，外鄉人侯家兩個墳塋不見

了。埋人的地方與旁邊的胡麻地連成一塊，黑黑的新土在綠野之中散發出特有的芳香。後來人們知道，是回鄉不久的父親移走了大伯、四伯的墳。

父親解釋說，這樣一塊平整又肥沃的土地，擅長胡麻，被兩個墳頭占了十分可惜，所以遷走了。

人們將信將疑。

更沒有人知道，這個突然回來的五弟，把大哥和四哥的遺骨遷到了哪裡。

5
父親少年聰慧

我的四伯侯十慈沉默寡言，勤勞能幹，但卻是五兄弟中最短命的一個，他被砸死在深山的炭窯中。

關於我大伯、四伯的死，父親講起時語調哀傷。

他說，那時他和侄兒寶山，正在山西與日本人作戰。

我不知道大伯侯萬慈病死詳情，卻聽說四伯侯十慈死得很慘。他賴以生存的炭窯突然塌了，四伯被砸變了形。在炭窯中找到四伯的是三伯侯百慈，三伯獨自背著亡故的四伯，冒著漫天大雪，走了整整一天一夜，才回到回鹿山家中。

把四伯侯十慈葬在大伯侯萬慈墳旁後，三伯侯百慈一病不起……

從此，三伯侯百慈在我的心中突然變成一個頂天立地的英雄，當父親用哀傷的語調講到四伯時，我已經淚流滿面。

不是因為四伯的意外亡故，而是因為背著屍體、在大風雪中走向家鄉的三伯。兄弟的骨肉親情，就在那一刻，深深植入我幼小的心田。在以後的生活中，我一直對兄弟眾多、排行靠前的人充滿好感，並堅定地認為，兄弟姐妹中排行老大的人，一定是最值得親近和敬重的人，那就是長兄如父！

父親說，是大伯侯萬慈的榜樣力量深深影響著兄弟之間的感情。

後來，在離回鹿山幾十公里的五道川，我第一次見到了長父親十多歲的三伯侯百慈。

這讓我大失所望。原來，三伯只是一個和父親臉形非常相像的小老頭子，個子矮小不說，還嚴重駝背；腦袋顯得碩大變形，滿頭白髮，花白的鬍子髒亂無序，一滴亮晶晶的鼻涕好像一年四季都懸在尖尖的鼻頭上。

這與清爽幹練、目光炯炯的父親完全不同。晚年的父親也常常在鼻頭上懸著鼻涕，但這是毒癮發作時才有的現象——這是後話。

再以後，我發現，三伯侯百慈實在是個把日子過得分外仔細的老人，仔細得完全算得上吝嗇，這種精打細算的稟性，倒讓三伯一家在最困難的三年自然災害、五年大饑荒中逃過雙劫。

三伯的節儉持家與性情豪放、風流成性、從不認為金錢可貴的父親構成了鮮明的對照。即使這樣，當我第一次把蘋果臉未婚妻帶到三伯面前時，他還是顫抖著手在懷裡掏出三百元錢，執意塞給蘋果臉侄媳。這筆錢，在二十世紀八十年代的鄉村，是個不算小的見面禮。事實上，這也是蘋果臉在侯家得到的最大一筆禮金。當然，這個蘋果臉就是我當年暗戀的女生。穿上軍裝讓我有了底氣，有一天，我勇敢地把一封信從南方寄回家鄉。一個月後，在縣城工作的蘋果臉回信了。

現在我常想，已經成了北京人的蘋果臉是否還記得此事？那是一個冬天發生的事情，天寒地凍，滴水成冰，紙幣上一定長時間殘留著三伯侯百慈溫熱的體溫。

在父親去世後，三伯侯百慈又活了大約五六年。他是侯家五兄弟中最長壽的一個。令人匪夷所思的是，在我二十歲之前的記

憶裡，惟獨沒有二伯侯千慈的任何消息，我既沒見過他，也沒聽父親和三伯談起他，他就像一個名為二伯的氣泡，永遠消失在故鄉的空氣中⋯⋯

此後，關於家族的往事片斷，是由三伯講述的。三伯侯百慈天生不是一個會講故事的人，加上他對我父親懷有既疼愛有加，又恨鐵不成鋼的複雜感情，又顧慮我的接受程度，就把父親的軼事講得支離破碎，關鍵環節含混不清，旨意不明。

當我第一次問到大伯時，三伯的反應既冷漠又可疑：

「別提他，都是他害了我們⋯⋯要不是他跟錯了人，哪能讓侯家妻離子散⋯⋯」

三伯侯百慈始終不願意談大伯，但有一次卻告訴我，侯家的祖先是肅慎。肅慎是什麼？很多人不明白，那不過是滿洲人的別稱罷了。由此我猜對了，三伯是讀過幾年私塾的人。三伯還對我說，侯家祖上歷代為官，我的爺爺曾是先朝的文吏。

為此，我曾專門到祖籍寬城尋根，終於弄清，爺爺不過是清末縣令的一個隨吏，按現在的官稱，也不過是縣政府辦公室的一個文祕。

三伯說，我父親少年聰慧，卻最不愛讀書。他從四五歲開始在縣城裡遊蕩，常常跟隨街頭賣唱的藝人和說書的瞎子走街串巷，尤其對大口落子[2]情有獨鍾，如醉如痴。

---

2 大口落子，也有叫蓮花落子的，河北西北部和東北三省流傳的一種民間小調，曲調與二人轉相似，多為一人獨演，有說有唱。說唱人右手打竹板，左手以五聯碎竹板配合，發出清脆悅耳、疏密有致的和聲。

　　說到父親的童年，三伯常常停頓下來，就像跟誰賭氣似的，說：「這個老五，生就的骨頭長定的肉，從小不求功名，鬥大的字識不了幾個。」然後乜斜我一眼，「你可別像他，他這輩子，哼！過日子沒攢下仨瓜倆棗，耍把式也沒耍出個人模狗樣……當兵，又當得不明不白，哼！哼！哼！」

　　三伯連哼了三聲，好像我就是那個最讓兄長們失望的老五。

　　三伯侯百慈的態度讓我窘迫，我想起少年時期，每年正月間的晚上，一群孩子擠在炕頭上，聽父親打著竹板說書[3]。識字不多的父親就有這樣的本事，他能一口氣說唱四五個小時，連續十來個晚上完整唱完一部〈十二寡婦征西〉，或〈蘇武牧羊〉。

　　父親以他驚人的記憶力背下長篇落子的萬語千言。當我一次次聽得入迷的時候，也正是我對文學和音樂混沌初開的起始。這在沒有課外書籍可讀的時代，在深山老林，對於像我這樣喜歡幻想的孩子，是非常重要的文藝啟蒙。讓我弄不明白的是，在三伯侯百慈眼裡，這種帶給我無限遐想和人生啟迪的說唱藝術，竟是登不得大雅之堂的「把式」。

　　受三伯影響，自打上中學起，我也開始鄙視落子。每當父親腰裡披著竹板，舉著一把黑傘，以扭秧歌特有的狐步，扭走在隊伍前面時，我就趕緊在人群中躲藏起來，或遠遠地逃離。我覺得，父親舉著一把破傘，在一群花花綠綠的秧歌隊中跳閃騰挪的姿勢異常醜陋，他一波三折的嘹亮哼唱簡直讓我無地自容。

　　有一天，我忍不住問三伯：「三大[4]，叔是我父親嗎？」

---

3 說書類似落子，但說唱交替，以說為主，與盲人的說書形式更接近。
4 大，北方滿洲人稱伯父為大，大伯為大大，二伯為二大，三伯為三大……

　　三伯突然愣了一下，說：

　　「這話咋說？他還能不是你父親？」

　　「那，我為什麼不能像別人那樣叫他爸爸？」我終於將存疑很久的問題提了出來。

　　聽到這兒，三伯舒口氣說：「噢，你是問這個。按說他們早該告訴你。這也是不得已的事情。」

　　雖然說起父親不提氣的事兒，三伯總是一副捶胸頓足的樣子，但我後來理解，父親在兄長們眼裡，好像永遠是個長不大、不諳世事的孩子。三伯告訴我，滿洲人管母親叫娘是族規，但稱父親為「叔」或「大」則必有隱情。

　　據說，我出生那年是個災年，夏天發洪水，冬天雪封門。正月某天，有一個討飯的瞎子徑直奔我家而來。鄰居趕緊出來阻住，說：「大先生，大先生，不行不行啊，今天這家你可不能進⋯⋯」

　　想不到瞎子卻振振有詞，說：「老衲化緣，講的就是緣分，這個七號營子[5]誰家都不去，這一家我非進不可，為啥？他家呀，今天有添子之喜，可惜呀，此子命硬，如果我老衲不破綻破綻[6]，將來必遭橫禍，爹娘性命難保。你們說，這飯我該吃還是不該吃？」

　　一個要飯的瞎子，如此語出驚人，把平時最不迷信的父親也

---

5 營子是村子的別稱，清代傳下的叫法，與邊關軍營有關。一個區鄉有若干個營子，以號排序，如一號、二號、三號⋯⋯人民公社時期，一個營子是一個生產小隊。

6 破綻為當地俗語，意為採用迷信手段作法，驅邪避災。

鎮住了。他趕緊把瞎子迎進西屋，好吃好喝一頓招待。瞎子說，為了避免給家族帶來災難，此子必須認給後山老祖（山神爺）。

最後，這個缺德的瞎子建議，此子長大後克爹克媽，只能叫父親「叔」！（注意，「叔」和「叔叔」的叫法從語氣上不一樣，「叔──」是單字音，尾音拖得要長，這是有親情和血緣音韻的；而「叔叔」是雙字音節，尾音短促而乾脆，永遠叫不出父親的感覺）。

話已至此，父母沒有辦法，只好同意，千恩萬謝了瞎子，以一捆鹿肉幹作禮送他出門。

就這樣，「叔──」這種不倫不類的叫法，我一直叫到父親去世。

弄清了事情原委後我倒沒什麼，再說啦，任什麼彆扭事，習慣了，也就自然了，可害得蘋果臉妻子一直好幾年還雲裡霧裡。有一天，她終於忍不住小聲問我：

「哎──哎──，要是⋯⋯要是你不生氣，問個事兒行嗎？」

我看了她一眼，說：

「兩口子的事，有啥不行，你問吧。」

蘋果臉於是笑嘻嘻地問：

「你是叔親生的嗎？」

我像三伯侯百慈當年一樣，愣了半天才回過神來，確實有點生氣，說：

「你這話咋說？你看我不像親生的嗎？」

蘋果臉趕緊閉嘴。那時我還年輕，還沒有興趣來講自己的故事。關於侯家七彎八拐的親情網，妻子用了很多年才基本理出個

眉目。

　　我常常想，一個人要徹底瞭解一個人是困難的。無論是父子、夫妻還是兄弟姐妹。拿父親和三伯侯百慈來說，看似三伯對父親的評價一語中的，但事實上，三伯遠遠不瞭解他這個五弟，既不知道他的人生理想，也不知道他的戰爭經歷，更遑論他的內心世界了。

6
那年初冬

　　二十世紀八十年代初的一個冬天，我成為一名光榮的戰士。

　　在天津楊柳青軍營駐地的大操場上，不時響起歌聲和掌聲。作為新兵代表，我受命登臺，為全團新兵演唱一個家鄉小調。

　　面對臺下近千名來自五湖四海的革命兄弟，我站在閱兵臺上，情緒相當亢奮，腦子卻一片空白。努力調整心緒後，我向團首長敬了個磕磕絆絆的軍禮。然後原地半轉身，面對著黑壓壓的兄弟們——就在同志們等著伴奏音樂響起的時候，我突然放開喉嚨，高聲唱道：

> 呀——呵呵，喲——
> 言的是提筆先寫字兩行
> 張良留下了勸人方
> 男學仁義禮智信
> 女學貞節共賢良
> 古語留下兩個字
> 忍字就比嬈字強
> ……

　　這是大口落子《張良獻策》的開篇幾句，我沒用竹板，是清唱。字正腔圓地唱完一小節，臺上臺下已經掌聲雷動。長江以南

地區的戰友未必完全聽懂，但臺下四百多來自家鄉的新兵，顯然對大口落子的詞曲非常熟稔。

我的家鄉小調一炮打響。這次清唱不僅為四百多名老鄉爭了光，也贏得了新兵班長、排長，甚至連長的好感。當我漲紅著臉，走下閱兵臺準備走回隊列時，一個老鄉使勁握了握我的手。

我拿到了一個加蓋團政治處公章的筆記本獎品。這讓我激動不已。簡直不敢相信，就在我一直排斥著父親所鍾愛的民間說唱藝術時，不知何時，自己竟一字不差地記下了《張良獻策》開篇一節。可惜的是，在父親大口落子的活寶庫裡，直到今天，我也只會這一節。當然，以後的若干年裡，我靠回憶父親當年的聲調和感情反覆練習這一段，現在已經唱得非常地道了，尤其是在高音和低音的轉承部分，我唱得和父親當年一模一樣。

其實，就在琴姐自殺，母親病逝，小哥長山出走，自己求學無望，前途一片灰蒙的時候，父親也曾試著勸我向他學習大口落子。

父親說，落子這種說唱藝術流傳很多年了。在滿清、民國時期，兵荒馬亂中，唱落子不僅是燕山北麓一帶部分窮人的謀生手段，而且還讓最底層的民眾得到了一絲人生歡慰。他說，落子從來就不是旁門左道，它融和了東北二人傳和河北梆子兩種民間曲藝形式，曲調優美，唱詞絕妙，是祖宗留下的文化遺產。它像昆曲、京劇一樣以儒家文化為根柢，以仁、義、禮、智、信為主旨，教化民眾學好向善……

父親說，其實落子好學，又不好學，愚笨一些的人，沒有好記性的人，沒有好嗓子的人，不求上進的人，品德不佳的人，是學不了的。

父親說……

「別說了，我不學！」那次，我冷冷地打斷父親的引誘。

父親立即停住話頭，深深吸了一口旱煙，繚繞的煙霧瞬間包圍了他花白濃密的頭髮。

那是一個深秋的夜晚，月亮還沒有出來，窗外一片漆黑，兩隻蟈蟈在相距不遠的地方斷斷續續地低鳴著，呼應著。此時，我的姐姐琴剛自殺不久，母親又突然病逝，同母異父的小哥長山也搬走了……一年前還是團團圓圓的五口之家，轉眼只剩下了我和父親倆人。

「要不……你去學學皮影？」父親仍不死心，片刻後，小聲地以試探的口吻問我。

我的心動了一下。

皮影戲是我從小喜歡的民間土戲。鑼鼓、影人和唱腔都能令我感懷，但更令我著迷的是，幾根蠟燭，或一盞燈泡在幕後亮起，在一層並不細膩、白淨的布帷幕上，透射出一片柔和的光；在這柔和的光暈中，一個個歷史人物依次出場，白蛇與許仙、關公與呂布、李逵與李鬼，一個個或淒美或悲壯的故事開始了。

這是一種聲光與影的藝術，像早期的鄉村露天電影一樣，皮影成為我早年吸收藝術養分的重要源泉；也惟有這聲光與影的藝術，在那個文化極端匱乏的年代，廣大鄉村才會在夜幕的遮蔽下，讓劇中人的情感、命運與自己的情感和命運完全融會在一起，來觀照社會底層民眾的人生命運和精神訴求。

我現在還常常想，一個人的性格稟賦也許與生俱來，但認識問題的角度卻千差萬別，如果說，喜歡臺前的是父親，那麼我卻更喜歡幕後。

　　就在父親提出學皮影的建議之後，我終於經不住年少好奇的誘惑，有一天，悄悄鑽進帷幕內一窺內情。面對眼前古怪的場景，我立即對皮影這種古老的地方戲產生了不快。

　　耍影人兒的藝人動作固然瀟灑投入，但演唱者的行為卻萬分恐怖：因為藝人演唱要用假聲才可極盡誇張以達效果，所以，每個演員都用一隻手，使勁掐住自己咽喉兩側，唱一聲，鬆手換口氣；唱一聲，再鬆手換口氣，如此反復，一出戲下來，藝人喉結兩側早已掐成黑紫色……

　　目睹如此慘狀，我寧可更遠一些聆聽觀賞，再也不想走進幕後，更不肯從事這要命的掐脖子戲了。

　　學皮影的建議僅僅讓我心動了一下，以後的若干個晚上，我總是一聲不吭地把頭扭向牆壁。我的舉動，比回答更為堅決有力。父親像是沒注意我的反應。他不動聲色地沉默著，繼續一口接一口地吸著旱煙。

　　那時，父親試圖讓我學技能的努力往往是在晚上。當我躺在炕上想心事兒的時候，一直坐在炕頭吸煙的父親就試圖努力了。

　　「困了就睡吧。」父親把煙頭扔到地上，拉滅燈，和衣躺下。

　　月光朦朧了窗戶，外面是深秋的月夜。兩隻蟈蟈，或者更多的昆蟲還在叫著。突然，一種我至今都叫不出名字的鳥兒，也一聲接一聲地啼鳴起來。這個時候，往往是天快亮的前兆。

　　2003年，央視正在熱播電視連續劇《走向共和》。劇中一直有這種鳥叫的畫外音。當皇室貴族出場時，這種鳥鳴就漸弱漸強、時斷時續地叫起來。記得那天，第一次聽到，我竟出現了錯覺，以為窗外的樹上飛來了這種鳥。於是，我走到窗前，仔細諦

聽起來……

蘋果臉妻子不解地說:

「你魔怔了?那是電視裡的鳥兒叫!」

我打了個激靈,一下子就想到了與父親共度的那一個個夜晚──

那年初冬,我打點行裝,準備告別家鄉去當兵。臨走前幾天,父親突然從箱子裡拿出那副竹板,說:

「趁這幾天空閒,你應該學會打竹板,學會了,就把這個帶上,過去行軍打仗時,這個很管用,雖說現在不像過去,不打仗了,但到隊伍上,說不定哪天還會用得上。」

我再一次斷然拒絕了父親的提議。我想,一支趨向現代化的人民軍隊,還用得著打竹板嗎?!

父親沒再說什麼,那副竹板在他手裡停留了好一會兒,然後又被放回箱子。

那是父親用了大半輩子的竹板,質地非常好,閃著紫紅色的光,在竹板的下爿邊緣,由於上爿的長時間磕打,形成了一道深深的凹槽(現在想來,十分可惜,我再一次錯過了瞭解父親戰爭經歷的機會。我無數次設想,在烽火連天的年代,父親一定用這副竹板為行軍部隊唱過落子,以便鼓舞士氣)。

其實,在我入伍之前的幾年裡,父親再也沒有參加過家鄉的秧歌隊,也許是因為年齡大了,唱不好了,忘記詞了,也許……現在,我更願意相信,是父親發覺了我對他唱落子的反感,為了不讓我難堪和痛苦,父親忍痛收起了竹板,他徹底放棄了鍾愛一生的說唱藝術。

很難想像,我當兵走時,家裡只剩下了父親一人。那兩年,

雖然說不上父子二人相依為命，可一個六十三歲的老人，而且時時受著病痛和毒癮的折磨，我真不知道，當時父親有怎樣悲涼的心境。

我就那樣毅然決然地走了！像時下逃出農門的打工仔一樣，心裡一直湧動著逃出草原大山，逃往外鄉的快樂。當年的我，幾度暗下決心，無論發生什麼事情，無論怎樣的召喚，再也不會回到這個貧窮落後的山谷！

我一直被這種決心激勵著，一次次激勵著，十七八歲的我，甚至在夢中就開始了在外鄉的生活，啊！高樓、電影院、劇場、霓虹燈、籃球場、大米白麵和牛肉……那真是天堂般的生活！

毫無疑問，那時的我只顧想著自己，惟獨沒有想到的是，當我這個年富力強的兒子當兵後，父親將如何拖著一隻殘臂耕種、秋收、砍柴……實際上，父親早已經不能到營子口那眼深井裡打水了，當我不在家時，他是營子中惟一一個挑溪水吃的人……

7
父親的性格

像二伯侯千慈在家族裡神祕消失一樣，關於侯家五兄弟，為何一起落腳草原深處，將成為永遠的祕密。

我雖然喜歡文學，但卻不能依靠自己的想像來判定父輩當年的遷徙。不過，有一點可以肯定：父親五兄弟生在有教養的家庭，雖然家道中落，尚不至於舉家乞討，逃荒關外的可能性極小。會不會是逃難？但他們五兄弟，除了父親年少頑劣、不求學問外，另外幾人都識文斷字，成墨在胸，斷不會犯下打家劫舍的罪行。

我日後細考近代史，發現當時正值清末民初，整個國家正值櫛風沐雨、群雄逐鹿、百戰難定天下的混亂局面。細細推敲，有兩種猜測比較靠譜。一是，我爺爺雖非滿清皇親國戚，但畢竟是朝廷小吏，清朝一滅，難免有家仇私怨找上門來，為後代子孫計，爺爺也只好責令長子侯萬慈攜領著四個兄弟背井離鄉；二是，大伯已經是革命派，曾跟隨馮某人操槍弄棒多年，並混得一官半職。某年兵敗潰逃，對時局判斷不清，只得丟下妻小，攜年輕力壯的男丁北逃，以便東山再起。

我知道，父親一生最深愛的人之一是大伯侯萬慈。父親一講到大伯，多半會陷入遐想之中，一如現在我的某種回想。父親那時常常找不出更好的詞句，以表達他心中對大哥的敬愛。

　　有一天，父親對我說：「你大大[7]早年是個舉人，身高五尺，後來官至團總，要文能文，要武能武……」

　　停頓一下，父親又說：

　　「哪像你三大，只會拿一手毛筆字來顯擺，沒什麼學問，個子矮腦袋大，又嗜財如命！」

　　說到大伯，父親必定帶出三伯，一來為了做個比對，以強化他心中大哥的美好形象，二來也能讓我對逝去的大伯有個具體印象。其實我知道，父親對三伯，除了對他嗜財如命有些不滿外，平時還是尊重的。

　　有一回我問父親：「既然三大不像大大，那你像大大嗎？」

　　父親沉吟一下，用一種很是含蓄的語氣，略帶一些鄭重地回答：「八隊你老舅說我像，也可能長得像一點兒吧，但我哪有你大大的本事。」

　　接著，父親又補充說：

　　「你大大說，小時候他有一條黑亮的大辮子，他非常喜愛這條辮子，每天用清水濯洗，又不肯像其他人那樣，把辮子纏在頭上，直到成為革命黨……」

　　直到今天，我仍然想像不出大伯的樣子，也不記得大伯任何一個故事。一想到大伯，出現在腦海中的一定是三伯，因為我沒見三伯梳過辮子，大伯的形象就成了後來清宮戲裡的一個人物，或是電影中的遺老遺少、紈絝子弟，或像老相冊裡一個清末保皇派學子。

7　大大，滿洲人對大伯的稱呼。

　　父親的後半生變得非常含蓄。這種含蓄，與他壯年時期的剛直不阿、暴烈脾氣奇怪地混合在一起，常常在我眼前交替出現。

　　含蓄是父親的性格，更是他的命運。他把自認為很像大伯的地方，借別人的嘴說出來，既維護了大伯的神聖不二，又避免了自己在兒子跟前自吹自擂的尷尬。事實上，在侯家，見過老大侯萬慈的人，只有父親和三伯。連我母親也只聽其事不見其人。

　　真正對大伯有所瞭解的人，其實還是三伯，父親最多只落得年幼無知，盲目崇拜。但三伯一生目光短淺，胸無大志，隨遇而安，他顯然不願意多談長兄的舊事，還認為是他拖累了兄弟。

　　「你大大曾是縣公署繕寫員，1912年投奔了馮玉祥，東北講武堂第一期陸軍科畢業。身經百戰，官至團總。1927年蔣介石編遣部隊，排除異己，他只好退伍還鄉……」這是父親關於大伯最精確記述。

　　關於二伯侯千慈，父親說：

　　「你二大，才學五鬥、性格沉悶，來到回鹿山第二年就走了。你二大的出走，卻不是你大大安排的。那年，日本軍隊在東北炸死了張作霖，順勢南下，回鹿山一帶到處閃著刺刀的亮光，縣城更是大量駐紮了日軍……你二大可能受了刺激，有一天趕車去縣城賣糧，半道兒上走了。」

　　二伯走後，大伯侯萬慈對家人說，老二不適合吃行伍飯，他本性善良，悲天憫人，但願老天保佑他這回投對了隊伍。不論是國民黨還是共產黨，只要真心反抗日本的軍隊，就算跟對了，千萬別像我那些年，一直像一群穿軍裝的土匪，打來打去，屍橫遍野，血流成河，打了半天都是中國人，遭罪的還是平頭百姓。

8
母親的婚姻

　　就如父親對大伯的過去一知半解一樣，母親對父親的過去也是一無所知。

　　母親改嫁給父親時，已經人到中年。

　　我的小腳母親三十八歲時嫁給父親。之前她是一個苦命的寡婦，有一個快成年的女兒榮，兩個未成年的兒子忠和長山。

　　關於母親的婚姻，我一直不好意思打聽。但我還是隱約知道，母親嫁給父親前，曾經嫁過三個男人。第一個丈夫門當戶對，是一個大煙[8]莊主的兒子，但從小染上煙癮，小腳母親過門不久，煙鬼就不幸亡故，沒有留下子女。

　　母親嫁給第二個丈夫時，地窖裡藏了三十壇紫紅大煙膏的外公，在亂世中已經自身難保，他無力再給兒女們以幫助和庇護。於是，小腳母親在一個壞鄰居的攛掇下，稀裡糊塗地嫁給了本鄉一個遊手好閒的二流子。

　　這個三十多歲的光棍，顯然不能勝任一個丈夫，當時正值日本人占領熱河[9]期間，這個不要臉的男人，像那個時期很多不要

8　大煙，鴉片的俗稱。
9　熱河，現河北承德。

臉的男人那樣，成了小日本的走狗——他當了偽軍，穿上一套黑色制服，戴上一頂劣等白布裝飾帽牆的大簷帽，打上綁腿，跋著一雙圓口布鞋，右肩再倒挎一杆破槍……面對這樣一個敗類，小腳母親明智地離開了他。

我外公被憤怒的鄉民砸死前，最後一次做主，讓女兒嫁給了小哥長山的父親。長山的父親也是一個死了妻子、扔下一個兒子的破落小地主，但卻是一個老實本分的男人。然而，十多年後，這個本分的小地主，只給苦命的小腳母親留下榮、忠、長山等五個未成年的孩子，獨自一人到天堂享福去了。

母親一人拖著五個孩子，度日如年，她受盡了生活的種種磨難。

那時，中華人民共和國已經成立，但地主女兒的帽子高得怕人，人間欺辱就更不會放過可憐的小腳母親。

我後來聽大姐榮說，母親原本不想再嫁人了，但那時的日子實在難過，不嫁人，她和剩下的孩子都得活活餓死。榮的父親死後，一年內先後有兩個孩子病餓而死。就這樣，我的五個同母異父的哥姐，最後只剩下大姐榮，二哥忠和小哥長山。

而與小哥長山同父異母的哥哥國，此時已經長大成人，並光榮入伍，成為共和國一名軍人。

大姐榮又說，母親之所以痛快地嫁給父親，是因為介紹人說，父親不僅是回鹿山七號營子的生產隊長，而且成分好，還是扛過槍，打過仗，威風八面的人。

母親從來沒有遇到過這樣理想的男人，於是就答應了。母親當時只有一個條件：只要求父親好好對待活下來的三個孩子，自己再苦再累，當牛做馬都認了。

父親答應了這個條件，於是，小腳母親就帶著大姐榮和小哥長山嫁到回鹿山七號營子。

我的異父二哥忠沒有隨來，是因為他當兵的大哥國做主，讓親戚把忠藏了起來。國要在這個關鍵時刻，表現出父系家族的權威和長子當家的族規，他不容忍繼母隨心所欲地帶走他的幾個弟妹。

據說，母親最喜歡的孩子就是忠，因此，她傷心地哭了多日，眼睛都哭壞了。後來證實，二哥忠果然是所有兄弟姐妹中最聰慧的一個。忠絕對有詩人的浪漫情懷，如果不是只念過小學，他註定是個詩人。生活上，忠一生窮困潦倒，卻一生仗義疏財，直到今天，外債都有幾十萬了，還在夢想發財當老闆，以便周濟窮人。

我上中學時，因為學校離二哥忠家較近，就借宿在二哥家，前後有兩年多時間。這個同母異父的二哥，對我非常好，真是關愛備至。

二哥忠被當兵見了世面的大哥國逼著讀完小學，也算一個有點兒文化的人，但算術一直弄不明白，幸好喜歡朗讀，於是就常常躺在被窩裡，搖頭晃腦地給全家讀《三國演義》 或《岳飛傳》，聲音抑揚頓挫，像唱民歌小調。因為與我的興趣相投，二哥忠成了我的知己。

然而，忠有一個最大的缺點：不知出於何種原因，他常常藉故打他的兒子寶；還有，忠還常常懷疑嫂子給我帶的午飯分量不足……再後來，忠就常常喝酒喝多，一喝多就對著牆哭訴對不起母親，後悔當年沒有隨母親一起走，讓母親傷心絕望，又後悔在母親晚年，沒有盡到兒子的責任，而讓我這個小弟吃苦受累……

母親四十四歲時，為父親生了女兒琴；又四年後，四十八歲的母親生下了我，從此，苦命的母親終於徹底枯竭了乳汁……

我從三十五歲開始白髮，四十歲時有外號「老幹部」。我深知自己體能基礎差，起點低，越想越感到體力不支，人又出奇地懷念舊時的光景。蘋果臉妻子，對此很不滿意，把這一切歸咎於我父母年齡過大生育所致。

這些都不重要，重要的是，我親眼所見，作為一個繼父，父親基本履行了當年對母親的諾言。父親對五歲到侯家的小哥長山視如己出，但不知為什麼，隨母嫁到回鹿山的大姐榮卻把繼父說成了一個魔鬼，以至在我當兵第二年，第一次把蘋果臉未婚妻帶回老家時，差點被大姐的一席話攪散了婚事。

大姐說，我當兵前，非常遊手好閒，而且如何這樣，如何那樣……一句話，我在回鹿山是一個不務正業的二流子。說這些時，大姐一直連帶著父親。

她說：「城邦他舅和他姥爺一模一樣，像極了，簡直一個模子刻出來的，真是誰的兒子像誰，這叫啥，這叫隨根兒。」

城邦是我的小名，他姥爺是指我父親。

母親嫁到回鹿山七號營子的當年，大姐榮嫁給了同營子的青年馬倌雨生。在同母異父的大姐眼裡，我這個弟弟似乎一出生就是不可救藥的。我起初並不理解，事後只好寬慰地想，當時大姐倒未必有意想攪黃我的婚事，要說，只能說大姐缺點兒心眼兒，再不濟，也是同胞姐弟，父親雖然不是她孩子們的親外公，但名分總還是姥爺嘛。

事實上，榮能嫁給回鹿山優秀青年雨生，過上鄉間女人溫飽無憂的生活，完全有賴於這個繼父。雨生當年真是個好青年，當

生產隊長的父親最器重他。據說，當年牽著一匹騾子去接我母親的人，並不是父親本人，而是八隊的舅舅蘇耀祖和好青年雨生。

關於蘇耀祖這個舅舅，直到我讀到中學才弄清楚來龍去脈。

看來，我必須得說說父親的初戀了。

9
父親當兵前後

　　作為大哥，對父親這樣頑劣的小弟，大伯侯萬慈不知費盡了怎樣的心機。或許，大伯終於看透父親的朽木難雕；或許，大伯想借助某種外力來改變父親；或許，大伯原本就是一個愛國愛家的民族義士。就在日本人攻占熱河五年後的1938年，大伯把十六歲的五弟和十八歲的兒子寶山同時送進了一支短暫駐紮在回鹿山的抗日隊伍。

　　這一年，距二伯離開回鹿山已經十多個年頭。

　　令大伯想不到的是，三年後，兒子寶山陣亡，而五弟也音信全無。

　　我當然不會知道，那時，與喪子失弟的大伯同樣悲傷的，還有一位年輕美貌的女子，她就是父親的戀人——八隊耀祖舅舅的姐姐蘇靈。原來，在父親當兵前，就和蘇靈私訂了終身。

　　我後來常對蘋果臉妻子說：「我敢打賭，在茫茫草原深處的回鹿山一帶，開創自由戀愛之先河者，一定是我父親和他的亡妻蘇靈。」

　　蘋果臉聽了就冷笑一聲：

　　「應該還有他的兒子，十三歲就會追女生，這叫啥？這叫隨根兒！」

　　我無話可說，一句話堵在那兒，這也是事實。因為，自己雖

然暗戀過中學時期的妻子，但公開的初戀並不是蘋果臉，她有些醋意也屬正常。

父親當兵後杳無音信，生死不明，傷心欲絕的蘇靈媽媽並沒有放棄，她始終不相信父親被日本人打死的傳聞。眼看月轉星移，青山變老，整整苦等了父親八年，蘇靈終於抗不過母命，只好答應另嫁他人了。

然而，就在蘇靈已經同另一個外鄉人訂下婚期之後不久，父親突然不期而至。

那是1949年3月初的事情，遼瀋戰役剛剛結束。父親人高馬大、滿身火藥味地出現在家人面前。他沒有帶槍，卻帶了兩處槍傷回來，褲帶上別著一把生鋼鑄造的哨子刀。當然，那副當兵走時帶走的竹板還別在簡易行李上。

蘇靈如夢方醒，百感交集，毅然退掉婚事，投身到父親懷中。按父親當時的說法，戰爭要結束了，一個新的國家即將誕生，他被特批解甲歸田，準備迎接豐衣足食的日子。

有人不解，問他為啥這個時候回來？他說，他負傷了，在養傷期間，人民解放軍進行了大規模整編。考慮到他的傷勢情況和本人意願，部隊批准他解甲歸田，娶妻生子。

關於父親這種說法，我後來專門查閱了有關材料，據人民解放軍軍史記載，為實現軍隊的正規化要求，中央軍委在解放戰爭戰略決戰前後（1948年11月1日和1949年1月15日），相繼發出了〈關於全軍組織及部隊番號的規定〉和〈關於各野戰軍番號改按序數排列的指示〉。據此，人民解放軍於1949年2月至6月間，進行了歷史上最大一次規模的整編，統一了全軍的組織編制和番號。

從時間上看，父親所說應該不謬。

但是，在「文革」前的「四清」運動中，父親這段當兵的歷史，屬於「清政治」範疇，清查的結論有兩個：一說，他在遼瀋戰役中當了逃兵，在錦州一役時戰場脫逃；二說，他在侄兒寶山戰死的那場對日作戰中被俘，幸而逃跑，卻投降了國軍，之後一直與共產黨軍隊作戰。

歷史已經證明，這兩個結論無論是哪個，都會要了父親的命。關鍵時刻，承德地區副專員劉文會出面保下了父親。劉文會當年與父親和寶山同在熱河抗日區大隊。後來，父親和寶山隨八路軍主力轉往保定，劉文會被組織留在當地做民政工作。當「四清」運動工作組以「歷史反革命」罪名羈押父親時，來回鹿山巡查的劉副專員及時出面作保，並出具了當年偽縣長宮延藩和日本籍副縣長松本騰次郎簽署的緝捕通令。

在那個通令上，父親的名字和寶山的名字赫然在冊。這是日偽時期緝捕參加共產黨軍隊人士的正式通令。父親有了這個保護傘，幸運地躲過一劫，但在「文革」後期，因為有一個叫劉戰的人出面揭發，父親終被當做美蔣特務關押，幾經摧殘，差點丟了性命，最終還是折了一隻胳膊，殘了左小臂。就在這一年，救下父親的劉副專員被打成「現行反革命」，遭到武鬥，最後病死在看守所。

父親的戰爭背景被一層濃霧永遠遮蔽了。

用現在的眼光來看，父親當年的解甲歸田，有太多令人費解的地方，除了他頭部和肚子上的疤痕讓我相信他曾出生入死外，父親似乎有意把一個祕密埋在心底，並最終帶進了墳墓。

有時，我會這樣推測：轉戰南北的父親，終於尋得了回家

的機會（比如在後方養傷，比如行軍路過家鄉），他想回家看看
父親般的長兄，更想證實一下，他深愛的姑娘蘇靈，是否已經嫁
人？於是，他突然出現在家門口——但就在此前幾個月，大伯侯
萬慈已經病逝了，父親並沒有見到至死都惦記著的大哥，幸運的
是，戀人蘇靈雖然已經訂婚，但並沒正式嫁人。

於是，父親編個謊言留下了。

但是，這種推測合理嗎？這是父親當年的真實情境嗎？

我一次次產生這種詰問。如果推測，是愛情讓父親留了下
來，那為什麼不可以推測是父親懼怕了死亡？抑或是父親厭惡了
戰爭和殺戮？

當然，作為兒子，我寧願相信，是愛情讓父親放棄了已經
到手的錦繡前程。在父親晚年的淒慘境況中，我曾暗暗惋惜，如
果不是父親當年被華而不實的愛情牽絆手腳，像他這樣的抗戰老
兵，在1949年後，不說高官得做，駿馬任騎，起碼也得弄個離休
幹部吧？

蘋果臉妻子當然有理由懷疑我的講述，聽我說了父親這段懸
案，先還挺感慨，隨即就用譏諷的口吻說：

「多可惜呀！如果那樣，何苦你的出身一欄裡還是鄉民？」

一口氣咽下去，差點兒沒把我噎死！

然而，這一切都不重要了。不管大家怎麼說，當年的父親，
還是和蘇靈幸福地結了婚，愛情戰勝了一切，事實掩蓋了一切假
設、推斷和臆想。

十個月後，在父親和蘇靈新蓋的草屋裡，蘇靈媽媽死於難
產。和蘇靈一起死掉的還有那個女嬰——她同樣是我的姐姐，
這個一聲不響的孩子，乾乾淨淨地來，又乾淨利落地要了媽媽

的命。

據說，父親差不多快瘋了。他不顧家人反對，執意把不幸的母女葬到離營子很遠的響水劍石坳。

劍石坳是響水西山快達山頂一處凹地。此處鄉人和家畜罕至，西、北和南三面隆起，惟有東面開闊，崇山峻嶺層層看透，直至一望無際的天邊。無論春夏秋冬，第一縷陽光必定先指達這裡，如果是霧天，一團團雲霧飄浮在半山腰，有時一動不動，有時忽濃忽淡，宛如仙境。

在新墳後面五六米遠的地方，一塊青色尖頂巨石拔地而起，遠裡看，近裡看，都像一把越王勾踐的龍泉寶劍兀地從山坳裡露出半截，真如鬼斧神工一般。更奇妙的是，在劍石南北兩側，各自一字排開七八棵老山柳，像幾百年前有誰特意栽下的一樣。

後來曾有人懷疑，父親其實已經把大伯、四伯的遺骨先期遷到這裡了，但沒有人見證，也沒有看到墳頭。

埋葬了妻女，父親整個人都走了樣兒。他在劍石坳搭起一個臨時遮風避雨的馬架子，獨自一人為母女守靈七七四十九日。半年後，他在家鄉又消失了，幾個月後，才又突然回到回鹿山七號營子。

從此，父親開始酗酒，一邊酗酒，一邊悄無聲息地出沒在草原、森林中。大約從這個時候開始，父親迷上了狩獵。

很多人都說，父親的槍法准極了，幾乎百發百中。

父親故去後，我曾回鄉去看望八隊耀祖舅舅，耀祖舅舅說起父親，輕言細語，語調淒惻。

耀祖舅舅說，蘇靈媽媽去世前後，正是解放戰爭時期戰場南移的時候，我父親想重新回到戰場，結果沒有找到自己的部隊。

父親哪裡知道，他所在的部隊在中華人民共和國成立初期，已經被改編成第四野戰軍鐵道縱隊，開往南方修建大軍南下的鐵路去了。

再後來，父親當上了七號營子的生產隊長。大姐榮說，父親從這時開始，就有了別的女人，準確地說，是別人的老婆。大姐榮又說，直到母親嫁給父親，父親也沒有斷掉與那個破鞋的關係。

現在，我總算找到了一條大姐恨父親的正當理由了。

也是從這一刻起，我對父親產生了一種類似厭惡的情緒。

入伍第三年，當我把病重的父親接進軍醫院時，父親的病因讓我加劇了對父親的憎惡情緒。

我想，如果當年父親不是被愛情沖昏了頭腦，如果他路過家鄉時，停留一下重新回到革命隊伍，父親日後成不成離休幹部不要緊，重要的是，父親就不會成為今天這樣一個癮君子。

10
楊木匠家的

　　無論是過去還是現在，犯下背叛配偶和家庭錯誤的父母是大有人在的。作為子女，尤其是未成年子女，對這種事情無法選擇，無法預知，也無法阻擋，就像出生前無法選擇什麼樣的父母一樣。但有一點是肯定的，如果我們有了是非觀念，我們對這種事情的態度，往往是大同小異的，儘管常常無濟於事。當然，大人們一定把這種事情做得非常隱蔽，要獲得準確的消息並非易事，子女一定要比遭背叛的父親或母親，或者左鄰右舍瞭解的情況晚得多，也少得多。

　　第一次聽到或看到什麼，子女的第一反應是本能的拒絕，不相信；時間長了，聽得多了就疑惑一陣子，然後就強迫自己不去想這個問題；再然後就煩躁起來，繼而憤怒了：「去他媽的，什麼他媽的亂搞男女關係，什麼他媽的破鞋，統統都滾蛋吧，與我有什麼關係！」如果這期間，有一個同齡的孩子與你吵架，還拿這件事來挪揄你，不知道其他人會不會瘋掉，反正我會瘋掉。

　　長我幾歲的童年夥伴良駒，就抓住了這個把柄。他好像真的掌握了父親亂搞女人的證據，於是，經常拿這件事兒來折磨我。每一次我都不會屈服，我瘋了一樣反擊、搏鬥，直到良駒把我打倒在地不能動彈為止。

　　良駒不僅長我三歲，而且身體強健。

　　良駒是我最刻骨銘心的童年夥伴，他讓我第一次嚐到了被外姓人狂揍、欺凌的滋味，也讓我第一次得到了不畏強暴、拼死抗爭的鍛煉。但是，我還是在小說〈遠山的鐘聲〉裡真誠地悼念了這個不幸早逝的童年夥伴──他2004年客死他鄉，而且是凍死在唐山市一個天橋底下。良駒最後十年靠在外城拾荒度日，死後是另一個同鄉收屍火化，骨灰不知所終。聽說這件事時，我難過得掉了眼淚……

　　根本記不清何時何地，是何人讓我知道了父親與別的女人相好。反正，我度過了一個兒子正常的反應時期。後來母親病了，漸漸臥床不起了，由於病痛的折磨，母親開始在背後咒罵父親和那個「楊木匠家的」。

　　楊木匠家的就是和父親相好的女人。楊家距侯家不足百米，在我的印象裡，楊木匠家的是一個比母親還要老的女人，一個每時每刻都浮腫著一張紫黑臉的老女人。自打我記事起，楊木匠家的就整天躺在炕上憋氣，常常在陰天或傍晚時分，發出呵的一聲長嘯，聲音很響，很憋悶，很難受，這是支氣管有病和肺部有病的老人憋得難耐時，自我緩解的惟一辦法。其實，這緩解不了多少病痛，倒讓聽到叫聲的人異常痛苦。

　　楊木匠是當地一個手藝不錯的木匠，在我七八歲時，他因病去世，扔下兩個女兒和一個兒子。木匠的大女兒是個傻子，用現在的話說就是智障者，直到快三十歲才遠遠嫁給外鄉一個啞巴青年。二女兒智力尚可，但身體健康有問題，整天病歪歪的，卻早早嫁往五道川。

　　最小的是兒子，名字叫軍。

　　軍大我六七歲，讀過幾年書，由於父母年老多病，軍在少年

時就成為楊家的頂梁柱。

軍白天出工勞動，晚上進山砍柴，他是當時回鹿山地區最下力氣勞動和最孝順的少年。我幾乎天天看見軍端著母親的便盆，一趟趟在老屋出來進去。總體來說，楊家日子過得相當窮困，但幸好有了軍這樣的好孩子，楊木匠家的才能夠支撐著多活幾年。

就在我小學畢業那年，楊木匠家的這位久病的母親病逝了。軍在二姐出嫁、大姐幫不了任何忙的情況下，竟也能夠較體面地安葬了母親。應該說，在回鹿山方圓幾十裡，當時沒有不認識軍的鄉親。軍實在是一個孝順兒子和好青年的典範，有如我當年的大姐夫雨生。

11
父親的愁悶

　　顯然，關於父親這段野史，實際上是母親嫁來之前的舊事。
如果所傳不誤的話，起碼是蘇靈媽媽死後那幾年的事情。以我後
來觀察，父親的「外遇」，持續的時間並不算長。但不知何故，
父親卻至死背著這個不太好的名聲，至少在大姐榮的眼裡，父親
是一個比任何繼父都糟糕的繼父。

　　奇怪的是，我從不瞭解父親對待這件事情的態度。他既沒反
駁過什麼，也沒解釋過什麼。就連母親在最後幾年半公開地高聲
咒罵，父親也置若罔聞。

　　說起來可笑，母親病重那幾年，不僅眼睛幾近失明，耳朵也
幾乎聾了。十幾年對父親逆來順受，母親終於找到了緩解病痛的
良藥，那就是隨時咒罵父親。

　　母親一開始尚能為開罵找一些理由，比如父親整天吃鎮痛
藥、亂花錢之類，慢慢的，就不需要理由了，只要她想罵，隨時
都可以開口——從背地到半公開，從小聲到大聲，從屋裡到屋
外，從夜晚到白天……而且，母親咒罵的字眼兒也越來越狠。

　　關於楊木匠家的那點事兒，母親顯然比大女兒榮更為在意。
有好幾次，父親從外面放羊回來，都已經走到外屋了，母親還在
裡屋有滋有味地罵著：

　　「千刀萬剮的！老賴歹！」

「他怎麼不死，跟那個騷娘兒們，一塊嘎叭兒死了，倒心寬眼亮！」

「這個挨槍子兒的，出門就碰八個炮子兒！閻王爺咋就不睜眼！」

如果正逢母親病得難受，此等咒語，是一定要一句不落、字正腔圓地罵一回的。這時我和小哥長山、姐姐琴就非常害怕，擔心父親會搭腔，只要父親一搭腔，一場戰爭就不可避免了。我和琴姐都清楚，父親並不是一個好脾氣的男人，早幾年酒後，他除了喜歡打我和小哥長山，也常常打母親。關於這一點，我從來沒有懷疑過大姐榮的描述，儘管榮的講述常常添枝加葉，有時還別有用心。

但是，父親好像從來沒有打過琴姐，這一點，尤其不能讓大姐榮釋懷。榮認為，作為繼父，父親根本沒有權力打小哥長山。事實上，長山挨打，不是因為他淘氣或做了什麼壞事，而是因為翹課，再翹課。當然，小哥也有替我挨揍的時候——父親有時怪他沒有帶好我，以致我在外面惹是生非。

晚年的父親性情大變。對於母親的咒罵，他從來沒搭過腔。如果他在院子或外屋聽到罵聲，就原地停下來，裡屋成了父親望而卻步的地方，不知是該進還是該退。有時，他會大聲乾咳起來——這是在提醒裡屋的母親：我回來了，你就別罵了！可是，不知道母親是真沒聽見，還是故意聽不見，她不罵完一輪，是萬萬不會收嘴的。這時，父親就默默地走到院子某處找點雜活兒幹。如果找不到順手的活計，他就卷起一支粗大的旱煙，蹲在灶間或外屋門檻上一口接一口地吸著。

在這期間，我、琴姐或小哥就會想辦法制止母親。母親意猶

未盡地停住罵，然後側身躺下，張大口喘氣——母親已是嚴重的肺水腫病人，病得越來越重，像楊木匠家的那樣，肺水腫讓這位多災多難的母親同樣受夠了罪。

我始終不明白，哮喘和肺水腫何以如此相似？這兩種疾病是塞北草原回鹿山一帶早年常見的地方病，老人和孩子都有可能患上。因為閉塞和窮困，誰得上了，都得承受漫長的折磨和死亡。

我記得，有一回，天下大雨，父親放羊回來，在外屋生起柴火烤濕衣。母親卻在屋裡一聲高似一聲地歷數父親的種種罪行，不管琴姐怎樣暗示父親就在屋外，母親就是不肯住嘴……

現在想來，我心中總有一種別樣的溫暖，仿佛看到父母相親相愛的某個場景。我知道，每當母親詛咒父親時，父親是相當落寞、相當愁悶的，他會一天或整個晚上不說一句話。父親的愁悶，也許不在母親的咒罵，實則是因為一個父親在漸漸長大的子女面前抬不起頭來。但是，父親的寬容足以證明，母親的病痛痛在身上，但也痛在父親心裡，作為丈夫，他為自己的無能為力深感內疚。

至於父親何時改掉了打母親的毛病，也有兩個版本：一說，自從母親生了我以後；二說，在小哥長山十七八歲的某一天，酒醉的父親又打母親時，小哥突然向這個繼父發動了攻擊，據說那次父親吃了虧。

對後一種說法，我一直將信將疑。小哥長山動手的可能性有，要說父親被小哥打敗的可能性不大。父親是一個體格健碩的漢子，直到他去世，身材還算魁梧，而小哥長山，長到三十歲，身高也沒超過一米五，而且單薄，十七八歲的小哥不可能打倒父親。

不管怎樣，隨著我們年齡漸漸增長，父親不但不打母親了，他誰也不打了。父親還徹底戒了燒酒，戒了酒的父親，就像一個失去獅王地位的老獅子，變得異常沉默寡言。

差不多就在這段日子裡，一種說法傳進了我的耳朵：

軍不是楊木匠的兒子，他是父親的骨血。

也就是說，軍應該是我同父異母的哥哥。

這簡直讓我無地自容。好在那時我已經到山外上了中學。

我知道，要擺脫這些苦惱，躲到學校讀書，也許是最好的辦法。

就在我寄宿學校的第二年，一個更令人驚詫的消息傳來：楊木匠的兒子軍，托人到我家，向我的姐姐琴提親了。

那一年，琴姐剛剛十八歲。

關於父親和軍的關係，軍和琴姐，不可能沒聽見鄉鄰的風言風語。

事情就這樣富有諷刺意味地發生了。

現在，此事已經過去了近三十年，但我仍沒弄明白，這件事本身蘊含著什麼？是鄉鄰惡人的一次精心謀劃？還是軍年輕的懵懂無知？抑或是，同樣受到世俗中傷的軍，想以此向整個回鹿山提出挑戰，用以證明自己和母親的清白無辜……

如果是第三種可能，這個木匠的兒子非同小可，他將會是回鹿山日後不可輕視的人物，此刻，他像一個身經百戰的武士，但他的反擊卻不動聲色，兵不血刃……

我同樣沒有機會直接看到父親對此事的態度。其實，不論父親的態度怎樣，本性敏感剛烈的琴姐自然有自己的主見，事實也是琴自己解決了問題。她在同年深秋的刈草場上，迅速與同營子

的青年漢戀愛，並在全家人的一致反對聲中，不顧一切地與漢生活在一起。

琴的意絕和閃電般的成婚，令所有親人措手不及，全營子人都目瞪口呆。

對於琴姐的選擇，父親一開始比任何人都堅決反對。應該承認，從家庭條件到文化程度，漢比軍各方面都不差，而且，漢濃眉大眼，天生一副美男子的臉——也惟其如此，父親比任何人都瞭解這個巧言令色的青年，漢註定是一個缺乏責任感的花心男子。

也許，就是父親對琴直接挑明了這句忠告，反而成全了漢和琴的迅速結合。真是一語成讖，琴果然用自己的生命做了這次閃電婚姻的賭注。

一天，琴流著淚對父親說：

「都是你，讓我們沒臉見人，我就是要嫁給漢給你看，我死都不會後悔！」

琴說的是「我們」，而不是「我」。

兩天后，鄰居李叔和大姐夫雨生把一隻黑頭母羊牽到我家。一頭健碩的綿羊就是漢家的禮金。

不久，黑頭母羊產下一隻小母羊，也是黑頭，像它媽媽一樣漂亮。

一年後的臘月底，琴和漢生的兒子抽風抽死了。這是一個異常白淨漂亮的嬰兒，既像琴，也像漢。這個孩子，只在世界上存活了九十天。是琴的婆婆因迷信巫醫作法，耽誤了孩子的病。

這個連名字還沒來得及取的孩子死亡九十天后，也就是第二年的農曆三月初一，當山谷裡的春天還未真正來到的時候，差不

多整天以淚洗面的琴服毒自殺，那年，她只有二十一歲。

2009年，我偶然讀到一本叫《花田半畝》的日誌，作者田維，北京女孩兒，也是二十一歲，不幸因病去世。第一眼看見田維的照片，我突然想到自殺的琴姐，同樣的年齡，同樣美麗，卻以不同的方式離開了人世！這個世界，美麗多麼容易粉身碎骨。

在我以後的生活裡，非常在意「九十」這組數字，因為，兩個九十天，兩個至親的人生命消亡，這種巧合讓人刻骨銘心。

父親在一夜之間差不多全白了頭髮。

俗語說，窮家不養嬌女，這真有道理。對於琴的死，世界上也許沒有任何一個人比父親更悲痛。可能是他曾經失去過一個女兒，所以，琴一生下來，就受到了父親的格外寵愛和重視。琴在父親含而不露的寵愛中長大了，長成了一個漂亮、懂事、孝順的女兒，也養成了任性、偏執和決絕的性格……

就在軍託人向琴提親那年，大姐夫雨生把自己的長女秀文許配給了軍。雨生一反當地風俗，一分錢財禮也沒要，就將女兒迅速嫁給了軍。

大外甥女秀文，大我三歲，她比小姨琴小一歲。秀文是個矮小的女孩兒，沒讀過多少書，小時候，因為得過一種叫大骨節炎的病，所以腿腳不是很好，走路的時候微微有點兒跛。

直到今天，我也弄不懂雨生姐夫當時的真實心態——既像為女兒選擇一個好夫家，又像有意為父親和琴的尷尬處境解圍。

雨生是父親當年最看好和倚重的青年，他雖然一直沒能接班當上隊長，但這兩個男人的友誼一直持續到父親去世。

12
死後的琴依然是好看的

琴自殺那天，是一個週六的早晨。

太陽遲遲沒有露頭，山谷陰坡的積雪，經過長長一個冬天的風吹日曬，已經變成抹布的顏色。

琴被鄉人從後山抬回時，一群喜鵲不知從何處飛來，團團圍住七手八腳的鄉民，上下翻飛。在喜鵲焦急的喳喳聲中，琴已經沒有了呼吸。

得到報信，我和小哥長山幾分鐘後就趕到了琴的身邊。從此，我一刻也沒離開過琴，直到她秀美的面龐從蠟黃色變成灰白色，再漸漸變成青灰色，然後從炕上被抬到地上，最後從頭到腳被蓋上一張毛頭紙。

死後的琴依然是好看的，她沒有閉上漂亮的大眼睛，烏黑的秀髮一直露在紙外，像烏黑的墨汁潑在冰冷的屋地上……

後來，醫學知識讓我追悔莫及——琴當時也許並沒有真正死亡，換句話說，至少在應該有效搶救的三四個小時內並沒有死亡，深度昏迷是中毒後常有的症狀。可惜的是，包括我這個初中生在內，親人們並沒有人懂得搶救服毒病人的基本常識，也沒有條件將她及時送往醫院。當那個鄉醫宣佈琴沒救時，我頭痛欲裂，像被人用一根鋼釘慢慢敲入腦袋。

琴姐在深度昏迷中慢慢步入了她真心渴望的天堂……

當天下午，父親被人從響水林場找了回來。

一年前，就在琴流著淚對父親說，她就是要嫁給漢，死都不後悔的幾天後，父親背著自己的行李，到遠在幾十裡外的國營林場當了一名羊倌。

父親趕到漢家時，琴還橫躺在炕上。

此時，琴的血液顯然還在循環，當第三瓶液體滴到一半時，那根插在琴胳膊上的輸液管玻璃罩上端，一滴晶瑩的液體忽然懸在那裡，再也不肯滴落下去──這說明，琴徹底死了。隨後，琴的雙耳和指甲，慢慢變成青白色，最後是青黑色。

父親滿頭大汗，踉蹌著沖進屋來。

一縷陽光，從窗戶紙的破洞射進屋來，正好投在琴的額頭上，琴的頭被罩上一層金色。

父親站在炕沿前愣了幾秒鐘。

父親突然爬上炕，匍匐著撲向琴。

父親用健康的右臂飛快地托起琴的腦袋，不怎麼靈活的左手慌亂地按在琴的額頭、臉上。

父親跪在琴的身旁，看了琴幾秒鐘，突然把琴的頭死死攬在懷裡。

父親哭出聲來。

父親的全身都在劇烈地抖動。

父親摟著琴的頭，用那只殘廢的手，一次次撫摸著琴的臉。

父親的手撫過琴的額頭、眉梢、鼻子、嘴和下巴頦兒。

父親一遍遍為琴梳理亂糟糟的、烏黑的頭髮，直到琴的頭髮徹底理順了。

最後，父親用手慢慢合上了琴半睜的雙眼。

　　這是我有生以來第一次看到父親流淚，也是惟一一次看到父親痛哭！要知道，滿洲人成年男人，親人死亡是不能哭泣的——這是千百年形成的民族風俗。

　　鄉鄰們用了好長時間才拉開父親。

　　在屋裡屋外一片啜泣聲中，父親慢慢地被攙下炕，在裡屋的某一處被什麼絆了一下，有人把他扶坐在一個木凳上。

　　這時，父親突然看見了我，這是一種異常陌生的眼神，像不認識我一樣。父親隨後又看了我一眼，似乎愣了一下，眼神亮了一下，隨即又暗淡下去，繼而重新蒙上一層淚水。其實，父親有一雙非常明亮和深邃的眼睛，琴的眼睛和父親的一模一樣。

　　就在鄉親們從炕上七手八腳往下抬琴時，父親輕聲問我：

　　「你姐……留下什麼話？」

　　我搖搖頭。

　　事實上，從我見到琴那一刻，琴就沒說過一個字。

　　淚水再次流過我的雙唇。旁邊，漢家一個姨母告訴父親：琴是在後山上服毒的，婆家人找到琴時，她就不太能說話了，最後只說了半句話，意思是希望她的死訊，不要告訴有病的母親……

　　毫無疑問，小腳母親對這一切一無所知。她當時就躺在距漢家不到三百米的老屋火炕上，正在忍受著肺水腫的無情折磨，直到母親最後離去，她也不知道她最小的女兒，已經先她而去。

　　沒有誰能夠抵擋這種巨大的悲傷，聽了琴姐婆家人的轉述，在場的親人心都碎了，大姐榮轉身跑到外屋，再次放聲痛哭。

　　……直到現在，我仿佛就置身在三十年前那個初春的下午，屋裡屋外都是親友鄉鄰，地上躺著死去的琴。隱隱的，有誰在哭，或是大姐榮，或是大姐的女兒秀文、秀芝，或是琴的幾個小

姑，而琴昨天晚上，還給我和母親做了最後一頓晚飯……

離開故鄉後，一想到琴的烏髮和美麗的眼睛，我的淚水總會一次次流下來。我不知道，一個決心以死拒絕世界的二十一歲的女兒，緣何在臨終前，拼力提醒世人，別把這個噩耗告訴母親？既然她自己都能視死如歸，難道不知道，母親正時刻被病痛折磨著嗎？事實上，沒有誰比琴和我更瞭解母親那幾年的尋死經歷了。眼睛的漸漸失明，耳朵的漸漸失聰和雙腿的漸漸癱瘓，再加上一刻不停的憋氣，母親已經把死亡當成了人生惟一的幸福。如果不是被孩子們嚴加看護和她自己的行動不便，母親隨時都有可能用剪子、菜刀或繩子，甚至撞牆結束生命。

然而，母親沒有死，她最美麗聰慧的女兒琴，卻在隔壁的漢家死亡了。而死因的直接導火索竟是一件小事：知道我這個小弟週末從寄宿學校回來，琴就跑回來，一邊給母親和我做飯，一邊聽我講學校發生的趣事兒。琴在山外上過一年中學，她最愛聽我講學校的故事。就這樣，琴誤了漢的晚飯。夫妻因此爭吵，據漢說，當時他並沒有動手打琴，語氣最重的一句話就是：「喜歡回娘家，你嫁人幹啥？滾回娘家去吧！」

琴知道自己不能回家，家裡沒人同情她的婚姻。她選擇了另外一種回家的方式。琴姐服毒時，懷裡還抱著三個月前死去的兒子的一件小襖。

儘管我知道，這不是意志堅強的琴真正絕世的原因，琴的死必定另有隱情。但幾十年來，一想到琴的死，我就自責不已——如果，那天不是週末，我就不會回家，我不回家，琴就不會在家裡耽擱太久，這樣的話，琴或許會與前來索命的死神擦肩而過……

13
父親叫一聲琴

　　什麼都不能改變，琴死了，像所有生命消亡一樣，復活只是人們的美好願望。太陽落到西山頂時，父親說：

　　「把琴搭出去吧。」

　　父親的意思是，琴已經死了，在屋地上躺了大半天了，死去的人應該抬到當院的靈棚裡，這是鄉俗。

　　這時，榮突然大聲喊起來：「不行！我妹子不能就這樣白白死了，不償命也得丘[10]在屋裡。」

　　同母異父的大姐榮，當時已經是五個子女的母親，她雖然喜歡道聽途說，平時與小妹琴並不見得多親近，但琴的死還是讓她悲傷不已。

　　平時笨嘴拙舌的小哥長山，也大聲咆哮：「對，誰也不能動，誰動琴我就劈了他！我要燒掉這房子。」

　　小哥的動議，立即得到我幾個表兄弟的回應，他們是我娘舅家的三個兒子波、芳和清。幾條漢子個個紅著眼睛，摩拳擦掌。

　　小哥雖然是異父哥哥，但由於琴和我與他一起長大，他的感

---

10 當地舊時風俗，冤死的人如果正義得不到伸張，親人們就會用暴力強行將死者留在室內。以這所房子做墳墓俗稱丘子。

情自然不比別人。自從琴被宣佈死亡那時起，小哥立即紅了眼，瘋了一般找漢拼命。

已經有幾個鄉親，暗中看住了小哥。大家知道，長山雖然生得矮小，但卻性格倔強，愛恨分明，過去與惡鄰發生爭執，常鬧出以死相拼的事情來。

就在這時，二哥忠趕到了。

他的到來，引發新一輪悲聲。我、長山和榮仿佛見到了救命的菩薩，一齊擁向他。

突然失去小妹的忠沖進屋來，揭開紙被，只匆匆看了一眼琴，立即返回當院，大聲喊著漢的名字，讓他跪出來說話，但擠到面前的卻是一幫勸慰的鄰居。

忠急了，厲聲說：

「長山，你們還等啥，抄傢伙，給我砸……」

兄弟們紛紛尋找趁手的武器，一場鄉村常見的伸冤械鬥即將開始。

就在眾人亂成一團時，父親被大姐夫雨生扶出門來。他站在臺階上，像一堵陳舊的老牆擋在屋門口。

見兄弟們硬要往屋裡沖，父親突然喝令：

「你們……都給我住手！」

憤怒的兄弟們並沒有住手的意思。

父親向後退一步，繼續用身體堵住門口，大聲說：

「你們都停下，誰也不能亂來，今天死的，是我閨女，我的閨女！除了她娘，今天的事兒我說了算……」

幾乎沒人相信，這是一個父親此時說出的話。忠、長山和大姐榮都愣在那裡。

就在大夥愣神兒之際，雨生發話了：

「忠，他二舅，老話說，人死不能轉活，事情已經到了這一步，我們……我們還是聽叔的吧……」

鄉親們馬上附和，又七嘴八舌地勸慰起來，整個院子一片嗡嗡聲，像一口空空的缸發出雷鳴的迴響。

愣怔中的大姐榮，終於找到了發洩的對象，她突然哭喊著沖向雨生，在他臉上劈劈啪啪地抽了幾個嘴巴子。

二哥忠這時才反應過來，他愣了片刻，然後憤怒地瞪著繼父，哽咽著說：

「好吧，叔……既然，既然是你的女兒……你的女兒，你說了算，那，我們走……我們都走……」

二哥忠的眼淚終於流了下來。他突然沖上臺階，猛地撥開父親，幾步搶到琴的屍體旁，撲通一聲跪下去，對著妹妹，砰砰磕了兩三個響頭，然後爬起來，踉踉蹌蹌地沖出屋門，飄飄忽忽地跑向大門……

幾個表兄弟見此情景，也提著傢伙，跟著忠沖出漢家。在傍晚此起彼伏的狗吠中消失在營子口。

……

後來，大姐榮逢人便說：「自個兒的親生女兒都死了，當爹的，連口冤枉氣都不讓出，這樣沒有心腸的人，世間少有！」

說到琴死這件事時，榮是叫著父親的名字說的。

在我的故鄉，無論是否親生，如果一個子女在人前叫出父母的名字，這就意味著一種親情關係的徹底決裂。

這一事件，再次加重了榮厭惡父親的砝碼，在以後許多理應

需要她向我父子伸出援手的時候，大姐榮卻一直袖手旁觀。

　　第二天中午，琴像正常亡故的人那樣出殯，奇怪的是，指路[11]的人竟是父親。

　　父親站在一個長條凳上，面朝西南，用一根擀麵杖，敲打一下腳下的凳子，指向西南方向。

　　父親叫一聲琴，說一聲：

　　「琴，好丫頭，走好啊，奔西南，那是大路……」

　　再敲一下凳子，父親再叫一聲琴，又指向西南，說：

　　「琴啊，你一定要走好啊，要奔西南大路……」

　　按喪俗，亡人之路要指七遍，但父親卻把擀麵杖一次次指向西南，指了一遍又一遍，此時人們才意識到，父親會這樣一直指下去，但沒人忍心止住他……他不停打顫的雙腿被兩個鄉鄰一邊一個扶住，聲音已經微弱得像自語。最後，他一頭栽在幾個保護他的鄉鄰懷裡……

　　鄉親們點燃成堆的黃紙，如黛如煙的山谷裡，飄起無數黑色紙灰，像一隻隻黑蝴蝶向遠山飛去。

　　父親昏了過去……

　　為琴送葬的人很多。這在我的故鄉是個例外。因為，當地人認為，山禍、溺亡、自殺等意外死亡是橫死，而橫死的人一般都

---

11 滿洲人死後，要頭西腳東。起靈下葬前，由死者的子女或其他晚輩站在靈前高處，面朝西南，叫著死者的名字，指引他通往天堂的路，俗稱「指路」。

陰魂不散。橫死的人出殯時，不滿十八歲的年輕人和兒童，都要
盡量避開，以防被抓成替死鬼。

在送葬的隊伍頭頂，昨天那群一直圍著琴飛舞的喜鵲又飛來
了，它們像上蒼派來的護佑使者，在隊伍前後忽上忽下地飛翔。

營子中的老人都說，琴這孩子仁義，烈性，死得乾乾淨淨，
所以不會下陰曹地府。喜鵲是喜鳥，是玉皇大帝的信使，它們來
引領琴上天堂。

在這美好的祝願聲中，人們只看到琴扔下了父母，毅然去追
尋死去的兒子了，儘管她才二十一歲。沒有多少人理解，生死對
一個未亡人意味著什麼，但我相信父親知道。琴這樣的女兒，誕
生在回鹿山這個地方，誕生在這樣一個時代，乾乾淨淨地自決，
似乎是最好的出路。丈夫的花心，喪子之痛，對父母家人的愧
疚，生活艱苦，這一切，只不過更加堅定了琴自戕的決心罷了。

日後我想，琴沒有後代，那麼，按鄉俗，給琴指路的人應該
是她愛人漢，如果不是，應該是我這個弟弟，那，為什麼偏偏是
父親？

父親為琴指路這一幕，多年後還常常出現在我的夢中，醒來
後，我常常一夜難眠。一想到此，父親那顫抖的雙腿，歪斜的肩
膀和一遍遍叫著琴走好的情景猶在眼前，令我不能自已……

後來我努力回想，琴在死亡和下葬的整個過程中，他的愛人
漢在哪裡？特別是在換衣、入殮、開光[12]和指路的關鍵時刻，漢

---

12 滿洲亡人起靈前，由最親近的人用清水擦洗五官，禱告天堂幸福，俗叫「開
光」。

為何一直沒有露面，他當時在哪裡？

記憶是清楚的，也是真實的。自從琴被認定死亡後，漢就再也沒敢走近琴。他躲躲閃閃的身影，令向往愛情、相信愛情的人心碎。

一個美麗的妻子死了，入殮後棺蓋封死那一刻，那個叫漢的丈夫卻站在一米以外的人群中，他不敢走近即將永別的妻子，這個男子的目光裡一直充滿恐懼。

客觀地說，誰都不是聖人，活人對死人的恐懼，也是非常自然的事情，特別是對青少年而言。在琴死後的一段時間內，我就恐懼過，特別是晚上，我常常害怕得不敢出屋，不敢大聲喘氣。儘管我儘量裝出若無其事的樣子，但我總覺得，琴每天夜裡都回來，她有時藏在西屋的米囤後面，有時藏在房檐下的暗影裡，有時就站在裡屋油松老櫃旁邊……

我相信，父親早就洞悉了我內心的恐懼，因為，每當我夜晚不敢獨自出去方便時，父親就會及時拉亮電燈，拿起電筒對我說：

「我出去尿尿，你去嗎？」

我什麼也不說，爬起來下炕，默默跟在父親身後。我咚咚狂跳的心安定多了，那黑黢黢的夜，遠遠的山，慢慢翻卷的浮雲，隱約的溪水聲，眨眼的繁星和夜鳥的悲啼都變得不那麼可怕。

這也是我有生以來，第一次感覺到，父親對於我的重要性。這時的父親，在我心中清晰而親切。

14
父親說他頭疼

　　到底誰該為琴姐的死負責，是漢？是她兒子？是父親？是楊木匠的兒子軍？還是琴姐自己？我至今也沒有找到令自己信服的答案。

　　現在我承認，生活像一艘航行在波濤洶湧的大海上的船，過來的路雖有風浪，畢竟過來了，當下怎樣，自己真能掌控嗎？岸邊還很遠，未來會一帆風順嗎？生活之船始終隱沒在層層霧障中，世人很難控制一切。生命的過程是一個靈性的遞進，我們看不見，摸不著，無法觸及的靈性法則正在掌管著這個過程。

　　當年的另一件大事是，埋葬了琴姐之後，我輟學了，在初中三年級的上半學期。父親也暫時辭去了林場的羊倌之職。

　　兩個月又四天后的農曆五月初五，小腳母親在家裡溘然而逝。這之後，父親變成了一個徹頭徹尾的癮君子。

　　事情之大，變故之快都令人措手不及，但事情還得從琴死後說起。

　　我的輟學和父親重新回家，並沒有給家裡帶來任何變化和好運。那是我家老屋最暗淡的日子。臥床的母親，時時受著肺水腫的折磨，而父親、我和小哥，不但忍受著失去琴的悲傷，而且時刻忍受著母親一意尋死和追問琴去了哪裡的驚恐。

　　我、小哥和父親幾乎晝夜不停地輪流看護著母親。除了照顧她的生活起居外，連睡覺都睜著一隻眼睛——生怕母親突然死去的恐懼時時占據我的整個思維。這期間，母親一直詢問琴去了哪裡，我們就騙她說，琴因為和漢沒有辦結婚證，卻生了孩子（母親是見過琴的兒子的），是計劃外生育，犯了國法，怕政府來抓人，她躲到寬城老家去了。

　　一開始，母親半信半疑，十天半月後，母親越來越多地向父親問起琴，問她為何還不回來？而且，每次都用緊張的眼神盯著父親的眼睛問。父親每次從母親的詢問中逃脫後，都會藉口鋤地，到房後的菜園中蹲上好大一會兒。

　　自從琴的兒子死後，母親咒罵的對象開始從父親身上，轉移到琴的婆婆身上。母親雖然也迷信，但還不會迷信到相信巫醫的程度。她詛咒琴的婆婆，因為是她讓跳大神的巫醫害死了白胖胖的外孫。

　　琴死後不久一個黃昏，我無意中發現，父親急匆匆地向楊樹谷方向走。那是一片沒有農田的陰谷，谷很深，琴就孤零零地葬在陰谷的盡頭。

　　又一天清晨，當我將漢家給的黑頭母羊連同另外幾隻羊，趕往東梁山坡時，我隱約看見，父親像一截樹樁一樣，站在琴的墳旁。周圍是安靜的春山，成群的雲雀從谷底飛起來，落在半人高的荒草叢中，還有三兩隻號寒鳥隱藏在一棵柞樹上。聽不見雲雀的啁啾，也聽不見號寒鳥的泣叫，清晨的楊樹谷半隱半現在繚繞的山嵐之中。一群藍色的野鴿從山坡上飛下來，又飛上去。

　　父親從琴的墳上回到家時，往往會跪在西屋的炕上，把臀部翹得高高的，雙手死死抱住自己的腦袋縶在枕頭上，長時間一動

不動。即使在田間勞動間隙，他有時也會把頭頂到一棵楊樹的樹幹上，兩臂環抱著後腦，一站就是一個時辰。

當時我還不知道，此時的父親，精神上已經垮了。除了承擔白髮人送黑髮人的巨大打擊外，他的身體也垮了——他正在與一種頑疾作著抗爭。

這個頑疾就是父親的頭痛。

父親說他頭疼，疼得厲害，而這時的父親，已經完全戒掉了燒酒。

父親一直有偏頭痛的毛病，好像從我出生時，他就有了這個病。沒人懷疑那是日本人的子彈留下的後遺症，一顆子彈從額頭打進，又從後腦「滑」出去，會不會傷及大腦，我不知道，恐怕連父親也沒這樣想過。

由於習以為常，我從來沒想過，父親是個有病的人。關於這一點，恐怕天下絕大多數兒女都有同感，總覺得父母是不會得病的，即使得病，也無大礙，更不會死亡。

過去，父親一直有吃鎮痛藥的習慣，每天要吃兩片APC，就是藥片上凸凹著三尾小魚的那種阿司匹林[13]。在我的印象裡，這就如同父親每天要吃飯喝水一樣平常。就我當時的認知水準和生活經驗來說，根本不可能知道，阿司匹林和強痛定片是麻醉神經的藥品，如果長期服用，是會上癮的。

但令人意想不到的是，這種一分錢一片的鎮痛藥，有一天在

---

[13] 上世紀六七十年代北方農村將一種鎮痛藥稱為阿司匹林，與現在流行的保健藥不同。

我的家鄉脫銷了。

公元1980年前後，阿司匹林這種與北方廣大鄉民生活關系密切的藥品，在回鹿山一帶的藥店被宣佈脫銷。藥店的主人稱，有一種叫做強痛定的藥片，會更好地取代它。當然，強痛定的價錢要貴阿司匹林兩倍還多。

忍受不了頭痛的父親，只好改用這種較貴的強痛定片。從效果上看，這種藥確實比阿司匹林見效快，鎮痛的時間也長，但後來我知道，這種藥的性能更接近毒品嗎啡。

不久，鄉村藥店又宣佈，強痛定藥片也不能供應了，取而代之的，是強痛定針劑。這種兩毛多錢一支的鎮痛藥劑，終於徹底將父親拖進了毒癮的深淵。

以後我終於明白，回鹿山三號營子這家在當時還是政府指定的惟一一家鄉村藥店，由於經營者的惟利是圖，所謂的阿司匹林脫銷，不過是他們為藥品擅自加價製造的假相。同時，為了推廣利益更大的強痛定片和針劑，他們牟利的手段越來越多。原來，像我父親一樣年紀的鄉村老人，由於過分依賴像阿司匹林這樣既便宜又鎮痛的藥物，很多人實際上成了癮君子，而這兩個吃著公家飯，拿著公家錢的藥店鄉醫，就借機大發不義之財。直到我父親去世，藥店還有據說是我父親欠下的幾百元藥費。此時這家藥店，被個人承包了，承包人坑騙百姓的現象更是有恃無恐。儘管那時我已經當兵走了，儘管那時我已經非常清楚這兩個人應該得到法律的制裁，起碼是道德上的審判，可我後來還是徹底償還了這筆糊塗賬。我是父親惟一的兒子，無論怎樣，父親死了，父債子還，這是我從小就知道的古訓，我不能讓地下的父親過於失

望。

更令我痛心的是，二三十年後的今天，在我的家鄉，鄉醫騙人、坑人、害人的程度更到了令人髮指的地步。就是當年那個藥店，現在的生意越發興隆了，藥店主人老了，他們的子女又繼承了父親的事業，一批又一批像我父親一樣的鄉村老人，還在阿司匹林和強痛定的作用下苦苦度日！

15
母親死後

身為兒女，我的體會是，千萬別輕易指責你的父親，不論他是個什麼樣的人。在你離開父親獨自生活前，不論你發現了什麼，認識到什麼，都會有失孩子式的偏頗；除非有一天，你做了父親，並且你的兒女已經長大成人，這時，你才有可能具備了評說父親的資格。毫無疑問，在寫出這句話之前差不多十幾年裡，我還糾纏在父親與毒品的關係中。

其實，已經被鎮痛藥物控制多年的父親，很容易就會跌入鄉醫設下的陷阱。加上失去愛女的痛苦，我的無端退學，母親綿綿無期的病痛，沒有酒精的麻醉，還有什麼更好的方式排解父親的身心重負呢？

更何況，母親最後一段日子，之所以能夠減少些病痛的折磨，父親的方式何嘗不是我樂意看到的？

那時，已經沒有任何藥物能緩解母親的憋氣和全身腫痛，儘管現在看來，母親的病在當時並非不治之症，但在那個極端貧困的年代，在缺醫少藥的鄉村，在鎮醫院住了六十多天的母親，只有一條路可走：回家等死。

見母親難受，父親就請來鄉醫給母親打一針強痛定，母親果然很舒服地睡著了。看著母親發紫的嘴唇終於能閉合一會兒了，我高興得一次次想哭……以後的日子裡，母親除了醒來後吵著要

見琴姐外，其他時間，似乎都是在大劑量的強痛定作用下度過的。

1981年農曆五月初五。端午節。

這是琴姐死後的第六十四天。

當我和小哥清早起來，到河邊采回一筐艾蒿和薄荷回家時，父親剛剛點火做飯。

此時，母親還安靜地躺在炕上睡著。

飯好後，父親讓我叫醒母親。

我走到母親頭上叫了兩聲，母親沒有動靜，再大聲叫一回，還是沒有反應。我用手推了推母親露在被子外面的肩頭，肩頭是冰涼的，母親整個身體都跟著晃動起來。

母親就這樣不知何時已經走了。

……

埋葬完母親，家裡不僅一貧如洗，一個更嚴重的問題同時突顯出來：由於父親對強痛定等鎮痛性藥物的需求過大，父親竟開始變賣家裡一切可以變賣的東西。那是北方鄉村實行農田承包責任制的第二年，剛剛分到家裡的幾隻羊也被父親賣了。

但是，父親卻沒有賣掉作為琴的財禮的那只黑頭母羊和它繁殖的兩個小黑頭。

父親不僅在一年之內成了一個喪女亡妻的倒楣鬼，還成了回鹿山第一個被公認的吸毒者。雖然，那時在我的家鄉還沒有吸毒這個詞，但一個「扎針的」惡名還是傳開了。一些別有用心的鄉

民一邊鼓動著父親扎針，一邊在後面戳戳點點。

這就是我日後認識的我故鄉某一類人——那種恨人有，笑人無的壞習氣，不知是與生俱來，還是慢慢養成？反正，我很早就看不慣故鄉人了。當我在外面有機會走過其他省份的鄉村後，比如湖南的湘西、雲南的麗江等，我常常被一些淳樸、憨厚的鄉民所打動。於是我想，要是我故鄉的人，像他們一樣該多好啊！當然，有時也往寬處想：或許，故鄉人本來是和其他鄉村人一樣的，很多地方可能還更好，可能是因為我覺得受過傷害，是我的心和眼睛出了問題吧！

不知不覺中，我和小哥長山開始干預父親的扎針行為，但一切都為時已晚。

更令人不可思議的，還是那家藥店，他們有一天竟中斷了父親的針劑供應，理由是政府發現了問題，開始干預鄉村藥物市場。

然後，就有一個鄉醫向父親偷偷推薦一種黑色塊狀物。我斷定，見過世面的父親不可能不知道，這就是俗稱大煙的鴉片，但誰又能說，在當時的境況下，一個上癮的病人能經得住這種東西的誘惑呢？

這是一個故事嗎？不相信的人一定會這樣問。若干年後，我仍沒有力氣回答這個問題。有誰會相信呢？在全世界都在打擊毒品交易和犯罪的今天，在我的故鄉，不僅早在二十世紀八十年代有，現在仍有像當年我父親這樣的老人，被強痛定、類似的針劑和「大煙」所控制，而且出現了半公開的鴉片交易。更為可怕的是，現在這些麻醉神經的藥品流向鄉村的管道更寬更廣了，並且

真假難辨。

在鄉民身上發毒品財的人，也不是當年的一個藥店和一兩個鄉醫了。就在2000年冬天，聽說一個我認識的鄉親，因為扎了假大煙而爛掉了胳膊，後來竟丟了性命。

而在當年，父親這種不可饒恕的錯誤行為就直接導致了另一場悲劇的發生。

這場悲劇的導演是我的大姐榮。

母親死後，榮不斷對我的異父小哥長山進行曉之以理，動之以情的「策反」。

大姐和小哥同母同父，這也許正是小哥更信賴大姐的原因。安葬完母親半年後，小哥長山正式提出與我和父親分家單過。

父親好像早有預料，他平靜地勸說小哥留下來。但小哥的去意極為堅定，不可改變。

父親和我用盡各種辦法進行挽留，結果都失敗了。固執而有些偏執的小哥異常堅決，任何人都不再可能勸他留下來。

分家的時候，父親對我說：

「這個家，都是你哥這些年下苦力掙下的，理應由他說了算，他想怎樣分，就怎樣分，他想要什麼，就要什麼吧。」

就這樣，原本把眼睛瞪得很大的榮很滿意，小哥如願以償地分到了他想要的東西，包括那匹栗色母馬。

在分幾隻羊時，父親對小哥說：

「三隻黑頭就留下吧，那是漢家的羊繁殖的，當年琴喜歡，說黑頭羊最好看。」

小哥點點頭，答應了。

少得可憐的家產分完後，小哥竟一天都不肯在這個家多待。在當年最後一場秋雨的晚上，他搬到了大姐榮家的西屋。

大姐榮樂了，我卻第一次感受到骨肉分離的劇痛。

那天傍晚，在鄰人的監督下，一切都已交割清楚，能搬走的，小哥都搬走了。最後，小哥和父親分別在鄰人的公證文書上簽字，按了手印。

鄰人走後，老屋裡只剩下了父子三人。

非常奇怪，即便到了這個時刻，我也沒有覺得特別難過。分家這兩天發生的事情，平靜而詭異，一切都恍若在一場夢中。我在心裡暗暗告訴自己：這不是真的，這一切都是夢，小哥不會走的，他不會這樣離開我和父親。

天完全黑了，老屋裡亮起了燈，外面突然下起雨來。我擔心園子裡那株向日葵，會不會遭到雹子的襲擊。這株向日葵晚生了一個多月，個頭不高，而且分出大小三個頭。別的向日葵落花時，這株三頭向日葵才開花。時至深秋，它的花期卻還沒有過。

菜園子裡，還殘生著秋尾的其他農作物。越來越大的雨點砸在角瓜葉上、黃瓜葉上、旱煙葉和甜菜葉上，發出一串串玻璃破碎的劈啪聲。

秋尾的植物葉子大多枯黃了，它們似乎只等這一場秋雨來徹底摧毀它們，以便完結自己短暫的一生。

父親一直坐在炕頭兒，一個下午都沒有下過地。在父親頭頂，那盞小瓦數燈泡散發出橘黃色的光。

父親一支接一支抽著旱煙，忽藍忽白的煙霧包圍著父親，煙霧繚繞著，繚繞著，慢慢從父親的身上、頭髮裡四散開去。

送走了鄰人的小哥，在櫃邊站了片刻，然後默不作聲地脫鞋上炕。他從被垛裡分揀出自己的被褥、枕頭和過冬的棉衣。這些衣物，都是母親和琴姐生前一針一線拆洗過的。那上面還殘留著一家人的氣味和暖意。

我坐在炕沿邊上，默默地看著這一切，腦袋一陣陣發木，意識一片空白。當小哥把枕頭和棉衣捲入被褥時，我像忽然明白了什麼，開始害怕，瞬間渾身發冷，冷得幾乎打起冷戰來。

小哥有條不紊地卷起被褥，夾在右腋下，然後下炕，穿鞋，一聲不響地向門口走去。

此時的我，好像一下子從夢中驚醒了，猛地跳下炕，同時發出了一聲天崩地裂般的哭喊：

「小哥——你——別走……」

但小哥的一隻腳已經跨過裡屋門檻。我一步搶上來，雙手死死拽住被褥一角。

小哥好像很意外，回過頭吃驚地看著我，但他仍然沒說一句話，也沒有停下來的意思，只是夾緊了腋下的被褥。

小哥的態度讓我更加恐懼、更加絕望。我一面更大哭聲地央求小哥別走，別扔下我，一面回頭哀求父親：

「叔——叔——求你了，求求你了，求你讓小哥留下來吧——叔——我求你啦……」

不難想像，我當時的哭喊應該是最無助，最絕望，最淒厲的！然而，小哥並沒有動搖，父親也沒有說話，他一動不動地坐在那裡，周身被煙霧纏繞著。

於是，我回頭繼續央求小哥，更加用力地拽住被褥不放。

就這樣，小哥在門檻外，我在門檻裡，各自抓住被褥一頭，

他拽過去，我扯回來，他又拽過去，我再扯回來……就這樣拉鋸一樣扯拽了很久很久……

最後的勝利者還是小哥。他總算擺脫了我的糾纏，像逃離魔窟一樣消失在院外的秋雨中。

在整個拉拽過程中，父親一句話也沒說。

我追到外屋，如注的大雨阻擋了我。於是我停止喊叫，眼睜睜看著小哥消失在雨霧裡。

不知過了多久，我有些站不住了，就倚住風門框努力站著，後來終於支撐不住，出溜著坐在外屋門檻上。淚水沒有斷，我安靜地哭。哭累了，我回到裡屋，發現父親跪在炕上，把臀部高高翹起，頭死死頂在山牆上。

往事真不堪回首，一想到當年小哥搬出時的情景，我還是像當年那樣心如刀絞。好在，一切都過去了，可喜的是，小哥長山后來終於過上了正常人的生活。他有了妻子和兒子，雖然我知道，小哥心裡也清楚，他後來的圓滿家庭都是父親臨死前一手促成的，但在這裡，我還是想告訴他：

——親愛的小哥，你當年的決定可能對了，也可能錯了，不論對錯，傷害是嚴重的。你不僅傷害了父親，也深深傷害了一個未成年的小弟！當他拉住你的行李，一邊拼命往屋裡拽，一邊哭著喊著讓哥哥留下來時，你知道嗎？那一刻，一個少年的天空真正塌下來了。在那一刻，小弟真正體會到了骨肉剝離、生不如死的滋味……還有，我想說，親愛的小哥，儘管到今天我也不知道，父親在你心中占有什麼位置，但我要告訴你：作為繼父，我認為父親是愛你的，特別是琴姐死後，我又小，你成了這個殘破

之家的頂梁柱。父親深知你的重要，無論是從生活上，還是情感上，我認為，父親給予你的，要遠遠多於我。我只說一個細節：在母親死後那段日子，你上山勞作時，父親在家做飯，他每天都把最好的飯菜留給你。如果炒一盤雞蛋，父親只會夾一片給我，他一口都不肯吃，一直熱在鍋裡，不時加一把火溫著……

　　……

　　關於小哥的離去，還有一件小事不得不提，那就是小哥分家時，大姐榮提出要求：「長山從此改回本姓。」也就是說，要改回榮姐父親的姓。但在這件事兒上，父親卻沒有同意。

　　那天，父親對小哥說：

　　「別的都行，什麼條件我都依你了，只是這個姓，你就別再改了，咱們在一起，待了這麼多年，分家別分心。你娘從五歲帶你過來，就隨了我的姓，琴和城邦一直都倚靠你。你雖不是我親生的骨血，但畢竟和弟妹一奶同胞，現在，琴也死了，你這一走，城邦心裡最難過……要是你把姓也改了，他就越發顯得孤單了，我已經老了，身子骨不行了，說不定哪天一死，你弟弟還得你幫助……」

　　父親說到這兒，突然停下了，沒再往下說。

　　小哥不置可否。我想，小哥一定是聽進了父親這番話，改姓的事就此放下了。

　　仔細算來，當年分家的時候，小哥長山已經三十歲，由於本人條件所限，家庭又太貧困，當時還是光棍一條。且不說大姐榮的用心有何不妥，就在鄉鄰看來，小哥的處境也是堪憂：一個又老又扎針的繼父，一個讀過幾天書，成天滿腦子幻想，又不肯下

力氣勞動的小弟……於小哥來說,這種扛長活的生活似乎永無出頭之日!

當然,這種現實,大姐榮看得更清楚。她給小哥的許諾是:只要搬到她家,不出半年,就會給小哥說上媳婦。

大姐的願望是好的,但不會那麼容易實現。小哥在以後幾年,就成了大姐家一個能幹活的主勞力。大姐這時剛生下第六個孩子不久,頭四個都是女孩兒,最小的兒子當時只有一歲多。小哥長山的入夥,實實在在彌補了大姐家勞力不足的缺憾。

坦率地講,現在,我一點都不怨恨小哥當年的離去,他沒有任何錯誤,是我和父親讓他對一個家庭失去了信心。當然,我也沒有絲毫指責榮和雨生夫婦的意思,他們無論如何都是我的親人,尤其是姐夫雨生,在琴死後,他實際成了我惟一的姐夫。在我當兵前的生活中,他不但彌補了大姐榮作為親人對我的某些怠慢,從親情上給我以撫慰,而且還在父親離世之後,用他長兄般的方式教我如何做人。現在,雨生已經是一個七十歲的老人了,他有了兩個孫子,兩個外孫,四個外孫女,是名副其實的子孫滿堂!在這裡,我應該先向雨生姐夫鞠躬致敬:

——親愛的雨生姐夫,您是我心中最勤勞樸實的親人,也是父親一生的知己,我永生難忘你對我們的好處!

16
小哥當年的出走

　　有人說，出生在二十世紀六七十年代的人，既是不幸的一代，也是有幸的一代。說不幸，是因為，他們在繈褓或懵懂無知的童年生活中度過了一個特殊的時代，人們只允許有一種思想，物質生活極度困苦；說有幸，因為那是另一種偉大的時代[14]，中國人靈魂與肉體的幸與不幸都由他們的父母來承擔了。漸漸的，我已經不大相信，會有多少人體悟到時代生活的烙印。

　　像受到了某個巫師的詛咒，1981年在我的人生旅程中意義特殊。那一年，我連遭厄運，真可謂一年之內家破人亡。

　　說到靈魂的頓悟，我承認，即使琴姐自殺、母親亡故和自己的輟學，都沒真正觸動我混沌的心，更遑論關於生活和命運的思考，但小哥的搬走，卻給了我最沉重的一擊。

　　小哥搬走那晚，父親一根接一根吸著旱煙，這真是一個漫漫長夜。我一直被悲傷包圍著，幾乎流幹了眼淚。我很想讓自己馬

---

14 這是歷史眼光下的偉大時代，一個國家或一個民族要創造歷史和發展歷史，必由不同時代不同民眾的生活來做基石。為整個人類留下經驗的時代應該是偉大的。——作者注

上想透小哥搬走的真正原因，然後一遍遍設想著，此時的小哥，會不會也像我這樣傷心，落淚，輾轉反側？如果是，小哥明天會突然回來嗎？一想到小哥此時也許正像我一樣因分離而暗暗哭泣，我的心就一陣陣絞痛。

我再次嚶嚶地哭出聲來，一遍又一遍。

天快亮的時候，下了一夜的雨停了。父親掐滅煙頭，轉過身，輕聲對我說：

「天快亮了。你不睡一會兒，要生病的。」

父親的開口，仿佛讓我一下子找到了問題的答案，我突然坐起來，對父親大聲喊道：

「你少管我，要睡你自己睡吧！還不是因為你，要是你不扎針，我小哥也不會走！」

說完這句話，我的嘴唇有點發麻，上下牙齒開始打架，畢竟，這是有生以來，我第一次如此不敬地對父親說話，況且，這句話的威力簡直就像一顆炸彈。

父親雖然是老來得子，但在我的印象中，似乎沒有什麼具體事情證明他多麼疼愛我，倒是遭他痛打的記憶深刻。事實上，我一直是懼怕父親的。現在，我的兒子已經二十歲了，他毫無二致地延續了我的過去，他用自己的體會向他母親陳述與我的關係：恐懼。

可是，父親並沒像我擔心的那樣憤怒起來。他只是看了我片刻，表情疲憊，目光游離。然後才說：

「你哥願意走，那就讓他走吧，你還小，有些事情你還不懂，他遲早是要走的……」

父親的平靜給了我勇氣，我立即打斷他的話：

「騙人去吧，我小哥就是因為你扎針才走的，他根本不願意走。再說，我不是小孩子了，我知道怎麼回事！」

父親不再說什麼，他別過臉去，下意識地到煙筐裡捏煙，但煙筐已經空了。父親抽回手，然後深深地把頭低下了。

這是我第一次以對峙的方式和勇氣與父親交流對事物的看法。當父親低下頭那一刻，我突然覺得自己已經長大成人了，懂得了人情世故，能看透事情的本質，甚至能夠預知未來。於是，我不再悲傷和委屈，渾身立刻充滿了力量。此時的父親在我眼裡，已經不再是一座山，而我卻變成了山的頂峰，我俯瞰平原、河流和溝谷，整個世界仿佛都在我的腳下，一切的一切都被我控制了。

其實，那一年我不過十五歲。

這次家庭變故，像我生命歷程中的一顆彗星，劃破我少年混沌的天空。無論再過多少年，再回首那個夜晚發生的一切，我仍能聽到自己落淚的聲音，就像一棵穀子在暗夜抽穗時發出的聲音一樣，也像菜園中那株晚生的向日葵，當秋雨落在它的花瓣上時，它的反應細微、隱忍而遲鈍。雖然，當初我並不具備敘述和解釋心靈狀態的能力，也沒有經驗分析我所經歷的一切，但是，在那個夜晚，我畢竟開始覺悟了，而這覺悟的前提是試圖分析一件事情的內在聯繫，當這種分析持續到今天時，我認為，父親當時所說的小哥「遲早是要走的」這句話，並不是我理解的那種因為小哥不是父親親生才會發生的事兒，父親實在是說出了一句最富哲理的話——兒子總要離開家獨立生活，一個男人成熟的標誌，就是離家。

不僅小哥遲早要走，就連我這個親生兒子也遲早要走的——

而且,果然走了,一走就走得這樣遠,這樣久……現在想來,父親早就認識到了這一點,所以,儘管痛苦,卻能坦然面對。

關於小哥當年的出走,如果進一步分析下去,還會發現有另一種東西隱藏在背後──當時我的悲傷成分,主要是由於多年與小哥生活在一起建立起的兄弟感情,但我不得不羞愧地承認,之所以連母親去世都沒讓我如此悲傷和絕望,完全是由於自私、惜力和對未來生活沒有信心引起的恐懼所致,只不過,我當時意識不到這一點罷了。道理很簡單,當時的土地已經承包到戶,家家分有農田、草場,而我這個雖生於鄉村長於草原的孩子,除了喜歡讀書和幻想外,沒有任何自食其力的能力,也沒做這方面的心理準備,更沒有樹立起一種自強不息的信心。當面對母親突然去世,父親又年老體邁時,我並不太擔心自己的生活,因為,我有一個年富力強的小哥,他的勤勞和憨厚有目共睹,有他在,我仍然還是一個處處受到嬌寵的小弟,一個常常以哭泣和告狀對待哥哥的小弟。

然而,殘酷的現實突然擺在眼前:小哥這個撐天的柱石倒了,在巨大的驚恐、絕望之後,我除了悲傷,差不多是憤怒和仇恨了!

遺憾的是,我當時根本沒有意識到這一點。我終於找到了遷怒的對象,那就是年老多病,還扎針的父親。

如果說,如今我在某些時候和某些私欲面前,還能想到妻子、兒子和其他親人的感受時,那麼,在我剛開始思索人生幾何的階段,我從沒站在父親和小哥的立場上思考問題。由此可以看出人性自私的一面;自我、本能的欲望並不因為你懂事才變得微

弱，也不因為你不懂事而變得微弱。人在青少年時代，不論生活多麼貧困，但只要你一直得到親人無微不至的關愛，你在獲得關愛的同時，也在強化自私的本能，這種神不知鬼不覺的強化，在生活一旦出現變故，而這變故明顯對自己不利的時候，就會爆發出來，就像當年的我那樣，甚或超過我，走向更可怕的極端。

　　就在那個黎明，當我擊敗父親，讓他把頭深深低下後，我那顆跳動得異常複雜的心終於平靜下來，我很快就睡著了。

17
故鄉

　　小哥走了，我和父親共同度過了一個漫長的冬季。這也是我直面現實生活的開始。

　　從古到今，故鄉民眾的主糧是小米、莜麥、蕎麥和土豆。分家時，小哥分走了一部分糧食，但他沒有聽從大姐的建議，去分掉大門口那垛柴火。

　　小哥長山把那垛已經幹透的陳年柴火，全部留給了我和父親。

　　這是相當重要的一件事情，它說明小哥對我和父親的感情——父親因為殘了一隻手，農活中除了能單手扶犁外，很難再做到上山砍柴。而我除了跟小哥上山玩耍，偶爾背回一小捆柴火外，對鋸樹砍柴這樣的體力活幾乎一無所能。多少年來，我家的燒柴，一直是小哥解決的事情。關於小哥砍柴背柴的情景，是我故鄉底片中最清晰的暗影，當時間的顯影液發揮作用時，當年的小哥和故鄉的山川景物猶在眼前。

　　在我還小的時候，小哥上山砍柴就常常帶著我，而我的興趣和任務，卻是捉雪松鼠，或尋找小哥事先下在叢林裡的套子。

　　故鄉的野雞和兔子很多，每到冬天，小哥就用馬尾長毛撚成細繩做套子來套野雞。套兔子的套子不能用馬尾，得用精細的鐵絲。小哥不是獵手，但他比獵手還熟悉野雞和兔子的習性和行蹤，因此，套住野味的機會很多。

　　我說過，小哥是個不足一米五的矮子，但他非常有力氣，能背起柴垛一樣的榛柴捆——從後面遠遠看去，只見一座小山緩緩地向前移動。漸漸地，小哥的兩截小腿從柴捆下面顯露出來，他邁著堅實的步子，在山坡或雪路上走著，咯吱咯吱！咯吱咯吱！小哥的腳步沉重而穩健，這幾乎是我童年整個冬天的印象。

　　砍柴是要流汗的，但背柴時流的汗會更多。因為小哥的柴捆很大很沉，一旦背起來，中途是不能停歇的，否則就很難再站起來。就這樣，汗水不斷頭地從小哥臉上流進他的脖子，但小哥憑著驚人的耐力，一步步堅定、緩慢地向家走去。當他在院外訇然放倒柴捆時，整個營子都能聽到一座山倒下的聲音。這時的小哥，常常仰躺在柴捆上，並不急於把雙臂從背繩裡解放出來，而是兩腳著地，弓著膝舒舒服服地仰躺在柴捆上，好好歇上幾分鐘，然後再抽出雙臂。小哥站起來，用袖口橫擦幾把臉上的汗水，渾身上下就蒸騰起一股白霧——汗水在陽光和冷風的作用下，讓小哥很快變得熱氣騰騰起來。

　　在草原和森林的交界地帶，聽起來燒柴不成問題，實際上，由於一代又一代人的亂砍濫伐，到了二十世紀七八十年代，回鹿山周圍的柞樹、白樺、椵樹幾乎被砍光了。為了保證一年的燒柴，大雪封山的整個冬天，鄉民都得到更遠一些的響水砍榛柴。響水因為有水聲而得名——有一條山溪突然從高岩跌落，形成一個幾十米高的瀑布，這是一條非常深的山谷，從山谷的盡頭到七

號營子口，足有五公里。

糧食的一天天減少是沒有辦法的事兒。那時，雖然包產到
戶，但由於山高地薄，早晚溫差大，穀子和蓧麥幾乎年年歉收。
另外的因素是，當地政府在土地承包前兩年，對畝產量估計過
高，繳完公糧，鄉民的吃食已經所剩無幾。如此少得可憐的口
糧，要讓全家人度過一個漫長的冬季，是一件非常不容易的事
情，但當地的農牧民，卻沒有人找到嚴重缺糧的真正原因。他們
一輩子逆來順受，兩輩子逆來順受，甚至三輩子逆來順受，隨遇
而安！鄉親們年復一年地寄希望於來年的收成能好些──乾旱適
度，自己多積肥，多施肥，勤勞動，以便有個好收成。然而，這
最低的糧產要求多半也會落空，一次返春寒，一場冰雹，一場大
雨，一次早霜，一次狂風，一次早凍，其中任何一次天公變臉，
都會導致鄉民挨餓。於是，在每年的春耕時節，百分之八十的民
戶只有窖存的土豆和著白開水度日了。有的人家，竟連留做種子
的土豆也吃光了。

或許有人會問：回鹿山屬塞北高原地帶，到處是草場和森
林，這樣的天然牧場，為什麼不發展牧業、買賣牛羊致富？這正
是我要提出的問題。一個像回鹿山這樣落後地區的經濟，要脫
貧，要發展，到底走一種什麼樣的發展模式，有什麼樣的中長遠
規劃？直到改革開放三十年後的今天，當地政府也沒有找到切實
可行的答案。很顯然，像這種山高地薄的地方，以農養農的辦法
是不行的，俗語說：茂密的林木下面，不會有豐美的青草，大塊
的石頭中間，不會有良好的禾苗。高山是石頭疊起來的，石頭多
土壤就薄，這是自然科學證明了的。那麼，就發展牧業，或者以

林業為主怎樣？結果當地政府的政策一年一變，今年強調牧業，明年又強調林業，後年又提倡開荒種地，兩年前還要求保護耕地，三年後又強制農民退耕還林……

　　毫不誇張地說，如今，回鹿山一帶的民眾，仍在這種搖擺不定的經濟模式中苦苦掙扎著，貧窮落後一刻也沒有離開過他們。更可悲的，作為一個國家級貧困縣，一個少數民族聚居地，縣鄉兩級政府實際已經成了一些官員競相爭官趨利的舞臺，加上所謂的官員異地交流任職政策，縣鄉主官走馬燈般調換，簡直就成了皇帝輪流坐，今天到我家。一旦新官走馬上任，必會有三令五申的「新政策」出臺，種種看似為民生民計的措施，實際成了大小官吏合法斂財的手段——更令人不可究詰的是，幾任縣官為了保住「國家級貧困縣」這頂帽子，竟不擇手段地逐級公關……為什麼？國家級貧困縣，上面年年有救濟款、扶貧款，有種種優惠政策。只有上面有救濟，有政策，下面才會有油水……

　　2000年大年三十的晚上，當我來到當年的鄰居李家時，發現他們的穿著，他們的年飯和他們的眼神與二十多年前一模一樣，惟一不同的是，當年李家那五個年輕的光棍，已經變成老光棍了！他們的臉上多了無數道溝壑，溝壑裡泥土增加了。李家那三間草房也像我家的老屋那樣，搖搖欲墜。還有，我看到他們一家八口人團團圍坐的飯桌上，竟沒有一道葷菜，沒有一隻酒杯。要知道，即使在二十世紀七八十年代，故鄉的年三十晚上，人們也是要喝兩盅燒酒的，雖然那時的糧食酒要一塊錢一斤……這時，陪在一旁的雨生告訴我，李家兄弟五人因為都老了，一直沒有到山外去打工掙錢，與有民工的家庭相比，他們顯得比原來更

窮了。

雨生隨後告訴我，這些年過春節，很難看到誰家有青壯年了，都在外面下煤窯、搞建築、燒板磚、撿垃圾去了。他們扔下老人和孩子，領著老婆到外地打工，然後把生在外面的孩子送回來寄養。不論男孩女孩，最好的也只是讀完初中，有的僅讀完小學就出去打工掙錢……

姐夫雨生談這個話題時，語氣不帶一絲褒貶。雨生重男輕女思想嚴重，好像一輩子都不相信知識改變命運。他說：

「還和過去一個樣兒，念書有什麼用？只能把自個兒念懶了，念得遊手好閒，逃避體力勞動。」

雨生又說：「這年景，就是上大學也沒用，上營子張老師的老兒子，不是上了大學？還是北京的大學，結果上完大學，家裡賣牛賣馬，拉了一屁股兩眼子饑荒，如今還不是照樣找不到工作？聽說常年在北京城裡遊蕩，靠給道上的司機塞賣房子的紙片生活……」

突然，雨生打住話頭，說：

「要說念書全沒用，也不對，那得看是啥人！你的書就沒白念！」

雨生是怕我聯想到從前。隨即，他話鋒一轉：

「他姥爺這人，明白人啊，誰也比不了！當年讓你當兵，我就不同意，現在看來，他是對的。如今你成事了，要不是他壽命短，現在也該享享福了。」

聽了此話，我的心好酸好沉。姐夫雨生畢竟是父親一生的朋友，他是真佩服父親有遠見，可惜，他卻一輩子也沒有學到父親的遠見。在知識改變命運、科學強國、男尊女卑、兒女婚嫁等重

大問題上，雨生的短見歷歷可數。毫無疑問，當兵改變了我的生活，但我也常想：走過烽火硝煙的父親，難道真希望他的兒子靠躋身行伍改變命運嗎？

從李家出來，我和雨生都不再說什麼。不知不覺中，我們已經站在我家當年垛柴火的地方。

柴垛早不見了，這裡變成了李家一個糞坑，但我的老屋還在。由於多年閒置，沒人居住，院牆殘破不堪，老屋搖搖欲墜。

我再次想起那個漫長的冬天。

18
我與狗兒的情感生活

在擔心糧食吃不到年關的同時，眼見著小哥留下的那垛柴火也一天天消瘦下去，我的心也隨之沉重起來。

要知道，那時的鄉民，窮富的差距還不太明顯，但窮富的標誌卻約定俗成。標誌一，看是否豢養一隻強壯有力的狗，如果是一隻肥碩而嫵媚的母狗，更說明此乃殷實人家；標誌二，每家院裡院外柴垛的大小。如果誰家的新柴垛大，或舊柴垛未動，新柴垛又起，這就預示著這家日子的紅火和富足；門口柴垛小或沒有柴垛的，註定是窮困潦倒的人家。

一隻四眼狗是我童年的最好朋友。它是條公狗，威武有力，曾護佑著我爬遍故鄉的山山水水。然而，在「文革」後期，在父親被撤掉生產隊長，並被劉戰踢下土臺摔斷胳膊之前某一天，父親和小哥在我家房前生產隊的羊圈柵欄上吊死了四眼。

那是一個時令初冬、飄著清雪的早晨，我被一聲聲淒慘的哀號驚醒。當我透過結霜的玻璃窗向外張望時，只看到四眼在高高的柵欄上最後一次掙扎。我光著腳瘋一般奔出屋去，已經晚了，父親剛把一瓢涼水給四眼灌下去。潔白的雪地上，頓時有四眼噴濺出的血滴洇漫開來，像朵朵怒放的梅花……那真是一個令人哀

婉的時代——為了響應國家號召，為了節省糧食，公社武裝部長
帶領打狗隊，逐個營子展開遊擊戰……人類最忠實的朋友一夜間
幾近滅跡。這在北方草原，特別是在滿洲人聚居地，空前絕後的
滅狗運動讓多少人的心靈遭受重創。後來，我在《我與狗兒的情
感生活》一書的序言裡，流著淚描述了四眼慘遭屠戮時的情景。

　　也許，我確實悟到了這一點，所以，一見到自己家的柴垛漸
漸小下去，天性敏感的我，其煩躁的心情與不想砍柴勞作的念頭
就胡亂交織在一起，匯成了一股異常矛盾、掙扎和疼痛的溪流，
時時滌蕩著我的神經。那種害怕沒柴燒的恐懼，甚至超過了沒糧
吃的恐懼。

　　一天早晨，父親並沒有叫醒我。往日這時，他會把飯做好，
然後叫我起來吃飯。那天，我睡到自然醒，睜開眼睛，發現父親
不在，屋裡空蕩蕩的。

　　接近中午的時候，父親背著一捆乾柴回來了。這是一捆楊
樹、樺樹和柞樹的枯枝。我知道，這種枯枝只有在較遠的響水雜
樹林中才會撿到，而這時的陰坡樹林中，積雪沒膝。

　　我略微有一絲恐慌。顯然，我已經意識到，自己是成人了，
再沒有理由躺在炕上等吃等喝，而讓有一隻殘手的父親上山撿
柴，那一刻，良心真的很不安。

　　我一聲不響地到外屋生火，想用做一頓飯來彌補這次過失。
但就在我將灶火點著時，我發現父親回到西屋，然後悄悄把門關
上了。

　　我不覺心動了一下。躡手躡腳地走過去，貼近門縫向裡一
看，只見父親從炕席底下拿出一支玻璃管注射器，正準備向自己

的殘臂注射藥劑——這之前，我偶爾也會看到這種情景。

　　一股怒火突然冒上來，我將手裡的水瓢遠遠地擲向旁邊的水缸。已經裂了一條縫的葫蘆瓢落到冰凍的缸面上，發出了一聲瓷器破碎般的聲響。正在聚精會神注射的父親被嚇了一跳。但父親只是愣了一下，回頭掃了一眼虛掩的門，並沒有停止注射，也沒有馬上走出來。

　　我決定不做這頓飯，反身回到東屋。拿起炕上那本《第二次握手》嘩嘩地翻起來。這是我輟學前最喜歡的一部小說，也是愛情的第一次啟蒙。

　　那時，我已經是第四遍讀這部小說了。從此，我心裡永遠銘記了一個叫丁潔瓊的姑娘，她緋紅的臉頰、百媚千回的丹鳳眼很長時間都是我心中女性的最美（可惜，在以後的生活中我發現，長著丹鳳眼的女人都是單眼皮，其實並不好看。後來，我還是選了大眼睛雙眼皮的蘋果臉做了妻子）。

　　灶膛裡那把柴火漸漸熄滅，父親一聲不響地從西屋出來，躬身往灶膛續上柴火，然後開始刷鍋做飯。

　　飯好了，父親把碗筷一一拿上來，動作很輕，擔驚受怕似的。

　　我一直背對著父親，心裡也有些忐忑。

　　這時，父親轉身放下門簾說：

　　「吃吧，一會兒該涼了。」

　　我看了一眼父親，發現父親眼裡非但沒有我小時候那種令人懼怕的嚴厲目光，反而多了一種躲躲閃閃的東西。在父親的再一次催促下，我端起飯碗。可是不知為什麼，就在我端起碗那一刻，一股巨大的委屈和傷感包圍了我，我強忍著，但沒有忍住，

豆大的淚珠一聲不響地滾到碗裡……

都說愛哭的男人沒志氣，我恰好是這樣一個人。記得小時候，如果琴姐或小哥哪個招惹了我，特別是在吃飯的時候，只要琴姐用目光制止我夾菜，我就立刻這樣無聲地哭起來。這時母親就會摔下筷子，拉過我說：「不吃了，都讓他們吃。吃吃吃，撐死他們！」然後開始罵琴。罵得重了，琴也會哭起來，因為琴其實沒錯，她只想讓家裡每個人都能吃到那個菜。琴一哭，父親多半會發怒，他丟下碗筷，開始追打我。這時小哥和母親就拼命攔住，一場家庭的羅圈仗就開始了。可是現在，父親看到我的眼淚，竟一點責怪的意思也沒有，他只是默默地吃完飯，然後低眉順眼地溜到西屋去了。

說起來難以置信，現在，我幾乎每天都能看到父親那種目光，對，就是那種低眉順眼的目光，但這目光卻來自我的兒子。

由於兒子不愛學習，數理化成績很差，又常常做錯事（其實只是玩心太重，未必都是錯事），又非常怕我，每每在我面前，就會流露出和他爺爺當年一模一樣的眼神，像！簡直像極了。每當此時，我總是無奈地歎口氣，接下來我會躲進書房反思一下自己：「難道，我真的比父親和兒子更優秀嗎？我這種自以為是的秉性，何時能得到校正？」

那天晚上，父親為我仔細準備了一條麻繩和一把鐮刀。然後摘下一直掛在西屋山牆上的那支火槍。這是父親拼著命保存下來的舊物。「文革」之後的鄉村草原，槍支管得很嚴。雖然是一支裝鐵砂的獵槍，但父親對槍的癡迷大有不計生死的勁頭，這依稀能暴露一絲他與戰爭的關係。

記得我很小的時候，父親常常把打傷活捉的野雞提回來，用一根細繩捆住野雞的兩個翅膀給我當玩物。我說過，父親是非常好的獵手，他雖然不是專職獵人，但獵人都羨慕父親的膽量和槍法，可是不知為什麼，某一天，父親突然掛起了那支火槍，不再進山打獵了。

看著父親仔細擦拭火槍的神情，我以為，父親又要打獵了，一陣欣喜不覺掠過心際。正激動間，那支槍卻從父親不太好使的胳膊上出溜下來，槍口砰的一聲杵到牆上。失望的情緒立刻勝過了欣喜——父親已經錯過了一個獵手的最佳年齡，他已經算個真正的老人了。

「還能用嗎？」我小聲問父親。

這看似是問槍還能用與否的問題，實際包含著我對父親年老的深深失望和不滿。

父親說，能用，這是一支好槍。營子裡很多獵手都希望得到這支槍，但父親從沒想到過交出去或賣掉它。

「原來以為你小哥會喜歡，可他卻沒興趣。」父親說，「你從小聰明，喜歡上學，鄉鄰們都說你念書能念出前程，我也這麼看，就沒打算教你一些謀生的辦法。現在不行了，你得學會一些技能，明天，咱爺兒倆上山，一邊砍柴，一邊碰碰運氣，說不定你以後會成為一個獵人。」

我果然又高興起來。我痛痛快快地說：

「太好啦，說不定，明天就能打到一隻兔子。」不過我馬上又懊喪起來：「可惜，現在的兔子不多了！」

父親說：

「不礙事兒，獵物不多才會鍛煉出好獵人。只要你學會了用

槍，能打到兔子，過年時的肉食就有了。」

片刻，父親突然換了另一種口氣，說：

「存糧不多了，燒柴也不多了，但日子還得過下去。」

停頓一下，父親又說：

「糧食一年只一季，收成好賴，是咱們沒辦法預測的事兒，但山還在，有山就有樹，有樹就有燒柴，哪怕遠點兒，難點兒，也得先把燒柴解決了。你哥留給咱這垛柴火，要省著燒，一來，明年閏年，是個長夏，柴用得多，二來，這個柴垛是一個情分，多留一天就多一天念想……」

我暗暗點頭兒。聽到父親的「念想」，我再次想到了小哥，眼睛不覺又酸澀起來。

大姐榮家，雖然與我家近在咫尺，但自從小哥搬過去後，兄弟間像遠隔了千山萬水。而更可奇怪的是，我似乎很久沒有見到小哥了，仿佛他在哪一天突然離開了回鹿山，離開了故鄉。其實不然，小哥仍像從前一樣，每天早出晚歸，他就活動在我的周圍，可卻像鬼打牆似的，讓我對他視而不見。這種恍若隔世的感覺，至今讓我百思不解。

第二天一早，父親早早叫醒了我。在清理完腦子出現的片刻空白後，我揉了揉惺忪的眼睛爬起來。隨後，我拿起父親為我準備好的繩子和鐮刀，隨父親出門。

父親背著火槍，我背鐮刀繩子，父子倆一前一後向響水走去。

19
父親說

　　誰要說勞動創造了美，理論上我同意，但誰要說勞動就是快樂，我就要謹慎地說：任何一個勞動者，特別是體力勞動者，要想在勞動中體會到快樂（不惟勞動後肉體放鬆後的快樂，更有理解勞動於生命的重大意義），那需要一個較長的過程。特別是對於一個從來就沒勞動過，也不想勞動，不願意勞動的少年來說，每流一滴汗水，都會有兩滴淚水做補償。

　　人的這種惰性，跟生於貧富家庭關係不大。窮人的孩子同樣會養成「嬌驕」二氣的，我不就是一個很好的例證嗎？好在，如今一想到當年對勞動的厭惡和恐懼，立刻覺得自己仍殘存著好逸惡勞、得過且過的惡習，於是趕緊握起筆，或抓起一本書來讀──讀書和寫作是我的工作──世界上還有比這樣的勞動更清閒自在的嗎？當我覺得編輯工作辛苦無聊時，我常常這樣詰問自己。

　　魯迅先生在如何做父親一文中曾有一句名言，希望天下的父親「自己背著因襲的重擔，肩住了黑暗的閘門，放他們（子女）到寬闊光明的地方去」。先生所指的父親，往往是指作為知識份子的父親，但要讓一個農民父親「肩住黑暗的閘門」，放孩子到

光明的地方去，一般是不大容易的。在我看來，先生這篇關乎中國人倫常理、批判父權害人的名篇中，美中不足的是，沒有關涉到一個父親該怎樣讓子女認識勞動、熱愛勞動和理解勞動，畢竟，勞動是人類生存和發展的第一要義。

我父親當然不是先哲。由於他自己吃了沒有文化的虧，就希望我用讀書改變命運，結果一味地遷就我的懶惰和空想，這在客觀上，慫恿了我的好逸惡勞。但在那個冬天，父親終於意識到一種危險：一個沒有毅力讀書的少年，必定是一個沒有毅力勞動的少年，既然讀書沒有改變命運，那就必須讓這個生於貧困之家，卻被嬌生慣養的少年面對現實——真實地面對草原、森林、溝谷和勞動。

應該說，父親帶著我砍柴的頭幾天還是挺新鮮的。砍柴雖然又苦又累，但還有一支槍作為神奇的誘惑和精神娛樂。可是，隨著兩個獵手多天一無所獲，火槍在我眼裡，不但失去了神性的光澤，反倒成為增加負重的累贅——背起一捆柴，再抱著一支十幾斤重的火槍，我發現，鄉親們的目光裡，就多了一絲嘲諷的意味。

父親對此卻視而不見，他一如既往地按著自己的想法行事。

又一天早起，外面下了一層薄薄的清雪。父親到院子裡張望一回，進屋對我說：

「後山有只野雞，走，我們去試試運氣。」

我立即興奮起來，顧不得擦掉眼屎，急忙穿戴整齊，然後跟著父親繞過大半個營子，向後山進發。

在離那塊蓧麥地還很遠的坡地，父親突然放慢了腳步。

父親把身子彎下來，用手勢示意我貓腰。我照辦了，心怦怦地狂跳不止，但我並沒有發現野雞在哪裡。

又向前挪了幾步，父親就不讓我跟著向前走了。我原地蹲下來，看著父親用一隻好手順拖著火槍，沿著夏天被山洪沖出的水溝慢慢向坡上匍匐移動。

為了利用雪地做掩護，父親那天反穿著一件羊皮襖，長長的山羊毛是白色的，被微風拂動著，像波動的水紋。父親慢慢蠕動的樣子很滑稽，也很揪人心。

父親終於接近了那塊蓧麥地，最後，在地下沿的土坎下慢慢蹲起來。直到這時，我還沒看清，蓧麥地裡幾個黑乎乎的東西到底哪個是野雞，哪個是石頭。但我知道，野雞是異常警覺的野禽，平時在雪地裡覓食時，它們常常選擇在裸露的石頭邊上，而且移動緩慢，一旦感覺異樣，它們會就地伏下來，縮起脖子一動不動。在平常人眼裡，它們也許就是一塊凝固的石頭，然而，再高明的野獸也逃脫不了獵人的眼睛。

父親弓著的腰緩慢地挺直，就在我擔心他的殘臂能否托平槍管時，一股淡淡的白色煙霧突然在父親頭上升起來，緊接著，火槍沉悶的聲音才傳過來。

一隻野雞像炮彈一樣，倏然拔地而起，直直射向半空。這只體形碩大、羽毛豔麗的公野雞一旦脫離了黑色的土地，立刻在空中展示出五彩奪目的羽身。

中彈的野雞在空中翻了幾個跟頭，就直直地摔在雪地上。

我緊張得差點尿了褲子。一見野雞中彈，忍不住興奮地大叫一聲，飛快地奔過去……在這短短的幾秒鐘裡，我親眼目睹了父親作為一個獵手的完美獵殺。尤其是在這初冬的早晨，當我看到

那只鮮豔的野雞在朝陽的輝映下，在半空中幻化出五彩繽紛的光澤時，我怦怦狂跳的心，立即從緊張、興奮變成了難以抑制的狂喜和自豪。

我們勝利而歸。

路上，父親告訴我，野雞被擊中後，如果直沖上天，說明有一粒鐵砂正好擊中了雞胗。

我問：

「為什麼打在雞胗上，它才會筆直地向天上沖？」

父親搖搖頭說：

「說不好，可能那是它最疼的地方吧！」

儘管我對父親的回答不滿意，但在那個有些寒冷，又有些殘酷的早晨，在茫茫的雪路上，還是留下了一個兒子歡快的腳印。

以後，這支火槍就常常被我抱在懷裡。可是，一連十幾天，都沒有發現獵物。有時碰巧遇到一隻野雞或兔子，還沒等我端起槍，它們就輕輕鬆松地逃走了。

每當這時，父親就對我說，要想打中獵物，舉槍擊發的速度是關鍵，你必須以最快的速度出槍、瞄準並扣動扳機。

我問父親：

「這要多快？」

父親說：

「所有動作必須在吸半口氣的同時完成，否則你不會打中它。」

父親果然是一個戰士！即使他的左臂是殘廢的，還是能用殘臂托起槍管，瞬間擊發。我希望自己能成為一個優秀士兵，哪怕中彈倒下的同時，還能舉槍射擊，並把最後一顆子彈射入侵略者

的心臟。

　　然而，另一個有雪的早上，一隻兔子突然從我腳下的雪窩裡跳出來，向山下狂奔，我按父親的教導舉槍，慌忙向兔子扣動了扳機。

　　只聽嗵的一聲，一股藍煙在我眼前散去。不知是火槍後坐力量太大，還是被巨響嚇了一跳，我一屁股跌坐在雪地上。

　　那只肥碩的灰兔像舞臺上的明星舞者，在歡快的音樂聲中，跳躍著消失在雪山背後。

　　我看見，父親從隱蔽處走出來，他張大嘴巴無聲地樂了。

　　父親是個天生不愛笑的人，即便笑了，也不會出聲，但他的笑很感染人，讓人覺得那是發自內心深處的笑。特別是琴姐和母親死後，父親好像再也沒有笑過。這時候，父親的牙齒已經掉了幾顆，這次開心的笑，暴露了父親黑洞洞的門牙缺口，這讓我再次看見父親切實的衰老。

　　兔子安全逃脫了，而我的牙齒卻嗒嗒直響，心怦怦地狂跳不止。父親走過來拉起我，說：

　　「行了，你下次就能打到兔子了。」

　　我並沒有理解父親此話的真實意思。回到家後，父親進一步解釋說：

　　「你已經有了速度，剩下的就差瞄準目標，穩住自己的呼吸了。」

　　停頓一下父親突然又說：

　　「戰場上也一樣，臨戰時的情緒非常重要。交火前，每個人都會很緊張，很害怕，但仗一打起來，子彈在耳邊滑過幾次，心倒定下來，就什麼也不怕了。」

　　我沒有接著父親的話頭追問下去，我以為，父親還是在教我怎樣打到兔子。現在想來，這是我瞭解父親那段軍旅生活的最好一次機會，但我又錯過了。

　　兩年後，我成了當地一名年輕的獵手。在鵪鶉、野雞、麅子、雪鹿、野豬和其他野生動物越來越少的當年，我不但獵到過野雞、麅子等，竟還獵到過野豬。但是，非常奇怪，直到我正式結束狩獵生活，從來沒有打到過一隻兔子，這令人匪夷所思，連父親也覺得不可思議。

　　這期間，父親常常在我獵有所獲時說，打獵絕不是為了好玩兒，這是一件很苦很累的差事，就像砍柴、種地、刈草和放牧一樣。打獵是為了改善生活，為了活下去。

　　有一次，父親的話鋒一轉：

　　「山裡的日子沒有天日。最要緊的，這裡的山越來越薄了，林木一天天減少，草場漸漸被洪水衝垮，不出多少年，不要說動物，就是人也難以生存了。」

　　我若有所思，看了一眼白雪皚皚的遠山，在目之所及的地方，還有不多的柞樹林，偶爾一兩株柞樹的枝丫上，還殘留著金黃色的枯葉。順著父親的思路，我似乎看到了不久的未來——這裡已經沒有了生命跡象，草木成灰，黃沙蔽日……我的心立即有一種嘶嘶作響的疼痛。恍惚中，我好像已將離開故鄉很久，此時，正站在一個不知名的樓臺瓊閣上，憂傷地注視著這裡，無比懷念這生我養我的地方。

　　父親還說，早些年，並不這樣，大家都注意保護山，保護水。至於何時在何處伐樹育林，何時圍獵，何時趕場打草都是有

規矩的。父親當隊長那些年，伐樹之後，必須育林，栽下小樹，伐一棵，要補兩棵，這樣，雖然鄉民很受累，父親也得罪了不少人，可現在看來，當年的做法是正確的⋯⋯如今卻不同了，資源共享，經濟開放了，人的思想和心也解放了！現在，人人跑馬圈地，除了你爭我奪，誰都有權在自己的承包地界任意胡為，這樣下去，坐吃山空的日子不遠了。

看著老隊長憂心忡忡的樣子，我說：

「往後，政策也許會變的。」

父親說：

「變是對的，不變就不會有新事物，但是，就怕變來變去。要萬變不離其宗，不論怎樣變，得有個長遠的大章法。改變窮，要致富，要緊的，是因地制宜，要有人真正為這山這水負起責任來。可是你看，現在誰還想集體的事情？誰還關心大家的事情？！」

再一次說到鄉村的前景和未來時，父親突然說：

「這也許就是人們常說的，看《三國》掉眼淚，替古人擔憂吧！好啦，我們不說這些沒用的話了，現在，我最擔心的，還是你。你小哥走後這些天，我天天睡不著，想來想去還是我的錯，沒有好好讓你學到幹活的本事。現在你應該知道，在這個問題上，我其實是有偏心的，與長山相比，總覺得你和琴應該讀書讀出個前程，尤其是你，從小人們就誇你念書用功，靈頭，可現在，終於明白，如果讀書半途而廢，卻既害人又害己。你琴姐要是不念書，也不會對前程那樣絕望，你要是不念書，現在也許和軍一樣，靠下力幹活，娶了媳婦成了家⋯⋯」

這是父親第一次主動提到楊木匠家的兒子軍。父親的語調平

和，卻飽含讚美之意。

父親最後說：

「有一句話，我要特別提醒你，別看從前人們那樣待見你，那是因為你還是個孩子，念書又好，但往後的苦日子，你能不能做好打算，你得自己拿個譜啦。冬天一過，春種就開始了，我們不能在大家的眼皮底下，把承包地撂荒。要是你還想繼續念書，我會想辦法供你。無論如何，你得明白，要想有前程，必須走出這座山，但是，通往山外的路不多啊！如果念書不成，還有一條路，就是當兵，但我思來想去，還是下策，古語說，『好鐵不撚釘，好男不當兵』。當兵幹啥，扛槍殺人啊，有的人該殺，像侵占中國的日本鬼子，你不殺他，咱就是亡國奴！可有的人，也許不該殺，要是中國人自個兒殺中國人，特別是，昨天還像親兄弟一樣合夥打鬼子，今天讓你把槍口對準他，下不了手啊……」

我的心動了一下，但一想到原來輟學時，對老師和同學們的決絕態度，一想到父親的藥費和家徒四壁的窘境，我的心再一次沉重起來。

父親立即看懂了我的心思，然後試探著說：

「要不，過兩天我去找找你三大，和他商量一下，或許能有別的辦法。」

我輕輕地點了點頭。

20
三伯

習慣成自然，這句話真是千真萬確。對於藝術家而言，天賦和後天的培養，加上自己的努力是成功的要訣，可對於一個人要下力氣勞動來說，沒有什麼天賦可言，而培養又何其困難。

那個冬天的砍柴經歷不堪回憶。數九寒天的春節前，我家的門前，不但沒有我所期望的那樣增加一個新柴垛，反而燒掉了一些老柴。小哥留下的柴火眼看著快燒光了。但滿手血泡和鑽心的疼痛，還是擊垮了我某一時刻樹立起來的「勞動創造財富」的信心。

我終於不知羞恥地向勞苦和汗水妥協了。

父親在春節後去了五道川三伯家一趟。回來告訴我，三伯同意我年後到五道川城子中學繼續讀書，從初中二年級讀起。

父親說，三伯家已經繁殖了幾十隻綿羊，手頭也寬裕，願意負擔我日後的學雜費。

我欣喜若狂，在那一刻，我幾乎忘卻了生活中一切煩惱和不幸，在那一刻，一股可能是感激，或者是愛的暖流通過我的全身。我想，父親是多麼好的父親啊，在我們整個回鹿山，能始終堅定不移地讓孩子讀書的家長，恐怕只有父親一人吧？接著我又

想，這樣的父親扎幾支強痛定又算得了什麼呢？想到這兒，我就為自己把父親與吸毒鬼聯繫起來的厭惡情緒自責起來。

父親親自到鄉中學為我辦妥了轉學手續。

正月一過，父親就借了一匹馬，送我到五道川的三伯家。

但是，一看到三伯那難看得有些可怕的臉色，我的心一下涼起來。

我忽略了一個道理：三伯就是三伯，他不是父親。即使是父親，原來，父親與父親在子女的前途問題上的看法和決定也是不盡相同的，更何況，三伯還是那樣一個嗜財如命的老頭子。

一頓非常寡淡無味的午飯。雖然堂哥堂嫂很熱情，但三伯的眼皮一直耷拉著，就連他鼻尖上那滴欲落不落的清鼻涕都閃著冷光。

也許是父親在三伯面前以小賣小的心態，也許是父親對三伯的真正瞭解並不像我理解的這樣膚淺和生分，也許是父親在親情面前永遠真實自然的性格，那天，父親的表現倒像主人。父親不但談笑風生，而且破天荒地還給我夾了兩次菜。

但這一切都不能改變我異常後悔和沮喪的心情。我只要看一眼三伯的臉色，只要看一眼窗外並沒卸鞍的紅馬和柔弱得一陣風就能刮倒的堂侄女那雙好奇的大眼睛，我後悔的心馬上就顫抖起來。

我突然非常害怕結束那頓午飯，然而，真是沒有不散的宴席。當父親牽著馬走出三伯家的院子時，我竟情不自禁地悄悄跟出了大門。

父親一直沒有回頭，就好像沒發現我跟在後面一樣。當父親

和馬的影子在營子口消失時，我發現自己的淚水早已流下來。

　　我必須承認，與我同母親的情感相比，這是我第一次因不捨父親而流淚。我想像不到，自己原來竟如此依戀父親。當時，我多麼希望父親不要走，或者父親回頭對我說：走吧，兒子，咱們回家吧……那種心情，那種依戀，至今回想起來還讓自己唏噓不已。

　　可想而知，我的借讀生涯註定是短命的。一來，我的數理化科目本來基礎不好；二來，輟學一年，對學業早已生疏了；三來，對新校的排斥和新老師、新同學對我的排斥，更重要的是，我生來有一根脆弱敏感的神經……凡此種種，不但沒有讓我重新樹立起讀書的信心，反而讓我對求學這條路產生了徹底的絕望。

　　這樣勉強讀到下學年，當我又一次張口向三伯要學費時，可能恰巧三伯手頭吃緊，或者三伯早就想借機發發牢騷。於是，他並沒有當時給我學費，而是再次重複他對我父親的不滿。

　　「不學無術、懶惰和不會攢錢過日子。」是三伯對父親的總體評價。最後，三伯拿出父親寫的借據對我說：

　　「這借條，不過是一紙空文，說是以後還我，他拿什麼還？他這樣粮不粮莠不莠的，又不教你幹活的本事，念書又不見長進，眼見著你又像你老子，真不知道你將來怎樣活下去！念書，念書，他現在倒知道念書有用了，可過去，他就從來不念書，寫個借條都寫不好，簽名都用手指頭印……」

　　我並不知道父親在三伯家寫過借據，看著三伯抖動那張紙的表情，再掃一眼父親在那張借據上按的紅指印，我真是無地自容。

現在想來，三伯當時不過說了幾句真話而已。像三伯這樣的鄉村老人，能這樣對待侄兒已經很難得了，可我並不買賬。

第二天，天剛一放亮，我就悄悄起床，臉都沒擦一把，背上幾本喜歡的書不辭而別了。

當三伯居住的營子（那是一個較大營子）徹底隱沒在我身後的群山之中時，我像一隻飛出牢籠的鴿子，快樂地向回鹿山飛去。

這時恰巧又是秋天。

21
山野一片金黃

我整整走了一天。在整個營子都快進入夢鄉時分，饑腸轆轆的我摸回了家。

在窗下，我輕聲叫父親。聽到我的叫聲後，父親答應著拉亮了燈。

大半年沒見到父親，聽到父親熟悉的聲音，在那一刻，心裡別提有多溫暖了。可在燈下看一眼父親，一天的勞累，一年來的委屈立刻又變成了深深的失望和懊惱。

由於一人生活，加上農活勞苦，父親比以前更黑更瘦了，眼前的父親，肯定半年沒洗過一次臉，整個人灰頭土臉，面目全非，像個行將就木的老人。

可能是父親猜到了我突然回家的原因，所以他沒多問什麼。就在我發愣的時候，父親出去抱柴火，在灶裡生著了火。

我在外屋的破碗櫥裡，看見幾個冰涼的熟土豆。

不一會兒，父親燒開了水，灌在暖壺裡，然後掀開老櫃櫃蓋，端出一碗蓧麥炒麵，對我說：

「沒別的吃的了，將就著吃點兒炒麵吧。」

說完，父親一聲不響地爬上炕，把頭繼續札在已經攤開的鋪

蓋卷上。

我說過，父親這種雙手抱著腦袋，跪在炕上，高高翹起臀部的樣子，是我近年來最熟悉，也是最令我鬱悶的姿勢。這個動作常常預示著，父親又沒有了阿司匹林或強痛定了。

「頭……疼得厲害嗎？」吃過炒麵後我問父親。

父親輕微移動一下身子，說：

「沒藥了，已經斷了幾天了。」

「為什麼不去買？」我並不知道，此時的父親已經身無分文。

「沒錢了，而且，我也走不動……這兩天頭疼得厲害。」

父親有氣無力，語氣裡根本沒有父親的尊嚴，卻多了一絲孩子般的無助。

後來才知道，父親不僅斷了藥，而且早早就刨地裡沒長成的土豆充饑了。櫃裡那幾碗炒麵，好像專門留給我回來吃的。

家裡陳糧都被父親賣錢買藥了。

在我的印象裡，家裡雖然一直貧困，但從來不至於窮到一文沒有的地步，特別是在父親身上，我確乎沒覺得他對錢的缺失發過愁。那時，父親所吃的阿司匹林是一分錢一片，可是，我卻發現，在我家的窗臺上，常常散落著一分或兩分硬幣，如果不是我或小哥發現撿起來，父親似乎永遠看不見這一兩枚硬幣——有時連眼神不好的母親都能在灶坑裡撿到它們。

這種現象，或許正好驗證了三伯說父親不會過日子、不務正業的說法。

我下意識地掃了一眼窗臺，大半年前散落在上面的幾枚硬幣

還在原地，儘管落滿了灰塵，但顯然沒移動過位置。

對父親這種怪異的行為，我至今無話可說。還有什麼樣的妙筆，能刻畫出父親這樣一種生活態度呢？三伯說得很形象，父親一生大錢一個沒掙過，小錢還真看不上眼。

第二天，我清理了窗臺和炕席底下（父親也有把幾分零錢順手放到席下的習慣），大約整理出兩三毛錢，加上在三伯家攢的幾塊零花錢，到藥店為父親買回了一些阿司匹林。當然，按父親的要求，我第一次為他買回了五支強痛定針劑。

我的孝舉得到了藥店主人的誇獎。他的意思，仿佛我終於知書達理了。他不僅極為熱情地把藥遞給我，末了，還和顏悅色地對我說：

「這就對了，養兒防老，你父親只你一個親兒，別人不管，哪有親兒不管老子的？再說，這上下七鄉八寨，誰家的老人不吃幾片鎮痛藥？」

我無言以對。故鄉的某些人就是這樣，街坊鄰居一些矛盾，就在這樣有意無意間的調撥中加劇了。我雖然聽出了店主人的弦外之音，但並沒有表示什麼，一聲不響地走出藥店。

魯迅說：「我在年輕的時候也曾經做過許多夢，後來大半忘卻了，但自己也並不以為可惜。所謂回憶者，雖說可以使人歡欣，有時也不免使人寂寞，使精神的絲縷還牽著已逝的寂寞時光，又有什麼意味呢，而我偏苦於不能全忘卻，這不能全忘的一部分，到現在便成了《吶喊》的來由。」

以後每讀先生這段話，心情格外複雜。先生所謂的夢，難道不是對某種苦難的回憶？我雖然永遠不會有先生洞悉人性的智慧和濟世情懷，卻幸好對甘瓜苦蒂有一定體味。

　　從藥店回來，一路上心情複雜，我一邊默默地走一邊想：千萬別讓別人看見我……千萬別讓大姐家人看見我……

　　仲秋之後的山野一片金黃，在回鹿山東西兩側窪地溝谷裡，到處可見收尾秋的鄉親。偶爾，有人迎面碰上，總是別人先熱情地招呼我，我才心虛地應對，內心卻一陣陣不是滋味。我想起去年冬天父親說過的話，別人之所以待見我，是因為我讀書讀得好……可如今，讀書的歲月已第二次離我遠去，而且將永遠不會有第三次了。

　　一想到此，整個心肺都開始絞痛。

　　就在快到營子口的時候，我看見小哥長山趕著一輛空馬車迎面而來，他一定是到楊樹谷拉乾草去。

　　儘管已經大半年沒有見過小哥了，在三伯家也常常想念他，但我並不想在這個時候面對他。於是，我岔開大道，抄小道向我家一塊承包地走去。

　　小哥看到了我，他趕著馬車，一直向我張望著。在馬車後面，跟著雨生和二外甥女秀芝。

　　我加快腳步，小哥則一直側著臉追望著我。這時，二外甥女秀芝快跑幾步攛上馬車，向小哥說著什麼，我猜，她一定在談論我。

　　我和小哥同樣是舅舅，但由於我的年齡小，在大姐的四個女兒中，除了大外甥女秀文在人前稱我小舅外，其他幾個都直呼我的小名，連父親都不叫我小名了，可外甥女們一如既往，好像我的小名就是專門為她們起的一樣。

　　特別是秀芝，她與我同歲，生來心直口快，又沒讀過書，平常就更不會把我放在眼裡。

　　跟在車後的姐夫雨生，一直低頭走路，他既沒向我這邊張望，也沒去追趕馬車。但我知道，他一定早就看見了我，卻一言不發。雨生從來都是這樣，他眼裡有一切事情，心裡也常常有數，但卻往往顯出不動聲色的特質來。

　　事實上，自從小哥搬到大姐家後，我就不願意與大姐家有任何來往了。撇開大姐這個鄉村婦女的狹隘心胸和自私自利不說，僅就當時我家現實處境來說，我至今認為，姐夫雨生在這件事上是有一定責任的。雨生本質上是一個明白事理的人，作為一家之主，他當時有絕對發言權，但他卻沒有阻止大姐榮的計劃──把小哥分離出來。雨生是父親看中的人，這也正是他讓父親走眼的一方面吧。

　　到了承包地，我發現，大部分土豆還埋在地裡。深秋了，土豆秧已被霜過，遭霜的土豆秧由綠變黃，現在已經完全變為黑色。這塊地畝並不大，靠近路邊的一側，有用三爪齒耙過的痕跡，這是父親因為斷糧，在土豆還未長成就扒著吃了。在靠西山的一邊，黑色的土豆秧還齊齊地長在壟背上，有些秧稈兒已經乾枯了，這預示著壟下的土豆已經被凍了。受凍的土豆不能久放，就是馬上粉碎加工，也不會出產多少澱粉，這是莊戶人最心疼的結果。

　　我在地頭坐下來，望著這荒涼寒冷得有些淒慘的農田，心裡一陣陣難過。我種過土豆，也收穫過土豆，儘管我還沒有實打實地完全投入過，但我深知土豆這種農作物從春種到秋收的所有勞作環節，那是相當耗費體力的勞動。我能想像，一個六十多歲的孤身老人，在沒有別人幫忙的情況下，能把土豆一粒粒種下，

又經過夏天的鋤、耪、間秧、耥壟等多個環節，到了快收穫的季節，早已筋疲力盡了，更何況，在另外的承包地，還有三畝莜麥沒有收割。

　　種莊稼也需要學問家，有些農事是需要精工細作的，然而父親做不到。坦白講，父親除了有一段不為人知的戎馬生涯，一生都是一個奇怪的鄉民。說他是農民，不是，他對農活從來一知半解；說他是牧民，不是，對放牧和養殖，他絕對二把刀。到了晚年，能不讓自己的承包地撂荒，其實已經是奇跡。

　　回想那天地頭的情境，現在心情還很複雜。可是，令自己困惑的是，既然當時就如此理解了父親，那為什麼，隨後的舉動完全是另一種樣子呢？

　　那天，當我從地裡回到家，一看到父親那種迫不及待的目光和他相當熟練的打針動作，我的胸腔像充滿了濁氣兒的氣球，立刻爆炸了。

　　我突然拿起父親剛剛放在炕邊的藥片，非常用力地甩向堂櫃——兩片一組、很整齊地排列在一張塑膠紙裡的阿司匹林藥片，啪的一聲落下去，屋裡馬上飛揚起一團灰土。

　　父親沒有說話，甚至沒敢看我一眼，他又深深地埋下頭去。

22
堂哥寶林

在我回到回鹿山兩天后，三伯侯百慈派堂哥寶林來到我家。

快到中午時，我在外屋張羅著為堂哥做飯。父親則在東屋不停地叫著堂哥的名字說話。

堂哥寶林不比大伯那個犧牲的兒子寶山，據說寶山能文能武，而且口才奇佳，寶林卻寡言少語。寶林生來懼怕的不是三伯，而是我父親。

寶林讀過初中，對文言文異常著迷，所以說話有些咬文嚼字。他年齡與小哥長山相仿，過去逢年過節偶爾來我家一趟，在父親面前總是輕聲細語，唯唯諾諾。

寶林有一次對我說，他對我父親和堂哥寶山從軍的經歷非常好奇，而且充滿敬畏。他不太敢詳細追問父親戰爭年代的事情，希望我能比他知道得多些。有一天，寶林對我說：

「我敢打賭，五叔打了多年仗，肯定殺過人……」

聽了這話，我倒嚇了一跳，我從來沒有想過這個問題，更不敢想像父親曾經殺過人，不知道寶林緣何說起這個。

……屋裡，談話繼續進行。

這回，父親一反往日低聲說話的習慣，聲音提得很高。這

種看似講道理，講親情的談話，實則是父親對堂哥非常嚴厲的批評。

父親是個從來不講絕情話的人，這次卻把對三伯的不滿全都發洩到堂哥身上。

末了，父親說：

「行了，城邦的書就念到這兒了。回去後，讓你爹算算賬，連飯錢，看看花了多少。我沒別的指項了，但還有個二歲子犏牛和一匹兒馬，實在不行，還有琴留下的那幾隻黑頭，賣其中哪一個，都能還上欠你們的學雜費吧？」

堂哥一直垂著頭，不住地點頭嗯嗯著。聽父親說了這樣的話，堂哥終於忍不住，說：

「五叔，您也別生真氣，我爹的脾氣您知道，那人您也瞭解，其實也沒怎麼著，也沒說不供城邦上學，只是話趕話，多說了兩句，因為城邦成績不好，他有點著急。不信你問問城邦……」

聽到這兒，我真想走進來承認如此，也想替堂哥說幾句公道話。

在三伯家大半年，三伯疼吃疼喝的事情從來沒發生過，堂哥夫婦，對我也很好……

然而父親卻打斷堂哥的話說：

「我說的，不完全是你爹。你爹平時小氣點，日子過得精細些是對的。對待兄弟情分，他也沒挑兒，當年，你四叔砸死在炭窯裡，要不是你爹把個死屍拖拉回來，你四叔就死了外喪。」

父親停頓了一下，聲音稍稍低下來：

「我們老哥兒五個，有的早死，有的沒娶妻生子，有的活不

見人死不見屍……小一輩兒的，現在只剩下你妹寶霞和城邦你們
仨了。要是琴不死，人丁會旺一些，也會多些照應。我的意思是
說呀，打仗親兄弟，上陣父子兵，一筆寫不出倆侯來。你爹和我
都要不行了，但你們小哥倆以後要互相幫助，互相照應。」

見父親緩和了語氣，寶林連連點著頭，然後說：

「那就讓城邦後晌跟我回去吧，這學習可是耽誤不得的。」

父親沉吟了一下說：

「剛才我說的，也不全是賭氣話，看來，這次城邦是不想再
念了。人各有志，也是命，既然這樣，咱也不好強求，只要他日
後不要埋怨別人……」

突然，父親再次提高了嗓門說：

「要說我這個當爹的無能，我承認，我從隊伍上回來，就
發下誓，將來再也不打仗了。等我有了孩子，一定讓他們上學念
書，像你爺爺那樣，做一個有文化有知識的人。生了琴後，雖然
是丫頭，我也讓她念書，只要孩子們想要個好前程，只要他們想
學，我這個當爹的，就是拉著棍子要飯，就是砸鍋賣鐵，也得讓
孩子念書。在這深山老林，不念書，就沒出路啊……」

父親的話，清清楚楚傳進我耳朵，我知道，父親這些話是說
給我聽的。

說到這兒，父親突然再次低下聲來，片刻，竟哽咽著說：

「寶林啊，你五叔我，是個要臉的人啊！我一輩子沒服過
輸，年輕時，槍子兒彈片裡鑽過多少個來回，眼都沒眨一下，那
真是九死一生，雖說在關鍵時候走錯過一步棋，但細想想，我一
個沒多少文化的人，撿條命已經不錯了，就是不回來，將來又會
怎樣？誰也拿不准。可是，我這不爭氣的頭痛，唉，臨老臨老，

落下這個吃藥扎針的毛病。可我就不信，有一天我治好了這頭痛病，看我還會吃這幾片洋藥片？！」

堂哥諾諾地應著，他想勸慰一下父親，但一時卻找不到說詞。

最後寶林說：

「放心吧五叔，城邦將來一定會有出息的。」

我靠在灶臺上，灶裡的火早已熄滅了。我陷入深深的遐想之中。

這時，雨生突然出現在屋門口。像往常一樣，雨生從來是默不作聲地出現在我家的屋門口。同樣，像從前一樣，姐夫看都不看我一眼，徑直越過我走到裡屋。姐夫對我的輕視就是視而不見，但我理解。他不同於大姐榮對我的輕視，雨生是恨鐵不成鋼。

「是他寶林大舅來啦？我看著南坡下來個人，像你。」雨生是來與堂哥寶林打招呼的。

雨生與寶林很合得來。每次寶林來，都要到姐夫家吃頓飯。

寶林看見雨生來，就好像看到了天大的救星。他一邊親熱地叫著姐夫，一邊讓座。

這時，雨生把頭從裡屋探出來，向鍋裡看了看說：

「飯還沒好，到前院吃吧。」

我非常希望寶林能拒絕雨生，但父親卻接口說：

「那就到前院吃吧，你姐夫既然來叫了，寶林你就去吧。」

完全可以想像寶林的愉快程度。就這樣，雨生和堂哥寶林一前一後走出院子。

即使這樣，雨生還是沒有正眼看我一眼。就好像我這個人從

來不存在似的。

我氣憤地把燒火棍一跺兩截……

23
關於血緣

午飯後，堂哥寶林就要自己回去了。從與寶林告別那一刻起，我的整個學生時代徹底結束了。

完全不像第一次輟學那樣，此時我沒有悲傷，沒有痛苦，甚至有了幾分解脫後的快感。儘管後來我對朋友說，之所以沒完成高中學業，完全是因為家裡的窮困和父親的扎針，但捫心自問，這是謊言，是毫無良心的謊言！這種說法對父親、三伯、堂哥寶林一家來說，是極端不公平的，這是對他們一種無情的傷害。

正如父親對堂哥寶林的陳述一樣，在我求學這件事情上，父親一直做著披肝瀝膽的準備。他希望我讀書成才的想法一刻也沒有放棄過，並做著頑強的努力，可是，作為一個學生，那時的我，並沒有完全理解父親。我的數理化成績簡直糟糕透頂。雖然我的作文廣受好評，可我終究不算是一個合格的學生。特別是第二次轉學復讀，如果說有多麼興奮的話，這種興奮，絕不是因為重獲學習機會的興奮，而是有了逃避現實生活的藉口——我已經體會到勞動之苦——我不想像牛馬一樣流汗，更不想像小哥長山、姐夫雨生、父親和所有鄉親那樣，在草原和山谷中勤勞地生活一輩子……

從好的方面說，這是一種願望，儘管不是什麼美好的願望，但起碼是一種真實的願望，至於如何實現它，直到我第二次輟學回家，我也沒想明白。現在想來，即使這看似自尊受到傷害的不辭而別，也不過是自己為自己尋找的最好藉口。因為，在城子中學，我糟糕的成績，足以令自己沒有顏面和信心再繼續讀下去。

說起來難以置信，在那次復讀中，我竟沒記住一個同學的姓名，連當時的任課老師姓什麼都記不得了。這段借讀生活就像一場極其混亂失真的夢，常常令自己將信將疑。有時，我也會問自己，我真的有那麼一次轉學的經歷嗎？我真的有那麼一次不辭而別嗎？

若干年後，我盡力找出一些具體的事例分析我與父親在性格上的異同。就拿讀書取仕的觀念來說，我發現，沒有系統讀過書的父親，反而對讀書表現出由衷的篤誠和堅持，我不知道，這是不是祖上世襲的讀書傳統影響了父親，還是父親吃過沒有文化的虧，在生活中悟出了知識的重要性，可是，我當年的讀書卻沒有具體的目標。

現在我想，父親的篤誠，不僅是對讀書本身，更對於我這個兒子，他堅定地相信我——只要能讀書就能讀好書；同時，他的堅持也是對自己：既堅持自己的判斷，又堅持一個做開明父親的責任。

有很長一段時間，我非常懷疑，父親的信心建立在什麼基礎上？連我自己都沒有一點信心的時候，他如何認定我會在荊棘叢中走出一條路來？好在，當我現在回憶種種往事時，我總算能夠輕聲告慰：由於這種血緣的傳承，或者這種篤誠和堅持的影響，

使我能夠在以後的軍旅生涯中，重新樹立讀書的信心，並在此基礎上樹立起某種理想的旗幟——最終考取軍校、續讀本科，又堅持完成了研究生課程。

關於血緣和遺傳關係到人的意志學說，也許不準確，也不一定科學，但是，我相信，信念是可以遺傳的。記得看過一檔電視節目，一個父親是徒手攀岩人，靠到絕壁燕子洞上摘燕窩為生。這是當地一個靠師（家）傳的絕活，父親想把絕技傳給十七歲的兒子。但兒子只攀了一回，而且在即將摘到燕窩時退卻了。兒子回到地面後說：「差點兒嚇死。」以後，再也不想幹這種不要命的營生了。在父親的傷心失望中，兒子出去打工了。父親無奈之下把自己的絕活兒傳給了朋友的兒子，是一個與兒子同齡的少年，也是兒子從小一起玩兒大的夥伴……半年後，這個少年墜崖而死。回到家裡的兒子，看到父親因不堪內疚、痛苦，一下子衰老了，像一個傻掉的人。這個經過外面闖蕩磨礪的青年祭奠完死去的夥伴，突然決定：結束外面的打工生活，回來繼承父親的攀岩事業。他不顧母親拼死反對，勇敢地徒手攀上一百多米高的燕子洞……幾百年來，這裡的絕大多數百姓，就是靠著摘燕窩來繁衍生存下來的……這位父親對記者說：「攀岩是需要膽量的事情。」但我要說，生存是第一位的，人為了生存，什麼都可以幹，哪怕墜崖而死。至於膽量這東西，一千個膽子都抵不過一種信念的重量。我相信，是信念這東西讓這位父親攀岩一生——燕子洞的其他人，不都放棄了這個古老而危險的行業了嗎？我更相信，是同樣的信念讓這位少年戰勝了對死亡的恐懼。

24
窗外的景象

接下來的敘述應該更為困難。我不知道該如何描述這之後整整三年的鄉村生活。這是一個少年向成人世界過渡的轉型期，也是一個青年真正認識社會、適應社會和分析社會的重要階段。在這三年裡，我和父親之間到底發生了什麼，我的記憶一次次出現混亂和空白……我只好停下來，久久地望著窗外。

春天剛過，綠色一夜間鋪滿了都市。像昨天、前天、大前天這個時候一樣，樓外那棵槐樹的巨大樹冠將整個窗戶擋住了。要想看到這座城市更遠的地方，必須靠一股較強勁的風，把闊大的樹葉吹動起來，在枝與葉的縫隙，才會呈現出遠處某個建築物的局部輪廓。

窗外的景象，與二十多年前的境況如此相像。我完全看不清遠方的目標，而對眼前的一切又極度不滿。過分的自尊又常常刺激我敏感的神經……

與父親獨自度過的第一個夏天，天空好像從來沒有晴朗過，閃電和暴雨常常會在午後來臨。很快就會山洪暴發，巨浪挾裹著樹木、家畜和石塊轟隆隆地滾過……周圍漸漸失去了親情、友善

和歡樂的色彩，到處都是植物發黴的味道，承包地裡的土豆、穀子和蓧麥不僅長勢緩慢，而且雜草叢生。當小哥、雨生、外甥女以及其他任何一個鄉民經過我目之所及的地方時，我都會產生無端的愁緒、不悅，甚至怒氣。而往往在這個時候，父親在西屋的某種有意壓制的扎針的細微聲音，竟像一條蛇面對我吐出芯子，放出嘶嘶的涼氣。那種我所熟悉的強痛定針劑的味道，竟在無形中散發出一種凋殘和死亡氣息。

但是，任何的感覺和臆想都不能替代現實中的生活。我和父親必須繼續生存下去。也就是在這樣一種複雜的心靈體驗中，經過一冬一夏，我開始為在回鹿山長期生存下去做著務實的準備。

其實，我從這年春天就買了一輛幾乎報廢的二八自行車。學會騎車是我在中學讀書時的意外收穫。從初夏開始，我就時常到二十公里外的鎮上，批發一些南方運來的青椒、茄子、西紅柿和其他蔬菜到鄉下叫賣——這是鄧小平時代的開始。

盛夏，我也批發冰棍。在破舊的自行車後架上，左邊掛一個方形柳條筐，裡面是蔬菜，右邊是一個堅固的木箱子，裡面是冰棍——為了保溫，冰棍得用厚棉被層層裹起來。

應該說，做小買賣對我來說，不是第一次。幾年前，母親患肺水腫住院時，為了湊足住院費，我就學會了賣膠鞋底和地羊尾巴——那是合法的交易，而且是政府宣導的。當時公社的代銷點收購的東西很雜。膠鞋底的用途很容易理解，橡膠回收可二次利用，雖然才二分錢一隻，但只要你肯到村鎮的垃圾堆裡尋覓，撿到膠鞋底並不困難。地羊尾巴的得來卻並不怎麼容易。地羊是俗稱，草原和山谷中一種常見的地下齧齒類哺乳動物，學名鼢鼠。由於這種動物生活在地下，以薯類和草根為食，對草原和農作物

破壞力極大。政府為了號召人們消滅它們，就規定，每一根地羊尾巴可賣四分錢。可別小看這四分錢，在當時可是一筆大數目，能買兩盒火柴呢。但地羊並不好逮，這種長著一雙針眼大的高度近視眼的地下動物異常敏銳狡猾。

現在想來，在一切還沒有真正開放的二十世紀八十年代初，一個十五六歲的少年走街串戶，高聲叫賣茄子辣椒西紅柿，是相當有開創意味的舉動。當然，這個第一個吃螃蟹的少年從來不到回鹿山一帶販賣蔬菜和冰棍——我把不住，一直瞧不起我的鄉鄰，特別是大姐榮、外甥女乃或雨生對這種事情的看法。我知道，當時我在更多的鄉鄰眼裡，已經不再是一個讀書上進的好少年，而真正成了一個不肯下力氣勞動的二流子。

就是現在，我仍然相信，在我的家鄉，如果有哪個父母向子女們提起我，註定會說：「那小子，當年是個典型的二流子。」我不能責怪他們，事實上在那個時候，我自己都瞧不起自己。

記得剛販賣青椒那陣兒，有一天，我在鄉政府門口的糧站飯店，正準備吃一碗面，結果一個中學女同學和她母親走進來買油條。可能是女同學怕母親知道這個剛才還在外面叫賣的少年就是她的同學吧，她竟躲瘟神那樣紅著臉，拉著母親匆匆走開了，油條也沒敢買。

說不受傷害是瞎話，當時我的確非常難為情。因為我一直暗戀著這個女同學，曾把流行歌曲《牡丹之歌》的歌詞「啊，牡丹，百花叢中最鮮豔」，改成「啊，海燕，大海之上最燦爛」，以讚美她的迷人……多虧後來我當了兵，變得人模人樣了，於是展開攻勢，一舉拿下這個大眼睛的蘋果臉同學做了老婆，總算報了當年尷尬之仇。

　　後來，我又學會了一種絕活：在鄉村農家的箱箱櫃櫃上做漆畫。就是分別買來紅、白、黃、藍、綠等幾種不同顏色的油漆，用汽油當調和劑，控制黏稠度，利用調色原理調出五顏六色的色彩。把各色油漆裝入小型噴霧器中，然後在硬塑膠紙上，像剪窗花一樣，剪出牡丹、月季或芍藥──但與窗花的工藝正好相反，花瓣、枝梗和葉子是鏤空的。把這樣的塑膠紙模子固定在櫃面、箱面或窗玻璃上，各色噴霧器對著上面揮揮灑灑，噴噴點點，最後取下塑膠模具，一朵或一叢鮮豔的花草就落在上面了。這門手藝學會後，我不斷開拓創新，變換花樣，後期的作品就能脫開模具和噴霧器，開始運用軟筆，慢慢描畫加工，添枝加葉，獨立繪成「喜鵲登梅」或「犀牛望月」了。驕傲點兒說，這應該是當時很有水準的工藝美術了。

　　若干年後，姨家表姐告訴我，她家箱子上，至今還保留著我當年的作品，我聽了還很得意。

　　再以後，我不斷得到消息，在我故鄉的七裡八鄉，現在有我作品的不止表姐一家，如果挨個營子走一走，一定會發現我的美術作品仍然鮮活燦爛──當年的油漆貨真價實，絕無假貨。二三十年，彈指一揮間而已，只可惜，這些傢俱的主人，已經認不出我這個精瘦的白髮漢子，就是當年那個面容憂鬱的少年了。

25
夜，已經很深了

　　就在那個多雨的夏季，分家時分得的小犏牛生了假蹄病[15]。起初並沒覺得多嚴重。但二把刀牧民父親忽視了這種病，結果這頭於我父子生活最重要的牲畜，在一天夜裡突然死亡了。

　　犏牛是和小哥分家時分得的，也是剛剛調教出活計來的生猛勞力。原打算來年開春用它作資本，能在不太求人的情況下完成春耕、夏忙和秋收。可是，天竟有不測風雲，計劃落空了。

　　那天晚上，我在外作畫回家，看見父親正倚在牛欄上抽煙。那頭金黃色的犏牛側倒在牛樁旁，韁繩還拴在牛樁上，牛卻四腳朝天地掛那兒啦——因為沒氣時間長了，四隻牛腿直挺挺地向上伸著，整個牛像吹足了氣的紙牛一樣，樣子異常恐怖。

　　這意外的打擊顯然讓父親傷了元氣。父親好像傻了，遲遲沒有處理這頭死牛。直到天快黑時，才拿出那把哨子刀來，然後請鄰居李叔幫忙，開始剝牛皮。

---

15 牛羊由於長期在泥水中浸泡而引發的一種蹄病，主要症狀是蹄子腫大，蹄甲脫落，治療不及時會殘疾或死亡。

　　至此，我們的家產除了三間老屋（其中還有小哥長山一間，這是分家時講好的）等簡單的家什外，只剩下一匹兒馬和三隻黑頭羊。實際上，這匹兒馬還沒有正式落戶給我。與小哥分家時，分給小哥那匹母馬正有身孕，按當時的協議，母馬歸小哥，但生下的第一匹馬駒歸我。此時，這個一歲左右的小馬駒還沒有離開母親，由小哥代管。

　　沒了這頭牛，當年的秋收更加辛苦。好在，父親多次到鄰居家換工，地裡的糧食總算全部收了回來。

　　但是，這看似一筆帶過的第一年生活，於我和父親之間，其實十分不平靜。由於我不滿父親吃藥和扎針的習慣，我和父親的戰爭不斷升級，漸漸明朗化和白熱化。

　　剛開始務農時，父親還常常容忍我的白眼和摔打，漸漸地，父親開始偷偷避開我用藥，有時，甚至躲到鄰居家請人幫忙，這正是我最受不了的事情。我由暗示、不滿到公開抗議，直到大吵大鬧。我希望父親戒掉藥物，起碼禁止使用強痛定針劑。

　　父親先是不語，後來有幾次答應戒掉。實際上，父親也曾有過積極的行動，可每一次行動最終都失敗了。

　　當我聽說，有一天，父親竟用死去的牛皮到藥店換回一些強痛定時，我第一次對父親使用了侮辱性語言。我好像說了「人有臉樹有皮」這樣的話。

　　父親顯然沒有想到我會說出這樣的話，他在愣怔了片刻後，突然大聲對我說：

　　「好吧，那你殺了我吧！殺了我，你的日子就好過啦！」

　　越說越生氣的父親，突然扯下腰間的哨子刀。

　　父親把哨子刀遞向我，抖動著殘手和肩膀。

我下意識地後退，直到被老櫃擋住，我看見父親因痛苦而扭曲的臉沒有一點血色，突然佈滿血絲的眼睛異常絕望。

當天晚上，父親在炕頭，我在炕梢。就在我準備躺下睡覺時，父親突然把一支捲好的旱煙扔過來，說：

「睡不著覺，臭蟲又咬，就抽一棵吧。」

我猶豫了一下，還是撿起了身邊的卷煙。

一年前，我學會了抽煙。不論是在田裡勞動，還是到外鄉作畫，我已經在不知不覺中體會到吸煙的奇妙感覺。只是，我還從來沒有在父親面前抽過。當然，我知道，父親的煙齡很長，如果他發現我抽煙，是不會批評我的，可不知為什麼，我一直沒有勇氣在父親面前抽。

父親隨即把火柴扔給我。

我默默地劃著火柴，點著煙，小心翼翼地吸著。有那麼一刻，一股說不清的美好滋味隨著吸入腹腔的煙迅速傳遍全身。

原來，我一直在潛意識裡迷戀著父親的捲煙動作和他捲好的煙卷。

父親抽煙，從來不用煙袋，也不像其他鄉鄰那樣，迅速捲好一根筒狀的紙煙，然後用手刮下牙垢來黏合。這種粗俗的捲煙習慣讓人難以接受。父親捲煙，永遠程式化，有板有眼，慢條斯理。

他先撕下一方長條紙，在指間捋了又捋，直到紙條變得柔滑細軟，然後把紙捲成一個喇叭樣紙筒，在紙筒的三分之一處一折，一捏，再把手心裡的煙末細細地撮入紙筒，最後，用大拇指把喇叭口多餘出來一小截紙挽回去，就勢堵住筒口，這樣，一支

煙嘴和煙筒成銳角的紙煙才算正式完成。

父親這種從容不迫的捲煙習慣，給我的印象極其深刻。後來，每當看到城裡人疊紙鶴，我就想起父親，父親捲的煙太像現在流行的紙鶴了。

父親抽煙不勤，他多半在夜晚才抽。是時，在他頭頂的壁窗上，懸著一隻十五瓦燈泡。燈泡泛著昏黃的光，燈光把父親稜角分明的臉映出一個剪影。長時間的，父親一口接一口地抽著，間或有一兩口被父親吸入腹腔，喉結處就發出有節奏的、時斷時續的嘎嘎聲。

在琴姐和母親去世後的日子裡，大部分夜晚我就是這樣和父親一起度過的。只是，在母親剛剛去世，小哥又搬走時，我一直緊緊挨著父親睡，不知從哪天起，我悄悄把被褥移到了炕梢。我側躺在炕梢，一邊想著心事，一邊默默地看著父親的側影，還有繚繞在他指間、髮間的煙霧。就這樣，直到睡意襲來，直到我聽不到山野杜鵑的夜啼而朦朧睡去。

抽完父親扔給我的那支煙，我躺下了，然後側過身去，把後背對著父親。過了良久，我感到父親扭頭看了我一眼，見我還沒入睡，於是乾咳一聲，清了清嗓子，這是父親要與我鄭重談話的前奏。

果然，父親清完嗓子，說：

「我知道你還沒睡，今天就和你說說閒話，你愛聽也好，不愛聽也罷，看來有幾句話我不得不說了。」

我沒有動，也沒有轉過身來。我的態度不置可否。

父親接著說：

「原打算，你能把書念下來，起碼念完高中，到了鎮上，出

山的前景就寬了一些。沒承想，你對念書沒有恒心。這件事我很意外，但這是你自己決定的，不管是今天，還是以後，你都怪不得我這個當爹的……」

聽到這兒，我的心暗暗抖了一下，心想，雖說我在三大家受了點委屈，可這不是我棄學的真正理由。是我自己打敗了自己，也是自己欺騙了自己。

「既然不上學了，就要有不上學的打算。你從頭年冬天開始，跟人家上山打獵，我沒攔你，我們莊戶人的冬天，主要的活計是割柴火，在這一冬，燒柴是我爬著挪著撿回來的，攢不下，也夠燒了；春起，你跑起了小買賣，我也沒攔你，不論掙多掙少，不論別人怎樣看咱，我總覺得，你是在幹正經事，是為了將來的前程。可這入夏以來，地畝活最重的時候，你還跑出去，這就有些過分了。你不能再製造任何藉口來逃避勞動；在鄉下生活，總得分清主次，這主就是農業，就是種糧。現在不讓發展牧業，有一天讓發展了，這牧業就是主業。什麼是次呢？我認為，就是在國家政策允許的情況下，盡可能地搞些小買賣，多少掙兩個，也好貼補家用。過去不讓這樣做，這是資本主義的尾巴，要割掉呢。擺正這種主和次的關係，一個青年人才能夠成家立業。

「說到這兒，就說到花錢上。我這一輩子，是窮人的一輩子，可我也沒見哪個富人一輩子過得比窮人更歡喜。人好人壞，不是貧富決定的；人活得歡喜不歡喜，也不是貧富決定的。我是有這吃藥的毛病，這兩年，還扎兩支強痛定，可我也是沒辦法。算起來，我吃上鎮痛藥，還是在隊伍上的事情。那次，日本人一顆子彈打穿了我腦袋，醫生說，沒有傷著腦漿子，但腦瓜蓋子缺了一塊兒。從那時起，就天天頭痛，吃兩片鎮痛藥就挺過去了。

後來，在東北一仗，打壞了肚子，腸子沒斷，卻流了出來。沒什麼更好的辦法，把腸子塞回去，肚皮縫上，再吃幾片鎮痛藥頂一頂，也過去了。人家都說我命大，幾次都打不死，子彈像長了眼睛，從腸子縫滑過去都打不斷腸子。那時打仗，很多人兜裡，常常揣點鎮痛藥或幾錢大煙。誰都明白，一槍打死倒好了，打不死就活受罪……那時沒有你，你哪能想見那是什麼日子……現在，人老了，藥癮也養成了，一停下來，頭疼，肚子疼，連渾身的骨頭都碎了似的疼，別說幹活，下地的力氣也沒有了。我就想，反正這樣了，吃幾片藥頂一頂，總還能多活些日子，也許能多陪你兩年，畢竟，你還小，人又孤……我也想過，要不，像你琴姐那樣，喝瓶農藥；要不，拿根麻繩吊樹上，也不是啥難事……可我呢，左思右想，不能這樣啊！我死了，眼一閉，啥也不知道了，可你一輩子咋做人？」

我的心熱了一下，緊縮了一下。我微微地閉上眼睛。

「我知道，我掙不來錢了，可我有這個決心，只要是你以後掙來的錢，你都自己攢著，我一分也不花。這輩子做父親，沒給你積攢下一個像樣的家業，就夠對不住你的了，以後，你拿什麼娶妻生子？這不，屋漏偏遭連陰雨，剛剛執事的牛也死了。我知道，你心裡難受，可我的心更難受。今天，我把話摺到這兒，從明天開始，我一片藥不吃，一針不打，要是我能挺過去就挺過去了，挺不過去，大不了一死，你也不用打棺材，就用咱家這口堂櫃，把隔板一打，把我往裡一裝，就埋了……」

聽到這兒我再也躺不住了，扭過身來說：

「叔，你，你這是幹什麼……」

父親這才打住話頭，僵持了片刻，歎口氣又接著說：

「你不愛聽，我就先說到這兒，這話也不是一天能說完的，不過，我只想提醒你：你是個念過書的人，無論何時何地，這些年的書不能就飯吃了。在我吃藥扎針這件事兒上，咱爺兒倆關上門，怎麼都好說，都能說，可千萬千萬不能鬧得鄉里四鄰都知道。我老了，將來死了，一了百了，可你還得在這裡生活下去，你腦門兒上，不能貼上一張不賢不孝的標籤。咱們這個地方，不比寬城老家，窮山惡水，人心越來越薄了，一件事不周到，人家有可能一輩子戳你脊梁骨，再有人落井下石，這人生的第一個開端，恐怕就是一個深潭。」

父親說到這兒，又掐滅了一支煙。停了一會兒又說：

「也難怪，人家小看咱爺兒倆，我們有很多地方不如人啊。在我來說，有一天能戒了這個藥，在你來說，是到了下力氣幹活的時候了，可別像我，種地半拉把式，放羊找不到好草場。俗話說，少年辛苦終身事，莫向光陰惰寸功，這是念書人的理兒，你大大活著時，常常說這句話，那時我也像你這樣大，也不理解，慢慢長大了，就懂這句話的意思了。學農活也是這個理兒。還有一點，話不說不透，理不說不明，對別人的臉色，你要分清裡外，你大姐榮是一個家居婦女，沒多少見識，再不濟也是一奶同胞。你長山小哥也一樣，他不過是有他自己的想法罷了。你雨生姐夫，人忠厚、正直，他對你也是恨鐵不成鋼……他們都沒念過書，人都說念書知理，念書知理，如果你念了書，還對他們有成見，是你的錯兒而不是他們的錯兒。這不，你大外甥女秀文，這幾天就要生小孩，你會騎洋車子，明天主動過去問問，有什麼需要置辦，得向前靠靠，親顧親顧，親不親三分向，將來還是一家人……」

　　說到這兒，父親突然打住話頭，再不說什麼，啪的一聲拉滅了燈。

　　夜，已經很深了……

26
父親的姿勢

　　是的，我從來沒有懷疑自己的記憶出錯，很多事情，就像發生在昨天。但我承認，在描述父親和我的某些生活片斷時，總摻雜著一種迷離縹緲。往事有時像一縷縷傍晚的炊煙，突然浮現在眼前，嫋嫋上升，慢慢飄散。其實，人在回想過去的生活時，都摻雜進當下的感受和評斷。我不認為過去的生活是美好的，但也不認為有多麼糟糕，那是一種真實的生活，真實是不能被盲目定義的，即使再過幾十年，原來的認知也會因時過境遷而物是人非。

　　回憶父親也一樣，父親是真實的，又是虛幻的；我很熟悉他，有時卻備感陌生。無論如何，我都很難記述他的思想——如果這樣做了，一定融進了我自己的願望。所幸，我明白了這個道理，於是，盡力避免這種情況發生。

　　我喜歡在晚上回憶父親——他坐在燈下吸煙，我躺在他身邊，聽著窗外的風聲，雨聲，蟲鳴或狗吠……這一個個讓我慢慢產生睡意的畫面，卻完整地在腦海裡固定下來了——就像一幅定格的風景畫。此時的我，完全成了觀眾，也是惟一的一個觀眾。後來我想，這樣的畫面將永遠如此固定下去，因為，我從來沒有

看到過接下來的事情，比如，父親怎樣掐滅煙頭，然後悄悄下地，小心地關起風門，最後脫掉衣服，在我身邊躺下來……在這些畫面之前，我安靜地睡著了。

我認為，即使在中國傳統的父子關係中，父子之間能有一次開誠佈公的談話是非常必要的，特別是孩子走向社會、直面生活的初始階段。我的經驗是，二十多年前那個夜晚，父親燈下那次談話對我的觸動很大。儘管當時我並沒有百分之百地接受（因為我並沒有表達自己的看法，也就是沒有構成談話的基本要素——對談，我不過是一個被動的傾聽者），可接下來的日子，我有了行為上的轉變。

我不再故意躲開雨生、小哥以及我認為的其他看不起我的鄉鄰，儘管面對他們時，我還有些不自在，但他們在我眼裡已經變了，變得不遠也不近，自然平和，他們雖然不可親可敬，但也不可憎可恨。

果然，我的表現很快得到了回應。

某一天一大早，雨生姐夫來到我家。

雨生臉色凝重，先和父親打過招呼，然後對我說：

「秀文要生了，昨晚就開始折騰，到現在孩子還沒落草。軍離不開身，你快騎車到鎮上請一回先生，我到響水抓馬去，隨後去接你們，再晚，恐怕要出事。」

我二話沒說，推出那輛破舊的自行車向營子口沖去。

在營子口上，我看見大姐榮和另一個嬸子從軍家慌慌張張地走出來，不停地向我這邊張望。

當然，一切都不可能挽回了。下午時分，在鎮醫院那個女

醫生的幫助下，秀文終於產下了第一個孩子，但這個男孩已經死了。

醫生草草拍打幾下孩子，說：

「是個小子，可惜羊水破得早，嗆死了，扔了吧。」

隨後，傳來的是秀文有氣無力的哭聲。

後來我看見，軍兩手托著一個黑紅色的東西向房後走去 。我知道，這就是那個遲遲不肯降生的孩子。

過了一會兒，軍從房後走回來，蹲在外屋門口，勾著頭，肩膀一聳一聳的，像在嘔吐。

軍早就盼著生個男孩，生了，卻是這樣的結果，軍的痛苦可想而知。

請醫生回來後，我一直倚在軍家當院的木柵欄上。當聽說孩子已死的時候，我並沒有什麼特別的感覺，就是軍到房後掩埋孩子時，我也沒什麼反應。

雨生送走了醫生，秀文虛弱的痛不欲生的哭聲突然大起來。在那一刻，我突然感到一種抑制不住的哀傷。我強忍著眼淚從軍家走出來。快到家門口時，我看見父親蹲在門口的糞堆上，抱著腦袋一動不動。

父親的姿勢與軍剛才的樣子一模一樣。我突然意識到，軍的長相多麼酷似父親！

天正在一點點黑下來，父親模模糊糊的身影一直蹲在那裡。偶爾，一點紅紅的煙火在父親嘴邊亮一下，再亮一下。

說來非常複雜，自從琴姐死後，尤其是，從我零星知道一點父親和軍之間的傳言後，我一直沒有踏過軍家的門檻一次。即使

後來秀文嫁給了軍，我們變成了親戚關係，我仍然固守著自己的原則。

但是，這個突發事件，重又讓我和軍夫婦建立起了某種聯繫。當然，在外人看來，秀文畢竟是我的外甥女，我是軍的舅丈。

第二年冬天，秀文生下第二個孩子。

可悲的是，差不多折騰了兩天才產下來，但很快又夭折了。生這個女孩子時我沒在家，那時我正在外鄉作畫。

兩年後的八月，秀文的第三個女兒降生。

當時正逢我當兵體檢的前夕。這次生產，又折磨了秀文兩天兩夜。萬幸的是，這個女兒保住了，當我到部隊大半年後，秀文給我寄來一張胖娃娃的黑白照片，說讓我這個有文化的舅姥爺給起個名兒。

我考慮兩天，就起了個「玉茹」的名字，具體含義忘掉了，可能與《紅樓夢》裡的黛玉和《林海雪原》裡的白茹有些聯繫。

後來，玉茹身後又有了一個妹妹，但軍仍希望秀文繼續生下去，直到生一個兒子為止。與雨生相比，軍比他岳父更為重男輕女。

以後我常常想，如今的故鄉早就通了一條公路，按說，人們的生育觀念早該改變了，但軍這樣的男人，何故非要生個兒子不可？還有，像秀文這樣每每難產的女人，為何在生產時不及時送往山外醫院？哪怕鄉衛生院也好啊！

當兵後第一次探家時，軍和秀文搬到我家隔壁一處新房。玉茹快兩歲了。秀文說，沒有奶水，孩子身體發育不好。還是我父親教了一些土辦法催奶，效果也不明顯。

我很驚訝，父親竟有催奶的土辦法？

在這期間，父親獨自在家過了一個冬天。秀文說，與這個沒有血緣關係的姥爺挨近了，接觸多了，她開始喜歡這個孤獨的姥爺了。

秀文說：

「姥爺其實是很剛強的人，病倒炕上好幾天，都不想給別人找麻煩，他說話算數，做人真實，和別的老人不太一樣。」

秀文說，父親一看她侍弄孩子，就會不自主地講起我的童年。說我一生下來就沒有母乳，因為母親年歲實在太大了，吃糧不夠，營養跟不上，父親就一次次往返二十多公里，到山外的供銷社買奶粉。那時父親是生產隊隊長，享有小小特權，所以還有辦法讓我吃上幾袋奶粉，但其他與我一樣大的孩子，就沒有這個福分了。有一次，供銷社的奶粉賣沒了，父親就騎著毛驢到縣城去買，回家時已經是第二天早晨了。

秀文最後對我說：

「小舅，我們把小時候的事都忘了。這回我才知道，姥爺有多疼你，有多麼捨不得你走！姥爺一見玉茹哭鬧就說到你，反復說，我知道，他一定是想你了……姥爺說他從來沒有跟別人說過這些，因為覺著和我對勁兒，說我像死去的琴姨，才和我說說。真的，有時候，我覺得姥爺真可憐……你一定得好好當兵，不當出個前景來，真對不起他，你不知道，他一個人，不肯求人，又那麼多病，多可憐啊……」

秀文有點兒說不下去了。她是大姐榮的長女，卻比大姐心腸軟。秀文長我三歲，我不知道，她是否聽說過關於軍和父親的傳言，也不知道，她內心對此事的看法，但在當時，我與軍的感情

還存在著隔膜，特別是軍在我當兵前那次動武，更加深了我們之
間的隔膜。

27
軍突然說話了

軍和秀文的第一個男孩死後不久，又一個秋天姍姍來遲。

一天午後，小哥長山在大門口叫住我，說：

「姐夫說了，今年收秋咱們合夥。」

顯然，小哥是把這個消息當成一個令人振奮的事情告訴我的。他的語氣裡也明顯透露出一絲高興的味道。

我知道，像我和父親這樣，要車沒車，要牛沒牛，能與雨生和軍他們合夥秋收，是一件最划算的事。可是，乍一聽到這個消息，我並沒覺得多麼高興——這些年，我受夠了他們的嘲諷和白眼，這種「合夥」，恩賜的意味太濃重了，我不情願得到這樣的恩賜。

我沒有立即回答小哥的話。

父親卻不知從哪裡突然走過來，說：

「山，聽你姐夫的，就按你姐夫和你的意思辦吧。」

我不知道，剛才還在屋裡的父親，怎麼能聽到小哥的話。父親雖然六十多歲了，卻耳聰目明。

我一句話也沒說，扭頭走進院子。其實，我這種賭氣的舉動，底氣嚴重不足。出於對小哥絕情搬走的不滿，我必須如此。

可是，彼時彼地的我，有什麼資本逞強呢？

然而，那個秋天，我和父親最終沒能和軍他們合夥收秋。

變故突如其來。是軍粗暴地擊碎了這個本來應該溫暖的秋天。

小哥長山成了大姐家的主要幫手，某種程度上，也解放了女婿軍。這之前，春耕秋收，軍是大姐家最扛力的勞動者。

但是，從小聰明能幹的軍，並不情願這樣不清不白地與岳父家攪在一起，這種不平等的合作，因得不到岳父的公正對待，軍幾年的忍耐和妥協已到底線，他和岳父家的關係形同危卵。好在，秀文是個中間力量，對軍有一種牽制力，兩家合夥務農就這樣明合暗不合地將就著，三年五載，一眨眼也就過去了。

突然得知小哥提議（以後我才知道是小哥力爭促成）、雨生同意今年同我父子合夥秋收，軍鬱積於胸的怨氣終於有點憋不住了。

軍並沒有直接發作。某天夜裡，一場多年難見的早到寒流突然襲擊了回鹿山秋天的田野，所有鄉民都在擔心，接下來的七八天，將會有更大的霜凍來臨，如果不儘快出淨地裡的土豆，今年的損失不可估量。

那天早上，太陽還沒有冒出東山之巔，雨生一家、軍一家和我一家已經聚齊，準備一同下地。但先出哪一家的土豆，一時還沒有定論。

這時，小哥長山發話了。

他說：「先出城邦家的。」

小哥的理由是，我家這塊地在陰坡，地潑，土豆更容易受凍

腐爛。另外，我家種的土豆畝數最少，如果大家齊心協力，大半天就能出完。

小哥的提議，一時沒有人反對，連一向先人後己的父親也沒有反駁。也許，父親也認為，這確乎是一個最科學務實的建議吧。

但我還是清楚地感覺到，除了雨生不動聲色外，四個外甥女秀文、秀芝、秀芬、秀雲和軍都不情願。

那時，四外甥女秀雲也不過十二三歲，但卻早早輟學，像老大老二老三一樣下地幹農活了。雨生不喜歡女孩，我的四個外甥女，都沒怎麼讀過書，卻早早成為幹農活的行家裡手。

就在大家準備動身時，軍突然說話了。

軍說：

「要我說，不能這樣安排，陰坡地不止姥爺家這一塊，從更大的損失可能看，其他兩家的陰坡地更多，應當先出，至於小地畝的，抓個早晚，抽空就出來了。」

說來奇怪，直到今天，每當軍稱父親姥爺的時候，我心裡總會產生一種怪怪的感覺，這種怪，常常說不清道不明，但卻異常強烈。

不知小哥那天怎麼了，他立即反對，並且很大聲：

「不行，就這樣定了，今天就先出城邦家的！」

軍似乎也早有準備，馬上回應：

「不行也得行，這不是生產隊吃大鍋飯了，生產隊時你長山說了也不算，要是幹不到一塊兒，大家就他媽散夥！」

軍如此提名道姓，語含譏諷，口出髒話，而且像點著了火的乾柴，不知怎麼，騰地一下燃燒起來。顯然，小哥在他眼裡根本

不是一個舅丈！

「你罵誰？！」生性寡言木訥卻脾氣倔強的小哥怒目而視。

「我他媽誰也沒罵，我是罵我自個兒，罵我自個兒不成器，是個不成器的東西……」軍一邊回話，一邊扛起農具準備走開。

在場的人都聽出來了，軍的話裡明顯另有所指。這不成器的東西是指我，或父親，還是指光棍小哥長山？

還沒等雨生和父親張口勸說，小哥順手抄起一把出土豆的長把三齒耙，突然沖向軍。

身材高大的軍立即扭回身，把扛在肩上的鐵鍬橫在手裡。

小哥毫不退縮。

呼的一聲，軍的鐵鍬帶著一股冷風，向沖過來的舅丈摟頭劈下來。

幸好身材矮小的小哥靈巧閃過，否則這一鍬，一準一命嗚呼。

躲過一劫的小哥此時已經不顧一切，三齒耙掄得呼呼生風……

不知是誰先抱住了小哥，也不知誰抱住了軍，在太陽剛剛升起的時候，我家門口你哭我喊，我翻你滾地亂作一團。

這時，可能是秀文喊了一聲：

「別打了，姥爺不行了……」

人們住了手，這才發現父親像一個土人一樣從一群人的腳下露出來。

我趕忙把父親扶坐起來，卻看見幾縷殷紅的血，從他左太陽穴舊傷疤處流下來。不知是誰誤傷了他，或者，他拉架時自己摔倒，正好碰在石頭上……

　　若干年後，我大致理出了一點兒頭緒。其實，小哥長山從來不像我認為的那樣絕情絕義，面對一老一少的生活窘境，心地善良的小哥實在看不下去，於是，再三向雨生說情，希望大家合力幫我父子一把。軍對這個提議一直是反對的，但小哥沒有理會軍的態度，這給軍正好找到一個就坡下驢的機會——他早就不願意與岳父合夥了。

　　這個早晨，三家散夥了，所有村民都目睹了一個親族關係的分崩離析。

　　在塞北故鄉，千百年流傳著這樣一句諺語：窮在大街無人問，富在深山有遠親。

　　我的看法是：不管是夫妻關係，還是兄弟關係，還是親戚關係，都是能通過關愛和善意改善的，否則，宗親關係不會有如此大的社會根基，人類文明更不可能延續和發展。

　　基於此，直到今天，我都不怨恨軍，他是外姓人，勤勞樸素，這輩子娶了身體不好的秀文，本身就是一種犧牲……

28
芳嫂

後來的事情，出人意料！

這個秋天，最終向我和父親伸出援助之手的，卻是鄰居芳嫂。

芳嫂是雨生的弟媳，她的年齡與小哥長山一樣大，有兩個非常好看的女兒，大的叫燕，八九歲，小的叫蓉，三四歲。

芳嫂是個山外來的女人，她的男人，也就是雨生的弟弟是復員軍人，共產黨員。早些年，在大山深處，也許只有復員軍人和共產黨員，才有可能娶到像芳嫂這樣漂亮而有文化的外鄉女人（芳嫂是那時故鄉惟一一個早起刷牙的女人）。而且，芳嫂性格開朗、樂善好施。

其實，山外嫁過來的芳嫂最喜歡的人是琴姐。她嫁過來不久，由於兩家只隔一堵牆，琴和她很快成了知心朋友。可能因為這層關係，琴姐和母親死後，芳嫂常常在生活上給我和父親以盡可能的照顧。但我慢慢發現，芳嫂的某些主動示好和幫助，好像帶有一種給大姐榮一家看的成分。

做給大姐榮看，也就是讓所有鄰里看。長久以來，大姐榮一家和芳嫂一家總是產生這樣那樣的矛盾，這在鄉村的兄弟之間、

妯娌之間是常有的事情。另外，大姐平時對我和父親的所作所為，芳嫂是非常看不過的，特別是榮對待我這個小弟，芳嫂一直難以理解。於是，芳嫂對我就有意無意地格外關愛。這種關愛在大姐榮看來，就有些挑釁的意味。

父親的傷並無大礙，擦破的額頭，幾天後就好了。

某天晚上，芳嫂過來對父親說：

「五叔，不用再找人，今年咱們合夥收秋。」

父親似乎猶豫了一下，隨後感謝著答應了。

秋收開始了。快人快語的芳嫂一開始就決定，為了節省時間和柴灶，秋收期間，兩家合在一起吃飯。實際上，我和父親只是偶爾拿過一點米麵，而芳嫂家就不僅僅是多出兩雙碗筷的問題了。

然而，秋糧還沒有收完，閒話已經不脛而走了。

在鄉鄰的耳語裡，我成了芳嫂的新情人。

芳嫂和某個男人相好的傳言，這些年一直不斷。自打芳嫂嫁到回鹿山七號營子不久，這種傳聞好像就有了。

事實上，芳嫂的確是營子裡最漂亮的女人。我不知道她是否能聽到關於她與某某人有染，又與某某人有染的閒話，可我從沒聽過她因此與哪個相好家的女人發生過衝突，更沒有和哪個咬耳根的婦人發生過口角。

芳嫂就是一個走自己的路，讓別人去說的那種女人。她向來神閒氣定，生活有條不紊。有時我想，這難道就是山裡人和山外人的區別嗎？我承認，男女關係混亂是偏僻鄉村多年沿襲下來的陋習，但這裡有真有假，不好判斷，就像人們說我父親和楊木匠

家的那樣。幸運的是，父親在處理這件事情時，很像芳嫂，他聽到了，卻像什麼也沒聽到，沒聽到什麼，也不去打聽，對所有傳言，多年一直諱莫如深，不置可否。

由此可見，父親和芳嫂都是具有超常智慧的人。

我是芳嫂的新情人，如果別人這樣說，尚可理解，但這話從大姐榮的嘴裡說出來，我萬難接受。

事實上，傳言中，榮的推波助瀾是很難讓人原諒的。可就是這個同母異父的大姐，人前人後，不但把長我十幾歲的芳嫂說成我的相好，還說這一切都是父親精心策劃的。

「這個老東西，看來他是不準備娶兒媳了。就讓他兒子給別人拉幫套吧！」大姐像一個非常負責任的大姐一樣，痛心疾首地對一位遠親說。

我沒見過母親年輕時的樣子，不知道大姐長得像不像年輕時的母親，但她一點也不像晚年的母親，更不像死去的琴姐，這是一個讓人常常傷心落淚的大姐。

這樣，就由不得別人不信。

像所有當事者迷一樣，當這種傳言和議論傳到我耳朵時，恐怕連山上的松鼠和洞裡的地羊都知道了。提醒我注意的是我的小學老師，這個讚賞過我〈茅山之戰〉的知青當時已經返城。某天，我們在鎮上不期而遇。

蔡老師是一個非常有責任心的老師。他委婉而明確地提醒我，要特別注意流言的殺傷力。

蔡老師說：

「你太年輕，日後的路還很長。一泡尿淹不死一隻螞蟻，卻能淹死一個人。」

蔡老師又說：

「無風不起浪，你太年輕，走好了，前途無量，走不好……」

我呆若木雞。

難堪、羞憤、傷心一股腦兒地占據了我。

那年我十七歲，按當時的國家法律，還算未成年人，但很不幸，我是一個敏感而多疑的未成年人。於是我想，連調走的老師都知道了，父親為什麼對此一聲不吭？難道他一點消息都沒聽說嗎？

我陷入了深深的苦悶之中。

雖然每天仍和芳嫂一家到地裡出土豆或割蓧麥，但我已經背上了沉重的思想包袱。每當我獨自面對芳嫂時，我的心就慌得不行，臉頰也一陣陣燒得不行。我失去了對生活的判斷力和最後一點信心。

芳嫂呢，仍然像什麼事兒都沒有那樣，依然風風火火地忙完外面忙家裡，忙完地裡忙孩子。芳嫂對我父子的態度一點變化都沒有，反而更親熱一些。

我卻越來越無法排遣心中的鬱悶。

終於，一個漫長的秋天過去了，一個冬天也過去了。

第二年秋收時，我們和芳嫂一家繼續合夥。但在這個秋天，除了午飯在芳嫂家吃外，晚上，我就找個藉口，回家胡亂弄一口吃。對此，芳嫂曾詢問我為什麼，我只有胡亂支吾過去。

父親一如既往地保持沉默，但我確信，父親什麼都知道了，他明白我為什麼這樣做。

一天下午，我從地裡單獨回家，在營子口碾房旁，從後面趕

上來的芳嫂突然叫住我，然後大聲對我說：

「城邦你站下，我問你，你躲什麼躲？一年多了，你跟做賊似的躲來躲去，你做了什麼見不得人的虧心事兒嗎？」

我說：

「芳嫂，我……我沒，我沒躲你……」

「不躲我你躲誰？躲我漢子？躲燕，躲蓉，躲你父親嗎？」

「芳嫂，我……我……」

芳嫂劈頭打斷我：

「我什麼我！告訴你城邦，我是看你父親可憐才這樣做的，合夥秋收是看在你父親殘廢的分上，沒人管你們！沒人幫你們！你倒好，像誰占了你多大便宜似的，你別把人家的好心當做驢肝肺……」

「芳嫂，我是……」

「是什麼？你什麼都不是！你不就讀過幾年書嗎？你不就會在箱箱櫃櫃上作張畫嗎？還沒怎麼著呢！你倒怕了，熊了！你怕什麼？說相好就相好了，又能怎麼啦？你願意，我願意，誰他媽也管不著……」

芳嫂一改平日的溫雅謙和，橫眉立目，霎時變得像鄉村常見的潑婦悍嫂。

營子口碾房是秋收鄉人的必經之路，此時，秋收者正陸陸續續回來，膽大一些的，就放慢腳步，支棱起耳朵，想聽聽內容。膽小的，趕緊加快腳步，遠遠繞過碾道，急匆匆走掉了。

我被徹底罵蒙了，正滿臉羞愧地不知如何是好時，父親走過來拉住芳嫂。

一吐為快的芳嫂仿佛正等著這一刻，一見父親到來，立即收

住口，露出平和的微笑，像什麼事兒也沒發生一樣，隨父親一前一後回了家。

回家後，父親和我誰也沒說話。

晚飯草草吃過，我就上炕躺下了。

說真的，被芳嫂罵了這一頓，我的心裡突然亮堂了許多。我似乎想明白了，芳嫂一家這樣一心一意地幫助我們，我竟這樣不知好歹，真是狗咬呂洞賓！躺在炕上我想，秋快收完了，我要在這最後幾天多賣力氣，好好表現，讓芳嫂高興起來。

正這樣想著，父親突然說話了。

由於沒有思想準備，父親一開口，倒嚇了我一跳。我猜，父親肯定會批評我最近的表現，於是很忐忑地聽。

想不到，父親第一句竟說：

「明兒個，咱就不上你芳嫂家了。今秋的大活計也快幹完了，剩點零星地畝，兩家各自收收尾，也挺圓滿。明兒個上午，你去藥店給我買點兒藥，我自個兒去割完後梁那幾壟蕎麥。」

我吃驚地側過臉，看著父親，半天才疑惑地問：

「怎麼，不合夥啦？這樣半途散夥，是不是……其實，芳嫂也不是別的意思，是我做得不夠好，想得太多，讓芳嫂傷心了……」

父親沒讓我把話說完，就打斷說：

「我知道，不要再說了。這個事兒，就這樣定了。明兒個一早，我和你芳嫂去說，就說壩上馬場你姨媽病了，捎信讓你去一趟。你芳嫂頭前說你那幾句話，我都聽見了，都很在理，以後插空給她賠個不是。你芳嫂是個通情達理的人，比你大十幾歲，她不會記恨你的。」

「可我已經想通了，我並沒想散夥啊……」我分辯說。

父親沒接著說什麼。停了片刻後說：

「有些事兒，是要適可而止的。你慢慢長大了，以後會明白，在一些問題上是不能意氣用事的。你芳嫂是個好人，打她一嫁過來我就說過，回鹿山少有這樣的女人。她為人好，心直口快，敢作敢當……但是，人無完人，她也有她的短處……」

「可我就喜歡芳嫂這樣光明磊落的人！」我說。「再說，要是我們就這樣散了夥，不僅芳嫂會恨我一輩子，別人更會說三道四的。」我又說。

父親深深地吸了一口煙，嗓子又發出習慣性的嘎的一聲。這時，窗外傳來細微的刷刷的響聲。天又開始落雨了。

一場春雨一場暖，一場秋雨一場寒。往後，天是越來越冷了。

「芳嫂對咱們好，是要記一輩子的，報答別人的恩情也要一輩子，兩輩子。眼面前的事兒，就要拿眼面前的辦法對待，對於一時看不清、看不准的事兒，要往後退一步再說。」

我沒有理解父親這句話的含意。就在我想張口再說什麼時，父親啪的一聲拉滅了電燈。

屋裡頓時漆黑一片。

「睡吧，天不早了。明兒個你去買藥，後天就到你姨媽家去看看。那是你娘最親的妹妹，自打你娘死後，你好幾年沒去看她了，別斷了情分。走時，給她帶點兒新芸豆，她愛吃這口兒。」

父親根本不讓我再說話，帶著濃重的鼻音結束了談話。

我艱難地咽了口吐沫，也咽下了還想說的話。

嘩嘩嘩──，外面的雨聲更響了。

29
正式戀愛

我正式戀愛了。

事到如今，這卻是一件很難啟齒的事情，因為，與我同床共枕了二十多年的蘋果臉一直不知道我這段隱情。我不知道，說出我的戀情，會不會傷害到她，如果有一天，她看到這段文字，我希望她能理解。

與我相戀的姑娘叫桂，來自山外小鎮。當年她只有十五歲，她是來參加表兄的訂婚儀式時與我相識的。

桂的表兄春是我鄰居，一個小我兩三歲的同齡人。很奇怪，我和春雖然年齡相仿，卻不曾有過共情的童年回憶，不知何時，他竟長成了一個影子般的青年。他會修自行車，會吹口哨，極端聰明，伶牙俐齒。而且，家境富裕，因此，能早早就訂下婚事。

桂的身高、穿著和含蓄多情的眼風隱瞞了她的實際年齡。不僅我不相信她只有十五歲，整個回鹿山見到桂的人，都不相信她只有十五歲。

桂真是太出眾了，丁潔瓊式的丹鳳眼，小巧的鼻子，鮮嫩的嘴唇，不時垂下的睫毛和看似隨意的一瞥——還有她乾淨整潔的短小的純棉襯衣，在初夏的陽光下，散發出一種乾燥、迷人的香

味。

那時，我正在讀第五遍《第二次握手》。看到桂那一刻，我差不多立即忘掉了十三歲時心儀的蘋果臉同學，那種腦袋轟的一聲爆炸的感覺瞬間擊倒了我，我不顧一切地愛上了桂。

桂的眼風告訴我：她對在表兄家幫忙的我也有遭雷擊般的感覺。

我承認自己很貧窮，但我似乎知道，自己從來就是一個與眾不同的青年，雖然小我兩歲的春都有了媳婦，但我一點都不擔心，有一天自己會被某個女孩兒一眼看中！因為，我是個對《第二次握手》這樣的愛情小說百讀不厭的青年，是一個能在箱箱櫃櫃上繪畫的青年。

三天后，我用那臺破舊的二八自行車送桂出山。

一個月後，我們第二次約會。

在小鎮北端伊遜河橋頭。

桂那天告訴我：

「你不像回鹿山裡的人，你憂鬱的目光，一下子照亮了我。」

詩一樣的感覺，詩一樣的語言！在那一刻，我的眼裡突然蓄滿了淚水。我斷定，這是一個真正理解我的女孩兒，雖然她只有十五歲。

從此以後，她成了我多少夜晚仰頭凝視的一顆星，就是銀河邊上最亮那顆織女星！曾幾何時，我一遍遍告訴自己，那顆星就是我將來的女人。

第二次約會從鎮上回來，差不多是傍晚了，我的心一直潮濕

著。以後的日子我過得異常精確。桂主動約了我下一個月見面的日子，因為她還在校讀中學。我們最多一個月見一面。我想，牛郎織女一年才相會一次，我們能一月見一回，簡直太幸福了！

戀愛的人，期待著下一次見面的心情真讓人沒齒難忘。我確信，度日如年這個成語，一定是戀愛中的人創造的。那段日子，我背下了丁潔瓊和蘇冠蘭的所有通信。其中有一封是丁潔瓊出國後不久寫給蘇冠蘭的。信的第一段這樣寫道：

蘭，我親愛的好弟弟：時間消逝得多快呀，一轉眼，我來到大洋彼岸的異國已經半年了！出國時，還是赤日炎炎的夏末；現在，當我提筆給你寫信時，窗外來自洛磯山麓的凜冽北風，正席捲起團團雪花。蘭，此刻你在哪裡？你所在的地方也在大雪紛飛嗎？你也在思念我嗎？

背誦這一段落時，我禁不住淌下了眼淚。

終於到了第三次見面的日子。

我興奮得一夜不曾睡好。說真的，臨近約會的日子，身邊的父親似乎在地球上消失了，我完全不記得父親這段時間生活在哪裡，他還在老屋裡嗎？他說過什麼？做過什麼？他知道我戀愛了嗎？這一切，我完全忘記了，整個世界都變成了一個字：桂。

第二天天剛亮，父親已經幫我把自行車打好了氣。破車子擦得很乾淨，每根輻條也擦拭得放亮——可我根本不記得和父親說過我的約會。後來我猜想，父親洞察我的一切，他洞若觀火一樣明白兒子戀愛的心。父親從昨晚我的興奮中就知道，我今天將去

約會。

臨走，我看到自行車後架上綁好了一件雨衣和一雙雨鞋，馬上皺起了眉頭。

父親卻說：

「出門在外，有備無患。現今是盛夏，雨說來就來。」

我沒有聽從父親的勸告，還是迅速卸掉了雨衣雨鞋。我想，如此浪漫的戀人約會，自行車上綁著個山裡人的雨具，多沒情調呀！

父親看著我把雨具扔在牆角，也沒再說什麼。就在我推車準備走時，父親突然遞過十塊錢，說：

「窮家富路，我手裡就這幾個了，你帶著，要是人家願意，場合適當，就在鎮上找個乾淨的飯館，吃頓飯……要是談得順利，一年半載後，也得考慮送個禮金。大黑頭年初又添了一個母羔，現在已經四隻黑頭了，可以先託春他爹送兩隻過去……」

我的臉立即發起燒來。

父親像鑽進我心裡看過一樣。都說熱戀中的人有第六感，難道父親也有第六感嗎？

但我還是接過了那十塊錢，騎上車，風一樣沖向山外。

……可是，這是一次令人不忍回首的約會。若干年後，那情那景還歷歷在目，甚至，桂說的每一句話，都還清晰地迴響在耳邊。

說到戀愛和失戀，這是絕大多數人都可能經歷到的情感體驗，但每一個人的情感深度是不一樣的。情感的深度與情感的傾向性密切聯繫著。心理學家認為，情感深度雖然與外部表現沒有

必然的關係，但在人生一些重大轉折點上，情感表達的方式，還是把人區分成性格迥異的群體。如果把情感分成莊重和輕浮兩種，我可能屬於後者。我天性敏感，憂鬱成性，但又常常欣喜若狂或暴跳如雷，幸運的是，我還算一個有些信仰，對人生觀和價值觀不斷充實養分的人，否則真不敢想像自己的一生將如何度過。

現在回過頭看這次初戀，應該屬於一見鍾情那種，我的看法是：很多人的初戀，特別是一見鍾情，都是一種迷戀，而迷戀是一種淺薄的情感，雖然可能很強烈，但卻不夠深厚，也不太可能持久，因為它缺乏人生的磨礪和思想根柢做基礎。

那是一個陽光充足的上午。在伊遜河粼粼的波光中，無數隻紅色蜻蜓飛舞在河面上。盛夏過後就是初秋，初秋後的蜻蜓已經到了生命晚期，它們此時的飛舞已經帶有一種生命盡頭的最後狂歡。

我在約好的橋頭足足等了桂一個多小時。這是望穿秋水的一個多小時。一個個女孩兒從橋頭走過，都不是桂。快接近中午的時候，我終於看見桂窈窕的身影出現在鎮口。

桂戴著一個戴安娜王妃式的白色軟帽，一條乳白色長褲恰到好處地勾勒出少女嫵媚的腰身。

桂四平八穩地走向橋頭，沒有我這般激動，也沒有我這般忘情。她在離我有一米遠的地方站下了。

我發現，這回桂的眼睛不像戀人的眼睛了，她沒有看我，一直看著地下。一棵彎曲的柳樹的樹冠像一把巨大的遮陽傘，把我和桂罩在下麵。在旁邊兩米遠的地方，那輛自行車歪倒在路

邊——自行車實在太破舊了，它早就丟了車支架，一旦離開主人，就只好歪倒在那裡。

我意識到了什麼。從桂在我眼裡一出現，我就從她從容而堅定的步伐中看出了什麼。因此，隨著她一步步走近，我激動的心有了另一種感受。直到桂站在我面前，我並沒有如事先反復設想好的那樣說一句話，雖然，我的心仍比平時跳動得更快，但這種節奏已經不完全是激動之故，而是夾雜著某種恐懼。

桂最終主宰了這次約會，前後大約二十分鐘。我沒有力氣在這裡重複她當時的每一句話。桂那天的所有談話都是含蓄的，有分寸的，但又是客觀的，經過深思熟慮而無懈可擊的；桂像個比我還大五歲的姐姐在講關於一個弟弟的未來，但是，這些話從此深埋入我心底，並時時警醒著我。

桂的談話歸納為：家鄉的貧窮，我的懶惰，父親的毒癮，還有，我和芳嫂的「戀情」。

當桂婉轉說到芳嫂這件事時，我的臂膀和雙腿，以及全身所有血脈貫通的地方突然酥麻起來，那種酥麻像無數鋼針戳在骨頭上，我的雙唇劇烈抖動起來。

後面桂又說了些什麼，我完全記不得了。但我肯定，她試圖用友情之類的話安慰我，比如我們可像兄妹一樣交往，還可以通信……但這些我已經聽不進去了。我像一個木偶那樣，機械地一步步走到臥在路邊的自行車跟前，慢慢扶起破車子，頭也沒回地向家鄉方向走了。

陽光仍然熾烈，伊遜河水一如既往地向南流著。大群紅色蜻蜓團團圍繞在石橋兩側。

告別伊遜河，告別那個有樹陰的橋頭，也告別了我的初戀。

三十多里路，我一直沒有騎上車子，而是一步步走回回鹿山的。傍晚時分，果然下起了瓢潑大雨，我沒有停下來，在電閃雷鳴中走著，在泥濘的路上走著。

快到營子口時，我看到一個身影立在路旁。

原來是父親。

他披著一塊白色塑膠布，雙手抱著那件雨衣和雨鞋。

在見到父親那一刻，我的心突然充滿仇恨，但我一時還不知道仇恨誰，是桂？是桂的舅舅和表兄？是芳嫂？是大姐榮？還是眼前這個父親？！

我沒有接過父親遞過來的雨具，目不斜視地向營子裡走去，父親則一聲不響地跟在後面。

回到家，我進屋的第一件事，就是把父親早晨給我的十塊錢，狠狠甩在堂櫃上。

父親好久都沒有跟進屋來。

那天，我和父親都沒有吃晚飯。

那個夜晚，雨漸漸變小了，除了淅淅瀝瀝的雨聲，山裡山外安靜極了。

30
塞罕壩草原

　　塞罕壩草原[17]和山谷地帶季節的交替向來是令人猝不及防的。當人們發覺蒿草吐出黃穗時，節氣已經立秋了。

　　從立秋到處暑這十四五天的時間，應該是刈草囤積牛羊冬飼料的日子。人民公社時期，這半個月常常是最具收穫的季節，也是收穫浪漫的季節。試想，全營子的青壯年男女被生產隊長召集起來，統一調集在草原深處，搭起窩棚，殺豬宰羊。一男一女搭配好，刈草令一下，一排排豐美的雜草應聲倒下，一道道草趟[18]慢慢向前延伸，那場面，實在蔚為壯觀。也常常在這個時候，故鄉的青年男女

---

17 塞罕壩蒙語叫「塞罕達巴罕色欽」，意為美麗的高嶺，這裡森林和草原兩種景色相互輝映。在我國的遼、金時期，被稱作「千里松林」，曾作為皇帝狩獵之所。清朝康熙大帝在平定了「三藩之亂」之後，巡幸塞外，看中了這塊「南拱京師，北控漠北，山川險峻，里程適中」的漠南蒙古遊牧地。康熙借皇帝「春搜、夏苗、秋獮、冬狩」四季狩獵的古代禮儀，同時錘煉滿族八旗的戰鬥力，實行懷柔政策綏服蒙古，遏制沙俄侵略北疆，維護多民族國家的團結統一等鞏固國家政權的多種政治因素，以喀喇沁、敖漢、翁牛特等部「敬獻牧場，肇開靈圃，歲行秋獮」的名義，設置了「木蘭圍場」，將「木蘭秋獮」定為祖制。史學家稱之為「肆武綏藩」。

18 一排倒下的野草俗稱草趟。

容易產生愛情。據說，琴姐就是在這個時候與漢相戀的，她和漢是刈一趟草。二十多年後的一天，當我看到俄羅斯畫家阿卡拉霍的油畫〈有草垛的田野〉時，我一遍遍想到這個季節的故鄉和琴的愛情，每當此刻，我就會在都市的濁氣中聞到青草的香味，仿佛看到一爿爿刈刀在乾燥的陽光下一閃一閃地跳動，就像大海在月光下跳動的粼波。

　　生產隊時代已經成為過去。但在秋收正式開始前這段時光，家家分了牛羊的鄉戶比生產隊時代更珍惜這短暫的時光。浪漫和曖昧的味道少了，羊草的數量和品質卻大大提高了。這是私有制帶給鄉村的顯著變化之一。

　　和桂分手後，我病了幾天，像很多蹩腳小說中描寫的失戀青年那樣，我小病了幾天。但千真萬確的是，當我第四天從炕上爬起來時，滿嘴唇都是黃色的燎泡，每當一個燎泡破了，一股又鹹又苦的黃水就流進嗓子眼裡，讓我進一步品嚐失戀的滋味。

　　那幾天，我好像沒說過一句話。病一好轉，我立即買來四爿刈刀，準備了兩根刈杆，然後把刈刀一爿爿磨得飛快雪亮，薄如蟬翼。

　　就在我準備用勞動撫平失戀的創傷時，父親卻突然病倒了。

　　這次不完全是頭疼，他已經傷殘了的左臂腫得放亮，像被毒蛇咬過。劇烈的疼痛使父親在我面前一次次失態，夜裡，他幾乎叫出聲來。

　　我借來一匹黑馬，趕緊把父親送往鄉衛生院。

　　當時，衛生院這個叫法還沒有叫開，大門口兩側的土牆上，還有「人民公社好」的白色標語。

鄉醫是我中學物理老師的男人。他只看了一眼父親青腫的胳膊就說：

「崴泥[19]了吧？這回扎到石砬子上了，這是典型的瀝青中毒，弄不好，你這胳膊得鋸了。」

父親心虛地看了我一眼，又趕緊把目光移開。我好像明白了，是父親扎了假大煙，這種酷似鴉片的大煙多半是由瀝青偽造的。之前我雖偶爾聽到假大煙害人的傳聞，但不想首先在父親身上驗證了。

一股血直沖我的腦門。與此同時，物理老師的男人用一根粗針刺了父親胳膊一下，一股稠黃的液體突然噴起來。鄉醫是有準備的，但父親和我沒有準備，膿液霎時噴了父親一臉，我被嚇了一跳。

我死死盯了一眼父親，我發現，這哪裡是我父親！他此時像一個卑瑣失態的乞丐，那濃密花白的頭髮，浮腫耷拉的眼皮，因痛苦變得痙攣的土臉，那骯髒的膿液……

我一個箭步沖出診室，像一個逃避死神的孩子那樣不顧一切地沖出衛生院大門。

我沒有騎回那匹借來的黑馬，把它留給了接受鄉醫治療的父親，我知道，父親比我更需要這匹馬。這一細節，也是我日後每想到此事略感安慰的地方。

獨自回家後，我背上炒麵袋、火槍和刈刀向響水草場進發。

當天晚上，我就在一個青草肥美的樺樹林邊搭好簡易窩棚。

---

19 俗語，意思是碰到麻煩了。

第二天我開始刈草，然後是第三天，第四天……

我在響水整好幹了十五天。刈了八十多道草趟。其間我還獵殺了兩隻獾和一頭矮鹿。當我把那只矮鹿拖回窩棚剝皮時，才發現，這是一隻母鹿，異常飽滿的乳房上鼓脹著一對鮮嫩的乳頭。按矮鹿的繁殖期推算，立秋後，正是母鹿的哺乳期。

當鋒利的刈刀劃破乳房時，雪白的乳汁嘩地一下流出來，就在我一愣怔間，溫熱的乳汁迅速洇入草地。

這更是一個不堪回首的細節。僅僅四個月後，我離鄉入伍，成了一個職業槍手，但鬼使神差，從此我再沒有獵殺過任何生命。隨著歲月流逝，我越來越不能原諒當年的獵殺行為，尤其不敢回首矮鹿那雪白、溫熱的乳汁……

以後幾天，鄉親們陸續來到草場，他們幾乎驚呆了：一垛垛羊草像一座座碉堡那樣錯落有致地排列起來，一眼望不到頭，他們也許會問：這是那個遊手好閒的青年自己幹的嗎？

當更多的鄉民上山刈草時，我已經超額完成了任務。我儘量躲開人們的目光，下山回家。

到家已近黃昏，卻發現一把新鎖鎖住了風門。

這時，我似乎才想起十多天前發生在衛生院的事情。一想到父親的胳膊，我開始有些驚慌起來。

隔壁芳嫂見我回來，大聲喊我過去。她告訴我，父親被八隊的耀祖舅舅接走了。臨走，父親把鑰匙放在芳嫂家。

最後芳嫂說：

「你父親不希望你去找他，他不想連累你。你自己過好日子吧。」

芳嫂說這話時，手裡忙著活計，眼睛一直看著別處，面無表

情，像對一堵牆說話。這種表情我是熟悉的，這是雨生姐夫對我說話時的一貫表情。

拿著鑰匙回到老屋門口，我卻沒有要打開屋門的欲望。我知道，屋裡沒有了父親，還能有什麼呢？這兩年，我不正是與父親相依為命嗎？

我靠著門旁山牆站了好久好久，實在站不住了，只好癱坐下來。

就在夜幕完全籠住整個營子時，大門口走進一個人來。

是小哥長山。

小哥一聲不響地站在我跟前，在那一刻，我的眼淚一下子就湧了出來。

這時，我已經快一年沒有見過小哥了。

他年初離開了回鹿山，成了幾十公里外的五道川三伯侯百慈家的一員。更確切地說，小哥長山代替了堂哥寶林的位置，仿佛命中註定，我這個同母異父的小哥，必定會為三伯養老送終。

31
父親是主事人

　　不久前我才讀了胡適先生記述母親的文章，我很喜歡先生從容、平白的敘述，雖是憶文，卻並不怎麼悲傷，這也許正是我前文中提到莊重情感。與此相比，我對親人的情感就表現得輕浮，比如此文中就多次寫到我的「眼淚」，其實，行文時我未必不想像大師那樣克制情緒，用冷峻的詞句來代替眼淚和哭聲，但卻失敗了。因為，回憶青少年生活片斷時，我沒法用一個中年男子的心情來表達少年之心，我真切地歡喜過，哭過，痛苦過，無論是莊重還是淺薄，那就是真實的生活，也是真實的情感。

　　那年秋天，小哥和軍動手後，軍終於達到了散夥單幹的目的。之後幾年，軍在農田勞作上，一直與岳父雨生家保持著若即若離的狀態，也正是這種狀態，在某種程度上，加重了雨生越來越重男輕女的思想傾向，這給以後三個女兒秀芝、秀芬和秀雲的情感和婚姻造成了很大的負面影響。當然，這是另一話題。

　　第二年初秋，某個雨天午後，一匹快馬突然來到我家門口。父親剛剛迎出來，那個陌生的青年立即下馬，給父親跪下磕了個

頭。

　　這是故鄉晚輩給親戚朋友報喪時的禮俗。父親愣了片刻，認出了這個青年，他是五道川堂哥寶林的妻侄。

　　當時，父親和我都以為是三伯侯百慈亡故了。

　　然而結果卻令人震驚，是三伯惟一的兒子寶林今早突然去世了。

　　寶林其時剛剛三十五歲，他像我一樣，十來歲時失去了母親，三伯沒有續弦，獨自撫養寶林和女兒寶霞。精打細算的性格讓三伯有能力使寶林讀過幾年書，並娶一個窮家的女兒為妻。

　　婚後第二年，寶林生下女兒菊，但這個孩子卻生來孱弱多病。記得菊在四五歲時，天靈蓋上的骨頭還沒長全。那時，我每次看見這個堂侄女，就被她那會「喘氣兒」的天靈蓋深深吸引。菊的天靈蓋當時就像剛破殼出來的小雞的屁股一樣，忽上忽下地喘氣兒，看著那個喘氣兒的地方，我的胸脯也隨著它的節奏翕動起伏著。有那麼一刻，我甚至懷疑，莫不是堂侄女的心臟長到腦袋裡去了？

　　堂哥寶林死得過於突然，後事也一波三折。

　　提出疑問的是堂姐寶霞。她對父親說：

　　「五叔，我哥死得不明不白，怎麼好好一個人，頭晚得病，第二天早晨就死了？」

　　寶霞又說：

　　「要是我爹在家，我不說啥，咋就偏偏我爹來我家才兩天，哥哥就死了？」

　　原來，寶林死時三伯不在家，他去女兒寶霞家了。

寶霞和三伯差不多和我們同時接到喪信。

三伯老年喪子，痛徹心肺，加上耳朵背，說話磕巴，此時已經完全沒了主意。

接到喪信，父親、我、小哥長山和姐夫雨生一行人，立即奔赴五道川。

父親是主事人。

他先把堂嫂單獨叫到東屋，要求堂嫂做出合理的解釋。但堂嫂偏偏又是一個從來沒有經過大事的女人，平時說話就顛三倒四，此時連驚帶怕，更是語無倫次，她結結巴巴說不成一句完整的話。

堂嫂的娘家卻未必人人愚笨，於是，就有多人擠上前來，替堂嫂描述這一夜間發生的事情。

歸納起來是：昨天下了一天大雨，秋雨很涼。晚飯，堂嫂熱的是黃米麵年糕。幹活回來的堂哥吃完飯後就睡了。晚上八九點鐘時，堂哥說肚子痛，堂嫂給他吃了兩片阿司匹林，不管用，還說疼，讓堂嫂給他揉揉。堂嫂給他揉了，卻越來越痛。這時已經半夜，外面的雨下得更大，嘩嘩嘩的，還夾雜著冰雹、雷聲和閃電。堂嫂說，去鎮裡請醫生吧？堂哥卻擔心營子口那條河發大水沖走堂嫂，不讓去。於是，堂嫂又給寶林吃了兩片鎮痛藥，然後盼著天亮。但天快亮時，寶林的汗下來了，是冷的，神情也開始恍惚。堂嫂這時才想起應該向鄰居家求助，就叫醒七八歲大的女兒菊看著他爹，自己冒雨叫來了鄰居。

鄰居一家證實說：看到寶林時，好像快不行了，趕緊幫忙把病人抬上手推車，大家打著手電筒，冒雨往鎮上趕，但到營子口

時，被洶湧的洪水阻擋住了。最後，還是堂嫂冒死趟過洪水，等請來醫生時，堂哥已經在河邊咽氣了……

父親找來鄉醫。鄉醫說，他沒有做診斷，聽家屬描述，症狀像是腸梗阻，是黃米麵年糕要了堂哥寶林的命。

據說，堂嫂請醫生回來後就一直光著腳，她的鞋被洪水沖走了。

這時，我看了一眼堂嫂，她瘦弱，蒼白，兩眼發直，像個地道的鄉村的傻婦。

關於堂哥的死，我只能說這些，不論堂姐寶霞說什麼，我堅信堂嫂一輩子都不會有相好的，姦夫害本夫這樣的事情絕不會發生在堂嫂身上。同時我也清楚，父親比我更堅信這一點，但不知何故，父親竟允許大家，特別是寶霞，這樣那樣地吵吵了半天。

其時，死人寶林躺在本來為三伯預備的棺材裡，一時不能入土。

就這樣過了一夜。

第二天一早，父親單獨出去了一會兒，他可能去了當地支書家，這個楊姓支書是寶林母親的侄子，也就是寶林的親表兄。

父親回來後，就向堂姐寶霞板起面孔。然後讓她閉嘴。

堂姐起先還哼哼唧唧地想說什麼，突然看到我父親盯住她的目光，就撅起嘴不再哼唧了。

與堂哥寶林一樣，寶霞更怕這個五叔。

堂哥寶林在午間下葬。

三伯完全垮了，這個一輩子精打細算的老人，除了巨大悲痛，隨即想到了他的家業誰來繼承問題。

　　說來簡單，三伯的算計和堂哥的勤勞已經小有成效。當時堂哥家已經有四五十只綿羊，車馬牛俱全，這在改革不久的鄉村，完全算得上富裕之家了。

　　埋了堂哥，父親把姐夫雨生和我叫到房前說：

　　「你們都回吧，讓長山先留下來，幫著收收秋，人已經死了，糧食不能爛在地裡。」

　　姐夫雨生沒有反對，小哥長山就這樣和父親一起留了下來。

　　父親五六天后回來。

　　二十多天后，小哥長山也回到了回鹿山。

　　入冬後不久，傳來堂嫂要改嫁的消息。父親立即又去了五道川。

　　幾天後父親回來，與雨生談了幾回，誰也不知道他們談了什麼，然後又返回五道川，如此者再三。最後一次，隨父親去的是姐夫雨生和小哥長山。

　　三天后父親和雨生回來了，小哥長山沒有回來。

　　這時我才知道，小哥與寡嫂結為夫妻，從此留在了五道川三伯家。

　　這件事情，是我後來才知道的。

　　那個冬天我外出作畫，離家時間很久，那是我漆畫畫得最多最好的一個冬天。

　　據說，在堂嫂改嫁這件事情上，堂嫂的工作很難做不說，三伯更是堅決反對。他希望堂嫂就這樣守著女兒過。但堂嫂的娘家

人不幹，他們說，憑什麼一個三十來歲的女人就守著一個孤老頭子和多病的弱女生活？將來她老了，誰來管她？！娘家人的意思是想把堂嫂嫁回娘家附近。

父親的反復出面，讓一件複雜的事情變得相對簡單。他到底如何做妥堂嫂、堂嫂娘家和三伯的工作，我一直沒有過問過。但聽說，父親一開始是站在堂嫂的立場上，他第一個贊成堂嫂改嫁。因此父親和三伯發生了激烈的爭吵。

看到三伯在父親面前抄起菜刀要抹脖子，善良的堂嫂妥協了，她說她不嫁了，就這樣守著女兒和公公過完餘生。

這時，父親表態說：

「他嫂子，你是個有情有義的人，既然這樣，那就讓長山過來吧。長山是在我跟前長大的，雖然人長得矮了點兒，脾氣強了點兒，但人心腸好，又勤快，年齡也相當……」

堂嫂想了兩天，終於點了頭。

但想不到三伯居然不同意，他看不上小哥長山，認為長山比寶林差太遠了！

這回父親動了怒，他到廚房拿過那把菜刀，毫不遲疑地遞給三伯說：

「來，你抹了吧，現在就動手，省得將來死了沒人埋你，抹完了我好埋你！」

三伯沒有接過菜刀抹了。他氣呼呼地抹了一把懸空的鼻涕，轉身回自己屋裡了。

後來我發現，愛財的人一般是不會自殺的，哪怕他的財富只是幾隻綿羊。

父親去世後不久，我當兵回鄉去看望三伯，就是老人給我未婚妻三百元錢那次，三伯趁別人不在跟前，突然詭祕地對我說：

「你叔這輩子，短見呀，要不是他當年瞎做主，現在這個家底，還不都是你的？！你是侯家的骨血，根正苗紅，寶林死了，寶霞嫁人就成了外姓人，我死後，這些家業就應該是你的！可他卻讓長山來撿這個便宜……」

三伯隨後抹了抹鼻尖上的清鼻涕說：

「你叔那個死鬼，糊塗呀，他說長山跟你一樣，能一樣嗎？長山雖然姓了侯，但那不是侯家的根兒，沒有骨血，再說，長山是異族漢人，哪裡有我們滿洲人的情義……」

這時，恰巧四歲多的侄子捷跑進屋來，這是小哥過來一年後，堂嫂生下的男孩。

三伯有些惡狠狠地掃了一眼孩子，說：

「你睜大眼好好看看，這個孩子是侯家的根兒嗎？他是寶林留下的嗎？你看那眉眼，哪一點像寶林，哪一點像侯家的根兒？」

我笑了起來。不用細看，捷就是小哥長山的兒子，遺傳是沒有辦法掩蓋的。小哥離開回鹿山的第二年初冬，我入伍走了。但是，我第一次回鄉探親時，大姐榮很鄭重地告訴我，這個小名叫捷的男孩其實是堂哥寶林的遺腹子。意思是說，寶林死時，堂嫂肚子裡已經有了這個孩子。

當時我還信以為真，後來才明白過來，這不過是榮為了防止我日後爭奪三伯家的家產的一劑預防針罷了。他們盤算，如果說捷是寶林的遺腹子，那三伯死後的家業就有了名正言順的繼承人。好笑的是，不但大姐這樣說，連堂嫂也曾親口對我說過。看

來，家財對任何一個鄉下人來說，比什麼都重要。

好在，我想都沒有想過，有一天要繼承三伯家的家業。也不知道，到底是哪位高人出此高招，但我必須如實來說，就連忠厚的小哥長山，也成了「變節者」。他對此事的態度始終是曖昧的。這是否說明一個道理：再忠厚的人，也會有私心？幸運的是，小哥和堂嫂如今仍然恩恩愛愛地過著鄉村的日子。

父親死後的第七年，三伯侯百慈亡故。小哥長山夫婦體面地安葬了三伯。之後不久，我回鄉出面，讓小哥舉家遷回了回鹿山七號營子。這樣做有兩個考慮：一來，可以照看一下父母的墳塚；二來，我回家也有個落腳處。遺憾的是，三伯和堂哥至今還葬在五道川一個山腳下，日後也許會成為荒塚孤墳。

有一回，堂嫂說起往事時對我說：

「那時也怪了，我誰也不信，就信菊她五爺一個人的。他是你們侯家最明白的人，他說的話我也愛聽，我就知道，聽他的准錯不了，你小哥長山，除了沒念過書，其他都挺好……」

堂嫂說到這兒，突然不好意思地笑了，然後問我：

「我這樣說，你不生氣吧？其實寶林也挺好的，我怎麼也不信他像琴一樣，原來是個短命鬼。」

我欣慰地笑了，說：

「小哥堂哥還不都一樣，都是我哥哥呀。」

從這以後，我發現，堂嫂其實是一個很幽默很樂天的女人。

現在，這個酷似小哥的侄子捷長大成人了。幾年前當了兵，成了一名技術不錯的士官。

有時我覺得，這個侄子之於我，似乎是上天給的，不論他是

堂哥寶林的，還是小哥長山的，我這個叔叔總是跑不掉的。

　　當蘋果臉妻子聽到這段故事時，連連搖頭說：

　　「太複雜了，你們家的人物關係比長篇小說還複雜，一般讀者根本讀不明白！」

　　但是我想，能耐著性子讀完這篇文字的讀者，都應該是我的親人，再複雜的親情，親人們也是清楚明白的。

32
耀祖舅舅

從五道川回到回鹿山的小哥是專程回來報喜的。

他說嫂子（從此我不能再叫堂嫂了）三天前生了個兒子，母子都很健康。

小哥這次回來，沒有先去大姐家，而是直接進了他曾經生活過三十年的侯家大門。

見我突然哭得傷心，又看見緊鎖的風門，小哥明白了什麼，他扶起癱坐在門旁的我，又拿過我手裡的鑰匙打開了房門。

幾隻老鼠乘機從老屋裡躥了出來。

小哥和我簡單弄了點吃的。吃完，小哥說到前院大姐家打個照面就返回。

小哥走後，我就在昏暗的燈光下等他回來。

那些老鼠可能認為，它們已經是這個老屋的主人了，於是，在我發愣的時候，一隻只從暗影裡溜達出來。其中有一隻母鼠拖著大肚子，竟奮力跳到炕頭的飯桌上，瞪著一雙好奇的鼠眼認真打量我。

我的心既寂寞又緊張，十幾天沒人氣的老屋讓人感到陰森可怖。我簡直不敢相信，這就是我生活了十七八年的家，倒像掉進

一個冰冷的古墓。看來，所謂的家，絕不是指一幢房子，而是親人和親情，沒有親情的家是讓人恐懼的。

半個時辰後，小哥終於回來了。我高興得忘記了一切，像一個突然回到童年的孩子。

然後，我和小哥又並排躺在一個炕上了，這是四年前那個雨夜小哥搬走後，我們兩弟兄第一次躺在一起。

我的心慢慢溫暖起來。我想，我是多麼愛小哥啊，這種愛也許超過了對父母的愛。

那天夜裡，我向小哥說了很多很多，關於他搬走後我的痛苦，關於土地，關於牛馬，關於琴姐的自殺和母親的死亡，關於父親對小哥的評價，關於父親的毒癮，關於我的初戀……

小哥一聲不響地聽著。他不是一個會說的人，也不會表達感情，但他心裡是明白的。

說到父親對小哥的感情，他承認，不管對父親有多少不滿，如果沒有這個繼父，他也許一輩子不會娶妻生子了。

天快亮時，小哥說：

「明兒個趕早，我們應該去把叔找回來。」

第二天上午，小哥和我一起來到了八隊耀祖舅舅家。

一條大狗很不友好地把我們擋在大門外。在旁邊起圈[20]的耀祖舅舅喝住大狗，隨後把我們讓進院子。

父親以我熟悉的姿勢坐在東屋炕上，他沒有和我說話，也沒

---

20 起圈，是把牛圈或羊圈裡積存多日的糞便清理出來。

有看我，只是和小哥進行了幾句簡單的問答。

　　一條紗布還吊著父親那只潰爛的左臂。我想，那一定是十多天前在鄉衛生院治療時吊上的。

　　舅母和表姐打了聲招呼就去了西屋。耀祖舅舅給小哥讓了座後，示意我坐在櫃前一個木凳上。

　　我沒有坐，倚著堂櫃站著，進屋後，我一直低著頭。

　　不知道當時父親對我的到來是否有思想準備。但大家的沉默讓這個仲秋的鄉村農舍顯得無比沉悶。

　　一向不怎麼當眾說話的小哥，這時對父親說：

　　「叔——，城邦很後悔讓你生氣，這回來接你回去……」然後把頭轉向我，「城邦，你說！」

　　當我終於說出想請父親回去後，父親和耀祖舅舅一時都沒有接話。

　　過了片刻，父親才開口，他說：

　　「你們哥兒倆能來叫我回去，我記下了。特別是長山，安家另過了，還惦著我。但這次我想好了，就不回去了。我年歲大了，又有這不爭氣的病，可一時半會兒又死不了。這樣下去，對城邦一輩子不利。」

　　這時父親看看我說：

　　「你頭前處那個對象的事，我也和你舅分析了，人家不光是嫌咱窮，我這個爹也是個拖累。你上山打草後，我聽說響水林場的羊倌不幹了，就去了一趟，場裡也願意讓我重新回去放羊。本來，要不是琴死，我會一直幹下來，畢竟月月能開幾塊工錢。你舅這次把我接來，是我捎的信兒，想讓他幫我養養胳膊，再過幾天，我就可以去放羊了。如果我慢慢能戒了這藥，就給你攢兩個

兒，對你日後處對象也有好處，這是從小處說⋯⋯」

父親說到這兒，突然低下頭看著自己的腳。

父親腳上的襪子破損得厲害，大拇指和腳後跟全露在了外頭。

父親把話頭停了一下，抬頭掃了一眼窗外說：

「你也別多想，我這不是和你賭氣，人世沒有百年不散的宴席。我老了，你成人了，也該到你自個兒合計自個兒日子的時候了。這幾天，我一直琢磨，這些年，這裡的地薄了，人也薄了，但凡有一點希望，你都應該離開這個地方，俗話說，人往高處走，水往低處流啊！你在這山裡，終將像我一樣老死一生。從大處說，人要過好活好，不應該只想著自個兒，就是皇帝，也是人子，前日廣播上不是說，毛主席還給家裡寄三百塊錢呢！前天，你舅突然提醒我，說你前後讀了十年書，不比我當年大字不識幾個。要是你體格可以，當兵也許能行，真有一天老天開眼，你出息了，就能幫助其他人，總比你一個人為自個兒掙個嚼口強！可我就不知道，現今這政策，能不能讓你去體檢。我歷史上那個事兒，和你姥爺的地主成分，可能都對你不利，你也抽空到大隊問問，村支書張振是個有見識的人，民兵連長王真又是復員兵⋯⋯」

說話間，父親捲好了一支煙，點上火深深吸一口說：

「你舅知道，按說當兵這條路，我是不願意想的，我以前也和你說過，好男兒不當兵，靠行伍吃糧畢竟是下策，趕上打仗，不管這仗該不該打，不管你願意打不願意打，你都得打。可是事到如今，你舅就勸我，我也聽進去了，想明白了。聽說廣西南面那個仗快打完了，就是不打完，保家保國是不能含糊的事

兒，就像當年我們打日本，死了那麼多人，成千上萬，有時把槍架在戰友的屍體上……但是，不打行嗎？不拼死打，日本鬼子就不投降，我不是一個怕死的人，只是不願意中國人自個兒打中國人……」

不知為什麼，這時我突然想哭，但我努力忍住了。

耀祖舅舅乾咳了兩聲，他用乾咳打斷了父親的談話。

耀祖舅舅看看我，又看看小哥，然後對父親說：

「要我看，城邦也是個懂事兒的孩子，他這回上來，也是不希望你這樣走。長山也來了，他也不希望你再去放羊。長遠想，讓城邦當兵還是個道兒。這件事兒，你不支持他，就是體格驗上了，也走不了。我聽說，現今的政策寬多了，地主成分已經不重要了，至於你那點歷史問題，不是已經說清楚了嗎？我倒是擔心，聽說一個兒子算獨生子女，現今又剩你爺兒倆生活，就怕這個影響了。我還聽說，這幾年因為在廣西南面打仗，一些有門子的人倒不願意當兵了，說不定，這倒是個機會。」

耀祖舅舅說到這兒，扭過頭問小哥：

「長山，你也是當父親的人了，你說，我說的在理不？」

小哥使勁點點頭說：

「我贊成弟弟當兵去，要是這樣辦，叔一定得回去才行。」

「那你的想法呢？願意當兵嗎？」舅舅問我。

我遲疑了一下，說：

「我暫時還沒想這個，這次，就是想把叔接回去。」

耀祖舅舅笑了，對門外喊：

「他娘，那就快做飯，吃了飯爺兒仨好回去。」

父親在炕上動了動，再沒說什麼，掐滅了抽了半截的卷煙。

然後問小哥：

「孩子幾斤？」

「沒稱，有四五斤吧，反正不胖。」

「起名兒了嗎？」

「還沒有，他嫂子說，讓你給起。」

想了一會兒，父親說：

「那就叫捷吧，捷報的捷，戰爭時期，誰都願意聽到捷報……」

午飯後，小哥、我和父親告別耀祖舅舅一家，回了家。

進屋後父親爬上炕，看著小哥和我忙裡忙外地在一起，父親露出了非常少見的笑容。我偷偷掃了一眼父親，發現他的牙齒又少了兩顆，父親的牙已經掉得差不多了。

第二天，小哥就回五道川了。看得出來，小哥深深眷戀著自己五道川的家。他歸心似箭的心情我完全理解，如果不是為了和我一起把父親勸回來，他決不會耽擱一天一宿的。

小哥長山頭腳剛走，大哥國和二哥忠突然來了。

兩匹高頭大馬一拴在院門口，我家頓時風光了不少。

果然，兩位兄長也是為了父親和我的矛盾而來的。

見父親已經回來，大家都很高興。

父親吩咐，趕快張羅著做飯買酒。

芳嫂被父親叫過來幫忙，幾個簡單的青菜，一盤韭菜炒雞蛋。塑膠桶燒酒一上桌，國率先端起一盅酒說：

「按說，老爺子在這兒，有話得先他說。可是，今天我們是專門為老爺子的事兒來的，我就先說了。」

國是大高個兒，穿戴乾淨利索，盤腿坐在正位上，像個指揮連的長官。他端著酒盅的胳膊一直沒有放下，繼續說：

「按說，我和城邦不是一個爹，也不是一個媽，沒有一點骨血關係，為啥我今天要充大尾巴鷹來叨叨？因為，我和忠、長山是一個爹。我爹死得早，老太太當年往前走的時候，我正在部隊，先不知道，後來知道了，也就一個態度：不同意。不過那時沒法子，好不容易留下忠，老太太還是嫁到了侯家。至於這些年，老太太和長山過得咋樣？我認為不賴。為啥我說這個？我親媽死時我四歲，老太太嫁給我爹時我才五歲，五歲的小孩子知道啥叫親爹親媽？從過門就是老太太摟著我睡，每天尿床讓老太太漏濕窩子。從五歲到二十歲當兵走，整整十五年，我不覺得老太太是後媽。雖然老太太平時脾氣不好，有一回失手把我腦袋打漏湯了，可只這一回，老太太差點沒哭死。就憑這個，我對老爺子就得高看一眼。早些時候，我就聽到有人餤餤，說城邦對老爺子如何如何，我還不信。前幾年城邦在忠家上學時，不挺仁義一個小孩兒嗎？怎麼，上了學，有了文化，說變就變了？幾天前才聽雨生說，老爺子要上響水當羊倌，六十多歲的人了，那不是跟要飯吃差不多了嗎？我一聽就炸了，把忠叫來說，不行，咱倆去回鹿山和城邦叫一場。要真是那樣，老爺子不用去響水，就來我家放我那幾十隻羊。不給羊放錢，管他扎幾針藥，死了，我打口棺材一埋，我就不信……」

國越說越激動，舉了半天的酒盅啪地蹾在方桌上，突然指著我大聲說：

「城邦你自個兒說，是要人，還是要臉……怎麼著？我還聽說，你小小年紀還有相好啦？啊！？有相好的還當什麼兵？我就

不信，一個亮亮堂堂的爺們，就說不上媳婦了，窮算什麼，我也窮了大半輩子，可大閨女小媳婦排著隊……」

我無言以對。

恰巧芳嫂往桌上端菜，父親趕忙打住國的話頭說：

「他大哥，先喝酒，先喝酒，家裡這點兒事，喝完酒再說。」

二哥忠掃了一眼滿臉通紅的我，端起酒盅，嘛的一聲幹得利落。

就在這時，大姐榮和雨生走進院來，芳嫂藉口回去拿件東西，乘機走了。

太陽偏西，這場酒才喝完。國有酒量，自己還能上馬。忠也有酒量，卻已經東倒西歪。好不容易從這邊騎上去，卻一頭從那邊栽了下去……

國當兵六七年，退伍回鄉後，娶了當地最美而且有文化的姑娘為妻，生一男一女。就在女兒三歲大時，國不知為什麼和一個很醜的姑娘好上了。這個有文化的大嫂和琴姐一樣想不開，有一天自己吊死在牛棚裡。

二哥忠那時也是一兒一女。婚事是國一手操辦的。

33
父親站在三人對面

關於我的從軍和軍旅生活，我一直沒有認真書寫過。除了二十世紀八十年代中後期的日記中片斷記錄一些外，我像有意把這段生活存封起來了。寫到父親，我知道已經無意中開啟了另一種生活的閘門。畢竟，二十六年不是個短日子，在人的一生中差不多占去了三分之一。我希望陸續寫出我的從軍經歷和感受，並盡可能真實地還原歷史的本來面目，雖然這是一個普通人的歷史，但我認為，人類文明史就是絕大多數普通人創造的。

1984年，南方還有炮聲，「貓耳洞」這個詞正在全國走紅。雖然幾經努力，但我還是沒被允許去體檢當兵。理由不是父親的歷史問題和外公的成分問題，而是父親年老體邁和多病。

國家最基層一級政府說：如果我當兵，父親將無依無靠，這是國家不提倡的。

那一年，同鄉的另外兩名青年光榮入伍。他們服役的地方不是廣西，而是山西。他們後來成了煤老闆，那時的中國軍隊還允許搞生產經營。

就是那個冬天，塞北草原天寒地凍，而且一個冬天都沒有落雪。

接近年關的一天清晨，大姐夫雨生帶著一股寒氣，急匆匆地闖進屋來。

一進屋就對著灶間的父親說：

「大黑頭不見了。」

父親愣了一下。

「啥時候？」父親一邊往起站一邊問。

「剛才，要撒羊時，看見圈門的鐵絲被剪斷了。數了幾遍，只少了大黑頭。」雨生說。

父親沒再問什麼，披上皮襖就和雨生一前一後出去了。

生產隊解散後，全營子鄉戶共同出錢，雇了一個光棍漢當羊倌。由於我家只有這幾隻黑頭，不值得建一個羊圈，就一直寄養在雨生家的羊圈裡。

塞北天寒，冬天的羊圈有頂棚。頂棚不高，土坯圈牆卻不矮，有兩米高。主要是當地過去的民風傳下來的形制，一來防土匪打劫，二來防狼。早年這裡野狼成群。

父親和雨生急匆匆來到羊圈前，發現那把鐵鎖還吊在雙股鐵絲上，但鐵絲被齊齊地剪斷了。

雨生打開掩著的圈門，倆人一起進去，又把羊仔細數了一回，果然只少了大黑頭母羊。

屈指算來，這只黑頭母羊已經屬於老年了，早已子孫滿堂。大黑頭自己兩年前就絕育了，但父親一直不肯處理它，仿佛一定要養它善終。雨生和我都知道為什麼，連左鄰右舍也清楚父親的心情，因此，從來沒人對黑頭動過心思。黑頭羊這一脈，成了全營子最自由生長的羊。

雨生說，昨天晚上他親自鎖上圈門，五十五隻羊一隻不少。

從羊圈裡出來，父親站在圈門旁，認真看了一遍被剪的鐵絲，然後抄起手沉思了一下說：

「老虎鉗剪的，應該是下半夜。」

接著，父親貓下腰，想在圈門附近找找腳印，但這是徒勞的。這個冬天沒有雪，大地被凍得像塊鋼板，要想看清人獸的足跡根本不可能。

「今天就不撒場了，用草喂喂吧。」父親對雨生說，「我到營子外轉轉，也許能找到些線索。」

雨生應了一聲，然後長長歎了口氣，神情十分沮喪。

我一聲不吭地看著父親，一時不知該如何是好。

父親看了我一眼，說：

「你站這兒幹啥？該幹啥幹啥去……對了，要不，你去買幾刀燒紙，明天是小年，也該給死去的人上上墳了。」

就在我準備離開時，突然聽見父親對雨生說：

「雨生，去把大狸子給我抱來。」

大狸子是雨生家養了多年的狸貓。這只貓性情溫順，而且認親。它從來不到別人家串門，只願意來我家，不管有沒有好吃的給它，它都表現得實實在在，落落大方。大狸子平日與父親處得最好，當父親坐在炕頭抽煙時，它就偎在他腿旁打起呼嚕，像在自家炕頭。有時我不免想，大狸子真是只好貓，比大姐榮對我們還親近。

西山巔見紅了，太陽很快就會從東山冒出來。突然刮起了西北風，羊圈周圍的楊樹枝條吱吱地叫起來。

軍家的大柴狗一直蹲坐在大門口，豎著耳朵注視著這裡。

當父親獨自一人向七號營子的制高點走去時，大柴狗突然沖著羊圈狂吠起來。

雨生回頭看了一眼大柴狗，忍不住罵了句粗話。雨生其實罵得對，這只不認親的狗，昨天夜裡莫不是睡死了？還是眼見惡人行竊卻膽小怕死才一聲不吭？

父親沒有回來吃早飯。

當紅彤彤的陽光鋪滿冬天的原野時，我騎車出了營子。

在營子制高點那棵幾百歲的大柞樹下，父親的身影瘦小而孤單。

買好燒紙返回時，已經是中午時分。

拐上一個長長的陡坡，就快到家了。就在我準備停下喘口氣時，突然發現營子最南頭的孫二林家門口，圍了一幫人。

我吃了一驚，預感到可能與我家丟羊有關，於是趕緊往回走。

果然，孫二林弟兄三人正怒目而視，一字排開堵住敞開的院門口。

整個回鹿山都像變了形，氣氛顯得很緊張。

父親站在三人對面，在父親身後，依次是雨生、秀文、秀芝、秀芬和秀雲，兩個年幼的外甥和一幫交頭接耳的鄉鄰躲在更遠處。

只有鄉民劉戰像個悠然自得的摔跤裁判員，倒背著手在父親和孫二林周圍踱步，他神情既嚴肅又歡快。

要知道，方圓幾十公里，都沒人敢惹孫家三兄弟。這是當地有名的三條惡棍。因為家貧人懶，三兄弟無一人娶上老婆，老大

四十，老二三十五，老三三十三。兄弟三人歲數一大，一個比一個破罐子破摔。以老二孫二林為首，在回鹿山欺男霸女，偷雞摸狗，真是臭味相投，三兄弟最好的朋友，也是他們的惡行高參，就是鄉民劉戰。促成孫劉結盟的另一個原因是，孫二林和劉戰是當地數一數二的象棋高手，不論春夏秋冬，二人常常在營子頭那棵大柞樹下支起木桌，擺上拳頭大小的象棋，劈劈啪啪，捉對廝殺，引得一群鄉民圍成一圈扒眼。每次對決，觀眾自然分為兩派，吶喊助威，倒也成了七號營子一處熱鬧。

但是，孫家兄弟也有不主動招惹的。他們不招惹的男人是父親和小哥，女人則是芳嫂。

據說，孫家三兄弟都曾打過芳嫂的主意，結果人人慘敗。某一年夏天，最兇悍的孫二林腦袋破了個口子，鮮血流了一臉，是芳嫂一酒瓶子的傑作。

他們為什麼不欺負我們，有人說他們懼怕我父親，有人又說，孫二林其實最怕小哥長山。小哥與孫二林同歲，小時候打起架來，真不要命的是小哥。

我把自行車靠在一棵柳樹上，沖到父親身邊。這時我發現，父親沒戴皮帽子，卻用一根粗麻繩紮起了腰，而且，今天父親並沒有像往常一樣戴棉手悶子——父親左小臂當年被劉戰弄殘後，十分怕冷，一入冬就得戴上棉手悶子。

與三個虎背熊腰的孫家三兄弟對峙，我和父親處在絕對劣勢。

我的心狂跳著，心想，要是小哥長山在就不怕了！

這時我聽父親說：

「二林，時候不早了。這麼僵著不是個頭兒。咱們鄉里鄉

親幾十年，都不要撕破臉皮。你給個痛快話，咱好說好講，你當著大夥兒的面，打開偏廈門，要是找到黑頭，我一不告你，二不罵你，死羊的毛我都不要一根，你哥兒幾個過年也算個嚼口。開春你只還我一隻活羊，要母的就行，我留個養材。要是找不到黑頭，我就把剩下的六隻小黑頭賠你，算作我瞎眼賠禮。如果你不要羊，我就用自個兒賠你，剜一隻眼和剁一隻手隨你挑，我可立字為據，劉戰作證人，不算你犯法。」

「老隊長，你甭拿這個嚇唬咱。又不是你說了算的年代，你憑啥認定我殺了你的羊？我孫老二蹲著站著都是條漢子。今天，不但不打開偏廈讓你看，我院子讓你進一步，都算我孫姓是倒著寫的！」

孫二林翻了翻充滿血絲的大眼，用舌頭舔一下有點蒼白的嘴唇說。

這時劉戰接話：

「就是就是，我說老隊長，這大過年的，你沒憑沒據就說人家偷了你的羊，不合適吧？這事兒放到別人身上情有可原，你可是走南闖北的人，不能犯糊塗呀！再說了，你丟了羊，又是在雨生家羊圈裡，你就保准不會有內鬼？」

雨生一聽立即質問：

「劉戰，我說你這話啥意思？」

幾個外甥女也輕聲反駁起來。

這時，父親回顧一下左右，看到我緊張得發抖，就轉過頭對孫二林說：

「二林，你真不開門？」

父親的語氣既不像生氣，也不像憤怒，平靜得就像和孫二林

聊天。

「真不開，開門是孫子！」

孫二林說完，三兄弟都突然冷笑一聲。

圍觀的鄉民亂哄哄地議論起來。

雨生這時說：

「那就報案吧。」

與此同時，我看見父親向前跨了一步。

還沒等我反應過來，父親已經在孫二林的身後，用左臂環形卡住他的脖子。

就在孫二林喊了句什麼準備掙脫時，父親右手突然閃亮一下，那把哨子刀已經紋絲不動地橫在孫二林的喉結上。

鄉民們轟的一聲亂了，又馬上安靜下來。

就在孫大林和孫老三要上前解救孫二林時，父親低低地吼了一聲：

「只要你們再向前一步……」

「啊──流血啦……」一個女鄰居驚恐地叫起來。

一股股紅的血像一條蚯蚓蠕過哨子刀的鋒利刀刃，然後一滴滴落在孫二林的前襟上。

在場的所有人都像被釘在原地，誰都不敢再動一下。

我嚇得張口結舌，小肚子一陣陣發緊。

「把門打開！」

父親一邊勒住孫二林往院子倒退著走，一邊在他的耳旁說。

「……打開，老三，去打開……」

孫二林弓著雙膝，倒退著向院子走，滿臉漲得黑紫，眼珠子瞪得通紅。

鄰居們跟著擁進院子。

孫家的東偏廈子草門被拉開，在垂直照射的陽光下，一隻黑黑的羊頭瞪著一雙毫無光澤的眼睛赫然出現在人們眼前。

人群一下子沸騰起來。

原來，大狸子一到孫二林家門口，就敏捷地從父親懷裡跳下來，直奔偏廈……

春節一過，孫二林把一隻年輕而健壯的母羊牽過來。

在雨生家羊圈門口，二林說：

「對不起，老隊長，一時糊塗，您老大人不記小人過。我把最好的一隻賠過來。」

父親張口笑笑，說：

「二林，別說了，事情都過去了，哪有一輩子不犯糊塗的人！你二林是條漢子，敢作敢當，說話算話，這樣好。只是，用一隻又老又瘦的羊換只好羊，我不能占這個大便宜。這樣吧，羊我留下了，等它下了第一個羔子，送給你做個養材，你看行吧？」

「哎呀，老隊長，那我怎麼能要……」孫二林搓著手，萬分不好意思的樣子。

「就這樣了，」父親伸手拍了一下綿羊的肥尾巴說，「只希望第一個羔子是個母的。」

父親用一個男人解決問題的方式，給我上了不畏強惡的一課。以後，一想到那次自己被嚇得差點兒尿了褲子，我的臉就暗自發燒。

34
回鹿山，永別了

　　1985年，是父親與毒癮頑強抗爭的一年。他決心戒掉強痛定針劑，以便別人找不出影響我報名參軍的藉口。我也暫時放棄了外出作畫，全力耕種那幾畝責任田，一來配合父親的戒毒行動，二來等著初冬報名。

　　那一年，父親一次次被疼痛擊倒，然後跪在炕上，高高地翹起臀部，雙手抱頭扎在自己的行李卷上，這樣一跪就是一上午，一整天，一晝夜。一旦好轉一點，父親就一趟趟去支書家，去村主任家，去民兵連長家。

　　對我要去當兵最為驚慌的人，仍然是鄉鄰劉戰。這個「文革」時期的幹將，在生產隊解散後，被任命為護林員。

　　時過境遷，當生產隊長變成了村民組長後，權力大大減弱了，但護林員卻意外得意起來。雖然這一角色往往由本地最難講話的人擔任，可當地最難講話的人往往就是刁民。劉戰與父親的恩怨就像父親的從軍經歷一樣，一直是個謎。

　　劉戰也不是本地人，他有河北滄州口音，也可能是山東德州人，誰也不瞭解他的身世。父親的殘臂儘管是劉戰「文革」時期的貢獻，但他似乎並不解恨，他怕我當兵的想法是難以理解的，

就像他預感到，如果有一天我當了兵，就會用保家衛國的槍崩了他一樣。

那段日子，劉戰馬不停蹄，比父親更頻繁地出入基層幹部家，並以種種拉攏、造謠和陳說反對我當兵。他最充分的理由就是：一個像我父親這樣的老頭子，兒子一旦當兵，就會把自己的生、老、病、死完全賴在村委會，這樣，政府麻煩就大了。

整整二十年後的2005年，當年的村支書張振來我家做客。這個土生土長的好黨員好書記，因為種種原因，多年前主動卸職，五十多歲後來北京，在一家搬家公司當起了搬運工。

這時，我已經開始動筆寫父親，就想聽聽他的看法。

「我相信，沒有人真正瞭解你父親。」

這是老支書最鏗鏘有力的一句話。

張振說：

「你父親不是當地人，我們一直不知道，他前妻死後，為啥沒有離開。那時我還是個孩子，對大人的事情不敢多問。我十多歲時，老爺子正當生產隊長，他給我的印象是做得多，說得少；每年春天，他都帶領鄉民在前山后山栽種樹苗……前些年，這些樹都成材了，回鹿山通往山外那條路，主要是用這些木材錢修建的。」

張振又說：

「多數人都知道老爺子不是當地人，可我覺得，老爺子比當地人更眷戀回鹿山。」

聽了這話我的心熱了。我知道，回鹿山地處三省交界處，林豐草密，在兵荒馬亂的年月，來此避難的人很多。但是，戰爭結

束後，大部分人陸續離開了。

關於父親讓我當兵時的種種情景，張振顯然不願意多說。

張振說：

「老爺子盼望你參軍的情景我一輩子忘不了……」

1985年初冬的一天早上，下了一場清雪。早起的支書張振打開大門後，發現門外的雪地上有深深淺淺的腳印。這是一個人的腳印，很雜亂，像一直徘徊在門口。書記已經猜到是誰了。果然，他看見父親從旁邊的柴垛邊上站起來。

父親滿頭滿身雪花兒。

「老隊長，一大早這麼冷，你咋不上屋？」支書趕緊抬開院門。

「不冷不冷，知道你昨天開會，回來晚了，想讓你多睡一會兒。」父親抖抖胳膊上的清雪說。

這一回，父親交給張振一份親筆保證書。保證書內容只有一句話：

「如果我孩子當兵走了，我不會給各級政府找一點麻煩，並把政府發給的優撫金全部捐給五保戶。」

那天早上，支書留父親在他家吃了頓早飯。

飯中，支書很明確地告訴父親，一定會讓我去參加體檢，不論有多大阻力。如果我身體合格，政審也合格，一定會讓我光榮入伍。

不久，十二位同鄉青年到鎮上參加徵兵體檢，我是其中之一。

第二天，只剩下最後一項檢查——X光胸透。

此時只剩下我一個人。當醫生大聲喊「吸氣——憋住」時，我把這口氣憋得直到眼冒金星。

呼出這口長氣，我平靜地走出醫院大門。

那一刻，我渾身上下無比輕鬆。初冬的楊樹被風吹得嘩嘩作響，金黃的樹葉像花瓣一樣不時飄落下來。忽然，天穹之外隱約有個聲音對我說：是你！就是你！

突然，聽到有人在我身後叫一個陌生人的名字，我被嚇了一跳，愣怔了片刻，趕緊答應一聲。

這個陌生名字，是我在體檢表上新填的——當工作人員要我在一張嶄新的登記表上填寫姓名時，我毫不猶豫地改掉了自己的名字。

武裝部長叫住我，他囑咐，從現在起，我已經是半個公家人了，我要處處小心，特別要注意安全。

關於改名這件事兒，後來我想，這種事情的發生，並不奇怪——當一個人渴望和過去的生活，過去的自己一刀兩斷時，成為另一個自己，隱姓埋名或改名不過是最外在的表現而已。

接到入伍通知書後，送走敲鑼打鼓的師生們，我到母親墳前坐了一會兒，又去看了琴姐日漸縮小的墳頭。

第二天，我去了一趟鎮上，好像不是特別有目的，但心裡卻充滿渴望。

果然，我如願以償地在中學門口遇到了桂。此時她快高中畢業了。

其實也很正常，桂是特別愛逛街的女孩兒。即使課間一點兒時間，她也會走出校門轉一下，她是小鎮最美麗的女生。

桂聽說我要當兵了，也很高興。她說，我們通信吧。我答應了，但心裡卻有一絲絲酸楚。

分手時，桂讓我等一會兒。半個小時後，桂從學校出來，羞答答地送了我一塊黃色手帕，上面印有兩個女洋娃娃，黃頭髮，藍眼睛。手帕是嶄新的，有些香味，我想是桂特意灑過花露水。這條手帕至今我還珍藏著，圖案卻陳舊了，也沒了香味。

1985年10月的一天清晨，塞罕壩地區飄起了大雪，寂靜的山谷已經到了周天寒徹的季節。父親、大姐榮、大姐夫雨生、軍和秀文等親友送我出山。

由於雪大路滑，父親走不動，他只能送我到營子口，在即將分手時，父親摘下那副一直戴著的棉手悶子，遞給我說：

「戴上這個，別凍了手。」

我突然想起兩天前，父親想讓我帶上那副竹板，但被我拒絕了，如果再拒絕……

就在我猶豫之中，父親突然伸出右手，抓住我的左手，一下子貼在自己的臉頰上……

我大窘。

望著親友，我覺得父親這個親昵的舉動真是丟醜，也讓我丟醜。與此同時，我清楚地看見，父親殘廢的左手佝僂著橫在胸前——殘手蒼白無色，幾根清冷的血管彎彎曲曲，像一些貼在手背上被凍死的細小蚯蚓；五根手指僵直著，又瘦又長；指甲很久沒有修剪過了，白生生地透著寂寥。手悶子一除，整個殘手立刻在寒風中瑟瑟地顫抖起來。相比之下，父親那只緊緊握著我的，被勞苦磨礪得粗硬結實的右手，就顯得格外黑皺，厚厚的皺垢下

面，皴裂著一道道血口子，這是一隻醜陋不堪的手。

　　……而我的手形卻很好，酷似父親的殘手——頎長而白皙，這是由於保養得好才酷似父親的殘手。然而，作為大山的兒子，我越來越想念父親那雙黑白分明的手。父親不是地道的鄉民，但他大半生用一隻健康的手勞作，支撐著一個家的生活，並用一隻殘手的代價，翻過那段硝煙彌漫的歷史，堅定地指引我三起三落地讀到中學。我渴望有一天自己能主動把手伸給父親——哪怕是夢中，也是我的幸福。

　　然而，在那個大雪紛飛的清晨，我卻在心裡說：

　　「回鹿山，永別了！我再也不會回來了！」

　　坦白說，關於當兵的目的，我遠沒有其他人那樣高尚，我不是抱著保家衛國，為人民服務，為祖國盡義務等豪邁的心情入伍的，當年，我只想早一分鐘逃離那片土地。

　　直到父親被再三勸說，他才停在風雪中，我卻沒有說出一句安慰和告別的話。

　　現在，請允許我說一句：

　　對不起，父親，當時我就是那樣想的，也是那樣做的。請原諒我，就讓歲月的鞭子來懲罰我的自私和不孝吧！

35
入伍舟橋部隊

1987年，是我入伍第三年。

父親請軍代筆，寫來一封家信。父親告訴我，他已經徹底
告別了扎針和阿司匹林時代。父親用自己的行動證明了一個人無
堅不摧的意志。我不知道，父親這次為什麼讓軍代筆寫信，之前
的家書很簡略，父親自己能寫，無非是一些「一切都好，不用擔
心」的內容。這回信是軍代筆，寫得有些抒情。我猜想，這裡也
有大外甥女秀文的文筆。

那個冬天的某天，軍看見父親在當院望著一捆濕柴歎氣，就
主動走進院子。進屋一看，發現老人好像幾天沒有生火了，屋子
裡到處是潔白的冰霜，整個老屋散發著一陣陣寒氣。

回家後，軍對秀文說：

「要不，讓姥爺來咱家過冬吧，他太可憐了，咱再不管他，
他就可能過不了這個冬天了。」

於是，那個最冷的冬天，父親是在軍家過來的。

軍這個一直被傳言所困的漢子，以最溫暖的方式表達了鄉情
和親情。也用這種博大的關愛，沖刷掉了幾年前他與小哥長山衝

突時留在我心壁上的污垢。

軍和秀文的善行，其實正切合了我的認識：人是會變的，有的變好，有的變壞。人際關係是可以改善的，親情更可以改善。

如今，軍和秀文實際成了連接我和大姐榮姐弟親情的惟一紐帶，有了他們，我和大姐的隔閡在一點點消除！

我入伍的舟橋部隊，是華北某軍區一支特種兵部隊，有著光輝的戰史，平時訓練極其艱苦。那時，南方的炮聲漸漸停息下來，隨時準備輪戰的心情也慢慢恢復平靜。

我和桂通了一年信，把所有才情都用盡了，每封信都像一首抒情詩。但是，因為桂的母親執意阻攔，也因為桂不夠堅定的態度，我們被迫中斷了聯繫。

在回家探親時，與蘋果臉同學偶然相遇，這讓我重拾少年時期的朦朧愛情。

我又開始和蘋果臉通信，不過，這回我務實了許多，少了些浪漫和廢話，愛情卻有了結果。

雖然仍然遭到蘋果臉父親的堅決反對，但蘋果臉不是那個沒有主見的桂。當選擇大兵或選擇父母兩條路只能選一條時，小小個子的蘋果臉毅然選擇了大兵。

1987年冬天，我回鄉舉辦了一個非常簡單又非常糟糕的訂婚儀式。

從此，我就把家信寄往在城裡工作的未婚妻，由她回鄉送給父親。

1988年春天，我把新發的一雙棉鞋寄給蘋果臉，讓她帶給

父親。當她到我家送鞋時，發現父親躺在炕上，病情已經很重。她趕緊把父親送往醫院。

蘋果臉在長途電話裡說：

「大姐榮說，其實沒啥大事，就是扎針扎壞了，咳嗽、憋氣，可我看不像她說的那樣，這回病得很重。」

聽了這話，我心情很複雜，父親信裡不是說，已經徹底戒掉麻醉藥了嗎？難道他又反復了？我思來想去，不得要領，既為父親的壞名聲臉紅，又為他的重病著急。

此時，我已經從天津借調北京軍區後勤某部機關任微機操作員。

某日，處長對我說：部長在承德某醫院，需要做個手術，你去照顧幾天吧。那是你家鄉，等部長出院後，你正好順便回家看看。

這位部長姓王，遼寧錦州人，儀錶堂堂，愛唱幾句京戲，愛寫毛筆字。他在軍區後勤機關德高望重，威信很高。其實，部長身體很好，只是由於鼻中隔彎曲嚴重，在這家軍醫院手術矯正。

第二天，我立即乘火車前往承德，一路上心裡忐忑不安。部長這樣高級的首長，平時只在樓道裡照過幾面，連話都沒正式談一次，要是一對一面對面，我真不知自己會不會太緊張……

此時，部長手術已經做完，正在休養。

想不到，部長平易得讓人終生不忘。路上的一切顧慮都是杞人憂天。

我在部長套間外間住下來。平時也沒有什麼要伺候的，不過是早晚陪著散散步，收拾一下筆墨。等部長高興起來要唱京戲

了，就當個認真的聽眾。

因為朝夕相處，我完全放鬆了。有一天就自告奮勇地說：

「部長，我不會唱京戲，但會唱落子，我給您唱一段吧？」

「好啊，你唱一段我聽聽。」部長開心地鼓勵我。

我就字正腔圓地唱了那段《張良獻策》開篇一節。

部長驚訝地睜大了眼睛，連連叫好：

「喔呀呀，你不得了啊，大口落子都唱得這麼好，不得了啊，你應該會打竹板是不是？」

我不無遺憾地搖搖頭說：

「可惜，我沒有學會竹板。」

我沒敢說父親竹板打得最好。

部長說：

「沒關係，以後慢慢學會它，我會唱京劇，卻不會拉京胡，將來休息了，我就學會它。」

這之後，我把許多心事都不由自主地說給了部長。

一天晚上，在花園散步。部長突然說起自己年邁的母親，說她還在東北，不習慣北京的生活等等。當部長聽說我十三歲就失去母親時，他的眼圈紅了。他倒背著手停下來，說：

「你才比我女兒大一兩歲，竟早早沒了母親，真是個苦命的孩子。我看你是個懂事的戰士，從團裡借到機關工作不容易，一定要好好幹，別像一些領導的司機、公務員那樣，整天只想著找對象、提幹部。」

可是，十多天之後，部長卻開始考慮我的前途問題。

「想不想開車？」部長問我。

還沒等我回答，部長又問：

「想不想考軍校？我看，還是考軍校吧。現在不允許直接從士兵中提幹了，不考軍校成不了幹部。開車雖然是技術，將來頂多改轉個志願兵……」

我一時不知該如何回答部長。

我是一個剛到機關工作不久的戰士，卻得到了部長這樣誠摯的關愛，我心裡熱得不行。

兩天后，我又接到蘋果臉的電報，說父親的病情加重了。

部長一聽說，立即對我說：

「你下午就坐汽車回去。守備七旅就駐你們縣城，我給他們打電話。情況不好就趕緊送到這裡來。」

我有點不知所措，既為父親病重著急，又覺得沒有完成好照顧部長的任務，心裡有愧。

部長看我囁嚅著不肯行動，突然高聲說：

「你怎麼不聽話？要不你立即回部裡，我這裡也快好了，不需要你照顧了！」

我遲疑著收拾東西。部長這時又改換一種語氣，低聲對我說：

「你快點動身回去，我讓七旅派個車把你父親接來。正好我在，醫院會照顧的。這個事你不要給處長他們說，算咱倆的小祕密，你看好不好？」

我點點頭，趕緊假借上衛生間，把差點兒流下的眼淚忍了回去。

我是一名軍人了，不能再流眼淚，尤其是在這樣好的首長面前，我應該像個堅強的士兵。

36
離開隊伍整好四十年

　　兩天后，我和父親乘本縣駐軍一輛212吉普車，回到醫院。因為部長的特別交代，父親被破例安排在單間病房。

　　我告訴父親，晚上，部長在醫院小餐廳裡設宴招待他。作陪的有醫院領導、部長祕書等七八個師團級軍官……

　　我以為父親會面露難色，或者明確推辭——這是我最希望的。如果這樣，我才好向部長解釋說，父親行動不便，又怕自己沒見過世面，就不驚動首長們了。說實話，對一個士兵來說，這樣的待遇恐怕沒有誰能承受得了。

　　讓我大感意外的是，兩天前尚不能自由起臥的父親，此時突然像個偶患小疾的人。他一口答應，滿臉放鬆，語氣竟有幾分急迫，就像去見一個久別的朋友和親戚。

　　整個下午父親都在收拾自己。在我的幫助下，他認真洗了澡，穿上那套乾乾淨淨的藍色滌卡外套，戴一頂藍色單帽，腳穿我的新解放鞋。

　　父親在洗臉時極為仔細，洗了一遍又一遍。除了想洗掉污垢，好像還要徹底洗掉過去的歲月和病容。

　　直到認為可以了，父親才停下手。此時距晚餐時間還有一個

多小時。然而父親卻不肯再上床休息，正襟危坐在椅子上，一心一意地等待那一時刻的到來。無論我怎樣堅持讓他先躺下休息一下，他都不為所動，像沒聽見我的話，長時間注視著窗外，整個人都陷入一種忘我的遐想中。

用餐的時間快到了，扶父親下樓，臨出樓門口，父親讓我幫他扣上風紀扣。我說，沒這個必要，你不是軍人，弄得這樣嚴肅緊張幹什麼？但父親卻執意要扣，大有不扣好不出病房大樓之意。

扣好風紀扣，父親把頭向左右轉了幾下，試試脖子是否活動自如，幸好人瘦得不行，倒不影響正常呼吸。

最後，父親用右手使勁拽了拽彎曲的左臂袖口，就好像真能把彎曲的殘臂抻直似的。這當然是徒勞的，我聽見父親無奈地歎了口氣⋯⋯

快到小餐廳門口，我聽見父親喃喃著說：

「離開隊伍整好四十年，沒想到，能再見到這麼高級的首長⋯⋯」

不像說給我，更像自言自語，但話沒說完，就被部長爽朗的笑聲打斷。以部長為首的四五個人已經迎到餐廳門外。

部長快步上前，一把握住父親伸過來的手，使勁晃了晃說：

「哎呀，老哥，歡迎歡迎啊，怎麼樣，身體怎麼樣？您精神很好哇！」

父親張著缺牙的嘴，坦然自若地一邊深深點頭，一邊說：

「這都是托大夥兒的福，托首長的福呀！」

父親的腰挺得很直，他恰到好處地微笑寒暄著，還和其他領導一一握了手。

一旁的我，緊張得出了一身汗。

落座時，部長謙讓父親坐主席的位置，父親認真地承讓了一下，然後毫不客氣地坐下了。我趕緊走過來想提醒父親，部長卻擺手制止我說：

「今天請的是你父親，你不要多話。」

父親馬上附和：

「對，在隊伍上就得聽首長的，打仗時要聽，平時也要聽……官兵就像親兄弟，生死在一起……抗日戰爭打日本，解放戰爭打錦州，都一樣，那時，軍、師首長都有可能拼刺刀……」

父親這一坐，再加上這幾句沒頭沒腦的話，已經把所有人說愣了。

整個包房突然鴉雀無聲。連將軍級的部長一時也愣住了。

坐在對面的我更是一頭霧水。我想，父親一輩子最反感自吹自擂說大話，今天他是怎麼啦？這還是我那個內斂謙和的父親嗎？好在，部長可能想起來，我說過父親曾在軍旅，馬上哈哈一笑，對在座的人說：

「你們可不要小看這位老哥，他可是一名抗戰老兵，是上過戰場的人，他是功臣啊！」

聽到這兒，父親頻頻點頭，然後環顧一下左右，看著幾位扛著上校、大校肩章的領導說：

「四十年，部隊變化大啊，我參加革命那年，國共兩黨統一抗日時間不長，我們改編為國民革命軍第八路軍後，蔣介石也給我們授過銜，發過軍服，可那只是做做樣子看的。軍服遠遠不夠，槍彈也是空頭支票，記得剛要求我們戴上青天白日帽徽時，連以上幹部沒有幾個能接受的。我們知道，蔣介石比恨日本人還

恨我們，他遲早有一天打內戰。但在動員大會上，副師長聶榮臻和政訓處主任羅榮桓，第一個把青天白日呢軍帽戴在頭上。聶副師長舉著擴音喇叭喊：『同志們，此次戰爭，是關係民族存亡的戰爭，可謂我死國活，我活國死。過去十年恩怨，從今天一筆勾銷，戴上這頂軍帽，穿上這身軍服，國民黨部隊已經不是敵人，而是生死與共的兄弟……』」

父親說到這兒總算停住了，但他隨即又對部長說：

「王部長，聽孩子說，你是錦州人？哎呀，我與錦州有緣啊！當年攻打錦州城，部隊傷亡很大，一點也不比塔山阻擊戰傷亡小。林老總下了死命令，七日內拿不下錦州城，他親自打衝鋒！結果，一顆美國人生產的子彈，卻把我的腸子給打出來了……」

在座的人面面相覷，乘戰士上菜之機，部長趕緊打斷父親的話頭說：

「老哥真是老革命啊，好，今天我們為老哥接風……」

不想父親沒等部長說完，就急切地插話說：

「我再問一下，我知道，徐海東大將去世很久了，抗戰時，他是我們的旅長，不知道他的子女，現在有在隊伍上的嗎？」

大家無言以對。

部長打個哈哈，舉起面前的酒杯說：

「好啦老哥，咱們先喝杯見面酒，」部長隨即把目光轉向我，「老哥有福啊，生了個好學上進的好兒子，以後時間還長，你一邊治病一邊讓我們受受教育……」

沒等部長講完，父親已經拿起筷子，迫不及待地伸向一盤並不在他面前的燒雞……

部長尷尬地看了一眼父親，馬上改口說：

「好，好，今天以吃為主，大家先墊墊肚子再喝酒……」

這可能是部長有生以來最刻骨銘心的一頓招待餐，也是在座的所有領導最無話可說的陪酒。

我呢？像被當眾剝光了衣服一樣，羞愧得差點沒鑽到地下去。

好幾年後我還想起那次晚宴。無論怎樣看，父親的表現和露怯都是他晚年生活的一個敗筆。但是，一頓飯卻傳達了兩個訊息，一是父親上過戰場，九死一生，他不畏懼高級首長，而且，他還急於讓在座的人知道這一點，他以為，這樣的話，他的兒子就有了地位和光環——這是他有意而為之舉；二是老人貧苦了一輩子，有時會到食不果腹的地步，一見到滿桌飯菜，本能地盯住燒雞，舉起了筷子——這是他不能自我控制的自然之舉……如果放在今天，同樣的場合，同樣的客人，同樣的話題，同樣的細節，面對父親的如上言行，我都不會是當時那種糟糕的心情了——不論別人怎麼看，我都會用非常輕鬆的笑容和愉快的心情看著父親的一舉一動，現在想來，那天的父親，多麼像一個還不懂事的孩子啊！

然而，事情往往沒有如果，上帝不會再給我一次與父親同桌聚餐的機會。

又過了幾天，部長出院回京了，臨走把我叫到跟前說：

「你老父親的病情不容樂觀，看著像結核，其實是肺癌。你留下好好照顧他，單位的工作我和你們處長講。我看出來了，

老人家是個有遠見的人，是一個了不起的父親啊，一輩子也不容易。在如此艱苦的環境裡，能讓你當兵，你不好好幹，不幹出成績來，對不起他呀！」

37
二伯

　　那次晚餐後，我有一兩天不願意和父親說話，好在由於檢查項目繁多，一時占據了我的思維，讓我騰不出時間多想那次晚餐。父親肯定看透了我的心思，於是又變得低眉順眼了。

　　部長出院回京兩個月了，父親還不能出院。這期間，我在北京和承德之間奔波，一面擔心自己的工作，一面想著照顧父親，那真是左右為難的兩個月。好在北京、承德之間只有幾個小時的火車，週五來，周日可走。

　　這期間，軍和秀文曾帶著女兒玉茹專程來醫院看望父親。這讓我始料未及。秀文雖然是外甥女，但軍因為自己身世的傳言，能第一個來看望父親，真是讓我感動。那時沒有電話可打，拍電報又花錢又麻煩，之前也沒聯繫。坐了六七個鐘頭長途汽車來到醫院，一家三口個個暈車暈得死去活來。特別是四歲多一點的玉茹，小臉兒吐得蠟黃。

　　醫院邊兒上找一家小旅舍，一家人住了一宿。秀文看我兩頭跑為難，就說留下來伺候幾天，但父親堅決不讓。說孩子小，秀文對城裡生活不習慣。軍從來到走沒說過幾句話。本來他是個比較愛說的人，可一到我和父親面前，話就沒了。

第二天，正好醫院有一臺救護車到縣城守備七旅接病號，我就趕緊把軍一家子送走了。

父親的病情時好時壞，手術治療已經不可能，日常生活尚能自理。是繼續留住還是出院回家，我一時拿不准主意，而醫院方面，因為隸屬軍區，礙於部長的情面，也不好急於逐客。

一天，父親試探著對我說：

「我這腦袋疼了幾十年，一離開藥疼得像要炸開一樣，能不能讓醫院的機器照照？看看是不是長了什麼東西？」

我想也好，雖然肺癌已確診，順便檢查一下腦神經，心裡也放心。於是我安排做了個腦CT。第二天腦外科主任拿著片子對我說：

「老人早年受過腦外傷，像槍傷。從部位看，已經傷及腦髓。這樣的傷能活過來，也算奇跡了。傷及腦神經這麼重，哪能不頭疼？可現在沒別的辦法，只能保守治療。」

一聽說腦髓都少了，我渾身立即起一層雞皮疙瘩。但我沒把醫生的話說給父親，只告訴他，腦袋沒事，腦神經也很好。

直到出院，我也沒有問父親腦袋受傷在何年何月，是哪一場戰鬥。父親也沒有主動說到，他可能完全忘記了這次重傷。

一個週末，我從北京來醫院，晚上醫院禮堂放電影《吉鴻昌》。雖然醫院規定病人不能去禮堂看電影，但父親這個特殊的病人因為有了北京首長的關係，小小醫院，我和父親幹什麼都一路綠燈。

見父親狀態欠佳，我沒有提議去看。但父親飯後卻整整齊齊

地穿戴好說：

「小高護士說，今晚演《吉鴻昌》，去看看吧。」

我說：

「我記得我們是看過的。」

父親說：

「看過，還要再看看。」

那天的觀眾並不多，沒有整齊的部隊入場，沒有拉歌聲，幾個半大孩子繞著排椅追打嬉鬧。看電影時，我和父親沒有交談。當吉鴻昌壯烈犧牲的特寫較長時間停頓在銀幕上，當主題歌〈恨不抗日死〉漸次聲高時，父親的呼吸明顯急促起來。

「恨不抗日死，留作今日羞。國破尚如此，我何惜此頭……」

歌聲唱到這兒，父親突然爆發一陣劇烈的咳嗽……

醫院的熄燈號吹響前，電影放完了。扶著父親往回走，父親還在乾咳。

熄燈號響了，嘹亮的號聲在這座不大的山城上空迴旋，一遍，兩遍，三遍，回聲久久不斷……

「變了，變了，不熟悉了，聽不懂了。」父親說的是號聲。

我能理解父親的意思，這是安民的號聲，只有國泰民安了，部隊才會有這樣從容不迫的熄燈號聲，讓人聽了心裡踏實，安靜。但是，那些聽慣了衝鋒號聲的人，還有幾個能聽到這號聲呢？

受到父親的感染，我不無遺憾地說：

「可惜，現在太平了，我們只能通過電影才能聽到衝鋒號聲了。」

「這是好事情啊。沒有衝鋒，就不會有陣亡。抗日時期，衝鋒號一響，不論是白天還是黑夜，不論你手裡拿得是槍是刀，大家都會瘋一樣向前衝，衝，衝，向有敵人的方向衝，子彈吱吱的叫聲是聽得到的，身邊倒下的戰友是看得到的，可沒有人會停下來。衝鋒號手在後面吹，有時衝到前面吹，一個號手倒下了，另一個號手拿過軍號，繼續吹……那時，沒有一個人怕死，但大家都怕號手死，死了號手，沒了號聲，震耳欲聾的槍炮聲、喊殺聲會讓衝鋒的士兵迷失方向……」

父親說到這兒，再次乾咳起來。

之後，我和父親都沉默著。快到病房門口時，父親突然說：

「記得吧，我和你說過，你大大家的堂哥寶山，他就是一個出色又勇敢的號兵……」

然而我卻想不起來，父親何時談過堂哥寶山是號兵，只依稀記得，父親說堂哥在一次與日本人的戰鬥中被打死。但我把它當成一個與自己毫不相干的故事了。

回到病房，為了緩解父親的咳嗽，我逼著不習慣泡澡的父親泡入浴缸。就在扶父親進入浴缸的時候，我再次看見父親那道傷疤。

我第一次發現父親小腹和會陰部之間那處傷疤，也是父親剛到醫院第一次洗澡。像父親額角的傷疤一樣，父親小腹間的傷疤也是暗紅色的，像更大一點兒的皺皮核桃。

於是我接起父親剛才的話問：

「堂哥寶山是司號員，打仗時，敵人是不是專盯著司號員打？」

父親說：

「戰場上，每個人都是打擊的目標。但號兵死的概率很大。你堂哥寶山……」

堂哥寶山命短，他沒父親這個運氣活下來，叔侄倆一起當兵。三年下來，大大小小沒少打仗，寶山一次花都沒掛過，但在抗日戰爭中的中條山戰役……

1941年6月中條山馳援戰中，最後一個衝鋒卻沒下來，寶山死了。像是兩顆子彈同時擊中了他。一顆子彈直接從額頭打進，從後腦滑出。這顆子彈，貼著青天白日帽徽下沿滑過，把帽徽下沿打凹了，卻沒有阻擋住子彈，要是再往上偏半寸，那顆銅質的帽徽也許能擋住這顆子彈。另一顆子彈是個炸子，從前胸滑過，胸口只留下一根筷子粗的小洞，但炸子卻在後背炸開了，後背就有碗口大的窟窿……當時，寶山已經從號手升任排長。兩個衝鋒後，三個號手先後犧牲。此時，天快黑了，如果這兩個連的八路軍決死隊還攻不下鬼子據守的陣地，就打不通國民黨98軍突圍的缺口。

寶山突然站到一塊大石頭上，吹起了衝鋒號。號聲很響，壓過了漫山遍野的槍炮聲，但他的目標太大了，父親眼睜睜看著寶山從石頭上直挺挺地栽下來，嘴裡卻一直咬著號嘴。

最後一個衝鋒終於拿下來了。與突圍的國軍會師後，父親才知道，指揮突圍的國軍一部，正是離家多年的二哥侯千慈，當時，他任國民黨98軍42師混成旅中校團長……

這個像氣泡一樣在故鄉消失的二伯，原來是國民黨軍一個團

長。

　　山西境內的中條山戰役太有名了。二伯侯千慈的部隊在中條山區堅持了三年多，一直歸衛立煌總指揮，但因為衛立煌與八路軍關係拉近了，還去過延安一回，惹惱了蔣介石，很快就被解職調離了。何應欽接管中條山防務，只是名義，沒有深入佈防，加上部隊排斥他，讓日本人鑽了空子。

　　三年多來，日軍大兵力圍攻了十七次之多的中條山地區，都沒有攻破國軍防線。第十八次，日軍從東西北三面重兵圍攻，只留下南面一條出口，但那是黃河。解密戰史記載，鬼子得手後，國軍戰死無數，真是屍橫遍野，很多條山溝裡，被國軍官兵的屍體填滿了……向南突圍成功的部隊，成群囤積在黃河北岸，但渡船早被日軍炸毀或收繳，一條不見，連百姓都見不到一個。日軍轟炸機一批批飛來，炸彈在人群、馬群中開花，血肉橫飛，不想被炸死的，就手拉手撲進黃河。滔滔黃河水，捲走了這些英勇無畏的抗日的官兵。

　　二伯侯千慈是作戰參謀出身，他知道向南突圍的後果，於是，建議軍長武士敏一面向北突圍，一面想盡一切辦法聯絡沁水一帶八路軍遊擊隊從北向南馳援解圍。但是，由於當時「皖南事變」發生不久，國共兩黨合作關係破裂，八路軍主力部隊只是接到「全力向南移動，機動待命」的命令。

　　八路軍晉察冀軍區一部，距中條山戰場最近，一位被降職使用的營長張澤，不顧抗命安危，組織兩個連三百多人的決死隊，經過一天一夜奔襲，從背後向日軍第41師團發動突然襲擊。

　　從日軍突然減弱的火力和隱約聽到的號聲，二伯侯千慈心

裡有譜了。他知道，只有共產黨領導的部隊，才有這樣激昂的號聲！是國民革命軍第八路軍馳援到了！

二伯侯千慈立即召集營連指揮官訓話，命令部隊不惜一切代價，拼死衝殺，與八路軍形成對敵夾擊之勢，務必在當夜或第二天拂曉與援軍會合……

有護士來敲門，夜間該量體溫了。

等護士離開後，父親小聲說，我的老上級張澤，很像吉鴻昌。那個張澤，外號張黑子，湖北人，打仗很勇敢，對士兵最親，可有個愛喝酒罵人的毛病，因為愛頂撞領導，上級不待見，結果一次喝酒誤事，從團長連降兩級，成了營長。父親說，看到吉鴻昌，就像看到張澤本人一樣。

毫無疑問，吉鴻昌是真正的英雄。他是最早組織抗日同盟軍的將領，他躍馬長城，連克東察六縣，威風八面！要是中國軍隊全像他一樣，早一年或幾年堅決抗戰，日本人不會這樣張狂。然而，英雄沒有死在日本人的刀下，卻死在國民黨的監獄裡，這和抗日名將謝晉元死在變節部下手裡一樣可悲啊！

這時父親說：

「現在國家建立了，就盼望著有一天，能看到像台兒莊戰役和中條山抗戰這樣的電影，可是，我是看不到了，但你能看到……」

我突然記起來了，小時候，我是聽過這個故事的，我把它寫成了小說《茅山之戰》。顯然，我把中條山錯記成茅山了。

第二天是週六，我可以在醫院待一天。

　　早晨一睜開眼，父親小腹上傷疤的樣子仍像一條毛毛蟲一樣，一會兒黑一會兒紅，老是在我眼前爬動。

　　上午輸液時我守在床邊問父親：

　　「肚子上的傷也是日本人打的？」

　　父親搖搖頭說：

　　「不是，這是遼瀋戰役國民黨軍的一顆子彈打的，聽醫生說，是美國槍或者德國槍的子彈。算我命大，不是炸子，腸子流出來一大截，竟然沒有斷，醫生說是子彈從腸子縫滑過去了。把露出來的腸子草草塞回去，就這樣縫上了。但這次中槍，與你二大有關。」

　　突然像回到了童年時光，二伯侯千慈的故事清晰再現──

　　二伯侯千慈性格內向，是五兄弟中文化水準最高的。他說他受不了塞北的寒冷，一直想著脫開大伯侯萬慈的約束。但大伯管得緊，他只好暫時在回鹿山留下來。

　　二伯出走前，給當地大戶閻大閻王家趕大車。閻大閻王以種大煙起家，是回鹿山地區最強勢的地主。二伯常常趕著騾子車上縣城賣煙土，再換回細糧和其他生活用品。那時，回鹿山地區屬熱河省，但離東北最近。其實，與日本正式開戰前很多年，當地已經有了日本軍隊活動。當時縣府也養著地方官兵，可是，成天把民族大業、抗日救國掛在嘴上的縣長，日本人還沒扔一顆炸彈他就跑了。臨走除了帶上兩個小老婆，還帶走了縣政府全部公款。

　　1931年春天，日本一個小隊進攻縣城民團營地。一個團的

地方兵，沒放一槍立即投降了。團總楊堅禮搖身一變，升格為綏靖師副師長了。

這個情景，被二伯侯千慈看個清清楚楚。

當年秋天，二伯和一個小夥計上縣城賣煙土拉糧。後晌剛出縣城，正遇上一支抗日武裝與日偽軍交火。

二伯讓那個夥計把騾子車趕到河壩下藏起來，然後從賣煙土的錢袋子裡拿出五塊銀元揣進懷，對夥計說：

「你在這兒藏著，我過去察看察看情況。要是槍聲停了，一頓飯工夫我沒回來，不是被打死了，就是被抓走了。你就趕車回去，告訴我大哥，就當我死了，但別忘了，讓他替我還東家五塊銀元。」

說著，二伯從小夥計腰間摘下一把哨子刀，掖在褲帶上，向響槍的方向跑去。

這個夥計年齡小，人也笨，他根本弄不清二伯要幹什麼。結果傻等到天完全黑透，也沒見著二伯的影子。夥計只好獨自一人把騾車趕了回去。

第二天，大伯侯萬慈帶人來縣城周圍尋找，卻活不見人死不見屍。此時大伯心裡明白，這個二弟，這回是真走了，他跟抗日的隊伍走了。

大伯有了二伯的音信是四五年後了。

二伯寫信回來，家人才知道，他已經在山西閻錫山的部隊。很多人都以為，地主閻大閻王與閻錫山是本家，其實，根本不沾邊兒。可閻大閻王知道閻錫山是大官兒，也樂得人家這樣說。慢慢的，就傳出風聲，是地主閻大閻王讓二伯投奔了閻錫山。不

過，閻大閻王倒沒有因為二伯的出走刁難大伯，甚至，一直沒來討要那五塊銀元。有一回只對大伯說，他不心疼那五塊銀元，卻更心疼那把好鋒口的哨子刀。再後來，二伯先後有照片寄回來，大伯一直與二伯保持通信。

中條山戰役打了快兩個月。國軍將士傷亡慘重，在裡無糧草，外無救兵的情況下，八路軍張澤營長決定帶隊援助98軍。因為知道二伯侯千慈就在中條山與日軍血戰，父親和堂哥寶山堅決要求參加決死隊，決以死拼衝破日軍的包圍圈……

這場馳援戰打了五個多小時，三百多人的決死隊，以傷亡過半的代價打開日軍一個重圍缺口。與98軍會師後，張澤命令，只能草草打掃戰場，就地掩埋犧牲的戰友。

然而，父親卻一直抱著堂哥寶山的屍體，捨不得丟下。眾人勸不下，張澤也罵了娘，但父親又提出最後一個要求：一定要按滿洲人的喪俗火葬，哪怕燒得不徹底，也要燒。

營長張澤氣紅了眼。

就在堅持不下時，兩三個國軍騎兵沖過來，其中一匹白馬上，一個長官大聲喝問：

「怎麼回事？」

是二伯侯千慈。

張澤報告原委，說出父親的姓名侯鎮彩時，二伯沒有反應，可是，剛一報出侯寶山的名字，二伯立即從馬上跳下來。

在悲痛欲絕的父親跟前，二伯愣了幾秒鐘，突然問道：「你是……老五侯一慈？你怎麼改了名字？」

放下寶山屍體，父親猛地站起來，叫一聲：

「二哥，寶山死了⋯⋯」

戰場上看到十多年未見的二伯，父親哭得像個孩子。

⋯⋯

二伯沒再說什麼。他走過來，只是輕輕拍了父親肩膀一下。然後走到寶山屍體旁單腿跪下，借著火把的光亮，二伯盯著寶山的臉看了很長時間。父親說過，侄子寶山長得最像二伯。

二伯隨後命令兩個衛兵把寶山的屍體抬到自己的坐騎上，但是，二伯環顧一眼隨處可見的烈士屍體後，馬上放棄了馱走寶山屍體的打算。

把寶山抬下來，二伯親自舉著火把，又把躺在地上的寶山上上下下照個遍。然後摘下寶山頭上的軍帽，順手揣入自己懷裡。

寶山的額頭、臉上和脖子，黑紫色的血已經凝固，一個衛兵把背壺裡的水倒在二伯的一條毛巾上，二伯雙手揉了揉，仔細擦乾淨寶山臉上的血污。

按二伯吩咐，幾個士兵找來三副馬鞍，小間隔並排排在那塊巨石旁邊。大家共同把寶山抬到三個馬鞍上，整個人正好懸空。二伯又認真調整了寶山頭的方向，讓他頭朝西南。

隨後，二伯再次在寶山旁邊單腿跪下，用隨身帶的那把哨子刀，快速割下寶山右手兩節食指，緊緊握在手裡。

在把寶山渾身澆上汽油時，二伯摘下自己的呢軍帽，端端正正地給寶山戴上。帽子不大不小正合適。

戴上軍帽的寶山，像睡著了一樣。

火點著了，其他烈士的屍體也掩埋完畢。二伯示意父親跟上隊伍，然後毅然上馬，率領國共兩黨剩下的五百餘人脫離戰場⋯⋯

　　一周以後，兩支部隊各自歸建。

　　當時，二伯讓父親和他一起走，但父親拒絕了，他說，我還是跟著張澤營長走，等抗戰勝利了，兄弟再團聚。

　　以後許多天，我都不能接受父親曾經有另外一個名字──侯鎮彩，這個人真是今天的父親嗎？

38
錦州攻城戰

　　父親說，回到回鹿山后，他又恢復了原名侯一慈。

　　父親說，他這輩子，最想去看看的地方，就是山西省南部的中條山。

　　那裡橫亙黃河北岸，東西約一百七十公里，南北五十公里，東連太行山、太嶽山，西接呂梁山，南屏潼關、洛陽，北控晉南，東控豫北。

　　那是米糧川，當年也是最穩固的抗日根據地。如果那裡建起了烈士陵園，說不定會找到堂哥寶山的名字。

　　父親說：

　　「寶山不像我，他從來沒有改過名字。他活著時叫寶山，死了，還叫寶山。」

　　某天，我接到北京處長的電話，語氣不怎麼熱情。簡單詢問了父親的情況後，處長說，機關軍務部門開始正規化整頓，借調機關幫助工作的官兵很快要回原部隊。希望我儘快處理好父親的事情歸隊。

　　我立即心煩意亂起來。考慮自己前程和關心往事之間，我本

能地選擇了前者。

之後的幾天晚上，我不再認真傾聽父親的閒談——或許，父親只是把這些談話處理得更像閒談，如果我猜得不錯，他一定為這些談話做了精心準備——

解放戰爭時期，父親已經升至營長。他隨獨立師長張澤隸屬冀察熱遼軍區。攻打錦州時，獨立師是主攻部隊，父親的營更是西南方向的主攻營。

錦州攻城戰打響後，大炮打了三天兩夜，攻城部隊上去一波又一波，城還是沒有攻破。

第三天下午，炮火進行了長達兩個小時的準備。就在這個空當兒，二連長和一個戰士押著一個老百姓走進營指揮所。

二連長報告說，抓到一個在前沿陣地偷窺的人，這個人穿的雖然是老百姓的衣服，但懷疑是敵軍探子。

這個人被抓時說，他認識營長侯鎮彩和師長張澤，這回是專門投奔侯營長而來。

當他從懷裡拿出哨子刀，父親就知道，這真是二伯侯千慈的人了。

中條山一別，一晃七年過去了，想不到，二伯此時，已經是錦州守將范漢傑總司令部少將高參。

來人果然是二伯的副官，他把哨子刀交給父親後，又拆開內衣，取出一個牛皮袋。

剛一打開，父親的眼睛就濕了——是堂哥寶山的兩節指骨，一枚青天白日帽徽，兩顆八路軍軍帽上的紐扣，還有一坨上等大煙膏。

指骨父親能理解，青天白日帽徽父親能理解，一坨煙膏父親也能理解，但這兩顆八路軍帽徽上的黑紐扣，父親卻沒有理解。

最後，副官才從內衣另一個夾層中取出兩封信，一封給張澤師長，一封給父親……

看罷信，父親沉默了良久，卻什麼話也沒說，然後立即動身，親自把另一封信送到師部。

原來，二伯是請求父親和師長張澤放一條路給東北剿總長官的家眷。

彼時，東北戰局已定，國民黨已無力空中運走軍官眷屬，二伯決計讓部隊打開興城至海邊缺口，拼死護衛婦孺孩子從菊花島海渡營口。

……父親去面見師長張澤，師長把信看了又看，突然把信甩到父親臉上，咆哮著對他喊道：

「這不是中條山，娘胎的！我決不會在今天的戰場上，放跑騎白馬的侯千慈，你個侯鎮彩，膽敢放跑一個人，我就地斃了你……」

但是，這個張師長卻在炮火準備即將結束時，突然把電話打到營部，他臨時調換父親的主攻營為師預備隊，代替防守興城至菊花島的預備三團。

第二天傍晚，國軍一支騎兵部隊，夾雜著少量步兵戰車，不顧一切地突出錦州西南角門，向菊花島方向奔來。

以常打殲滅戰著稱的師長張黑子，此時卻沒有派精兵追擊……

負責堵截的守備營前哨報告，發現敵情，全營進入戰鬥狀態。

營長父親以上面沒有作戰指令，來敵情況不明為由，下令不許隨便開槍。

等到這支騎兵臨近，父親才發現，突圍官兵，幾乎全是白馬，每匹馬上至少乘三人。

守備營防線被突破的同時，堵截的槍聲終於響了，還是有幾匹戰馬被打倒。

槍聲大作時，一顆流彈打中父親的小腹，他撲倒在地⋯⋯

這場遭遇戰，雙方沒有多少傷亡。

三天后，父親才從國民黨《中央日報》報導中得知，二伯侯千慈並沒有親自率隊突圍，他也沒有去瀋陽。報導稱：「國軍少將高參侯千慈，成功指揮國軍一部突出重圍，使多名高級將領眷屬得以虎口脫險。侯高參臨危不懼，毅然放棄突圍機會，誓與范司令漢傑和危城錦州共存亡⋯⋯」

這是有關二伯侯千慈的最後一條消息，從此他杳無音信⋯⋯

父親最後一次見到張澤師長，是他的槍傷快好時，那時父親已經被特務營在野戰醫院看管起來了。一天晚上，師長突然出現在他烤火的火堆旁。

張澤說：「我真該槍斃你⋯⋯今夜，你走吧，哨兵我都安排好了，你大膽走，走得越遠越好，就當我死了你這個營長⋯⋯」

在醫院的最後一個夜晚，父親不再講故去的人，而是先後提到了三伯、蘋果臉、桂、小哥、大姐榮、雨生、軍、漢、秀文和玉茹；提到了鄰居芳嫂、李家、張家、劉家、孫家和高家。在這些人中，有我喜歡的，也有我不喜歡的，但父親說：對於你身邊

的人，無論是喜歡或不喜歡，你都得面對，因為這是你人生際遇的一部分；人沒有絕對的好人壞人之分，只有品格能分高下，一個性格溫順的人，不一定是脾氣好的人，一個性格很躁的人，未必不是個善良正直的人。

我問父親：像劉戰這樣的人難道也不是壞人嗎？

父親說，山裡人和城裡人一樣，只能用厚薄來分別。劉戰屬於薄情寡義的人，那是他的家風，也是他的性格，更是他的命脈，但你不能說他就一定是個壞人。

「琴是不該死的，這孩子心最軟，可她，卻做了最硬心人的一件事兒⋯⋯要是她活著，你也不至於受這麼多折磨⋯⋯真想有一天，她能埋回侯家墳地，一個女孩兒家，自己孤零零的，楊樹溝又陰又冷⋯⋯我當時沒腦子了啊，咋就同意埋得那樣遠？！」

突然說到琴的父親，說到這兒就哽噎住了。

我從後面看著父親瘦削得不像樣子的肩膀，眼淚江河水般無聲地落下來。

父親最後說到自己，他說：

「我這一輩子，經了很多事，要是有文化，可以寫幾大本書。我成功的時候少，失敗的時候多。我一輩子最成功的一件事，是把你堂哥寶山的指骨還給了你大大；這輩子最敗興的是，沒有找到你二大的遺骨；現在，我快死了，你闖世面了，這像一草一樹，一枯一榮。闖世面就要懂得為人處世，你的為人我放心了，卻擔心你處世。其實，處世也就是處人。你爺爺教會你大大一個處世的道理，你大大又把這個道理教給我，那就是：不到亡國，亡家，殺妻，奪子的地步，人和人之間就不應該產生仇恨！仇恨能毀人一輩子，兩輩子，甚至世世代代。要是你能做到心裡

沒有仇恨，你的前程和日子就會比別人好過。」

「人要有志氣，志氣是什麼？就是說到做到，這是男人，我發誓戒了藥，現在總算做到了，也給你做個榜樣。」父親補充說。

父親說完這些話後，再沒有主動說過什麼，他的身體虛弱得好像沒有力氣講話了。

這也是我第一次聽父親提到爺爺。

偷偷擦幹眼淚，我真想問父親，爺爺叫啥名字，但我打住了，作為滿洲人，這是犯忌的。

39
父親病故

　　1988年9月21日，父親出院。這一天，距中秋節還有三天。

　　父親好像預感到了自己的大限不遠，也看出我左右為難的窘境，多次催促我結賬出院。

　　這個賬是我沒法結的，兩個多月治療，單間病房幹部待遇，我一個士兵，如何拿得出這筆錢？其實，到今天我也不知道父親當年到底花銷了多少。醫院方面說，部長曾專門打過電話，說先把賬掛一掛。

　　搭去七旅的車到縣城，七旅又派一臺卡車把我和父親送回回鹿山。

　　在縣城工作的蘋果臉未婚妻一同陪著。

　　卡車到了家門口，我才知道，老屋已經被二外甥女秀芝一家住上了。秀芝雖然與我同齡，但此時已經是一個女兒的母親。她三年前嫁給本村青年國鋒，卻與公婆不合，全家就先搬娘家暫住。雨生家沒有多餘的空房，秀芝一家三口就住進了我家老屋。很顯然，父親這個病重的老人不好再住進自己的老屋了。

　　父親就這樣在卡車的駕駛室裡停留了足有二十分鐘。

　　我左右為難，一時不知該把父親安置在哪裡。

這時，軍慢慢走過去，又走回來。

走到車跟前的軍突然對我說：

「要不，先把姥爺放到我家吧！」

這是一個讓我意想不到的建議，也是一個讓我難以接受的建議。軍是誰？軍是我的外甥女婿，可是，外甥女從何而來呢？那是來自大姐的血脈啊！就兩者的親疏關係來說，要送，也應該送到大姐家，她雖非父親親生，但畢竟和我是一奶同胞呀！何況，是他們讓二女兒秀芝一家占了老屋的。

我看了一眼父親，父親滿意地默默點點頭。

我只好妥協了。

把父親放到軍家炕上，他興奮得像一個剛回家的孩子，兩眼竟放出光來。此時的父親，一身藍咔嘰布制服，戴一頂滌卡布單帽，清瘦的臉上泛著一點紅潤，根本看不出是一個久病而行將就木的人。

應該說，父親從來沒有這樣乾淨過，精神過。

等卡車司機用過午飯，父親立即催我隨車上路，儘快趕回部隊。見我猶豫，父親說：

「我一回家，病全好了，有軍和秀文照顧，你再不走，我就生氣了……」

秀文卻接話說：

「再有三天就是中秋節了。就讓小舅在家過個團圓節再走吧。」

其實，我明白，父親這樣急著出院，就是怕我如果無休止地耗下去，會影響到工作和前途。

我並沒有遵從父親的意思。當天我沒有走，不是因為想與父

親多待兩天，而是，我想和蘋果臉在一起多待幾天。

中秋節那個晚上，我和蘋果臉在我童年出沒的山溪旁依偎在一起。兩隻松鼠在溪水的石頭間嬉戲，一隻跳過來，另一隻又跳過去，兩對明亮的圓眼睛既興奮又好奇……

那個晚上月亮很圓，也很冷。農曆八月的回鹿山，常常有雪花飄落，而我卻激動得熱火朝天。那個晚上，我被情愛占據著，我可能會用吳剛折桂和嫦娥化蟾的傳說來討蘋果臉歡心，卻根本沒有想到父親，更不會想到父親還能活幾天。

就是那個北風嗚嗚的晚上，在清冽的山溪旁，蘋果臉懷上了小蘋果臉。十個月後，孩子出生了，不是我希望的女孩，而是男孩……

第二天早晨，趁大家都在外面忙著早飯，父親把我叫到炕前說：

「你來，我還有句話說。」說著，父親拿起手邊的那把哨子刀，「這個，是我藏在家裡的寶貝。昨天晚上，讓軍去找出來。你該留著，是個念想，你二大帶了幾十年，我又帶了幾十年，這是傳家寶啊。」

接著，父親突然壓低聲音說：

「這回沒時間了，下次回來，不管我是活著，還是死了，你都要去響水，在你蘇媽媽墳後的劍石下，埋著你大大、四大和堂哥的骨殖。最重要的，是你二大留下的兩封信，在一個瓦罐裡裝著，你一定要保管好。當年時局不穩，我拿捏不好將來的命運，只好這樣辦了，這件事兒，連你三大都不知道。你以後願意，可

以告訴軍，也可以告訴雨生，如果形勢好，能夠重新埋一回，起個墳頭兒，也算對得起他們了……」

正說到這兒，秀文和蘋果臉進屋擺飯桌，父親打住話。我點點頭，順手把哨子刀放進櫃上的手提包裡。

飯後，我和蘋果臉一同告辭。我對父親和軍說，頂多一兩個月，我就能回來一趟。

父親點點頭。

當我走到大門口時，父親把半個身子從開著的窗口探出來，向我揮著那只大一號的右手，我已經走出很遠，父親還在窗口張望著，微笑著，揮著右手……

第三天上午，我在北京北站下火車，轉乘地鐵回軍區機關。剛一到辦公樓前，通信員就遞給我一封電報。

電報上寫著：父病故，速回。

電報是昨天拍的。也就是說，我離家的第二天父親就病故了。那天是農曆八月十八日。

一進辦公室，處長就對我說：

「你可回來了，趕快回住處收拾一下行李，下午司機小牛送你回天津。再不走，軍務部就通報批評了。」

我在辦公室愣了幾分鐘，腦子麻木得像塊石頭。

半個小時後，我騎車到郵局給姐夫雨生拍了電報，內容也是五個字：回不去，安葬。

不知出於什麼心理，我沒有通知在縣城工作的蘋果臉，當然，我不知道，此時一個新生命正在孕育之中。

與我必須離開氣派莊嚴的軍區大樓相比，父親的迅疾逝去，

已經不能觸動我的情感末梢了。

再回故鄉,是蘋果臉產下兒子後的一個月。

我這才知道,接到我的電報,雨生姐夫、小哥長山、耀祖舅舅和軍共同做主,也算很體面地安葬了父親,沒有按滿洲人的喪俗火化,同時與父親下葬的還有蘇媽媽的遺骨。耀祖舅舅堅持到響水挖出蘇媽媽的遺骨合葬,這是漢人的風俗。

父母的安息地距七號營子很近。在營子西山,一塊U形的寧靜之地。我默默地立在父母墳前。墳頭很大,經過一冬一夏,蒿草長得非常繁茂。

陪在一旁的雨生說,墳頭下父親居中,蘇媽媽居左,母親居右。這是回鹿山一帶漢民鄉村夫妻合葬的喪俗。

父親病故,五道川的三伯沒有來。小哥長山說,三伯年齡大了,走不動,聽說父親走了,就在屋裡長籲短歎了半天,然後獨自到村口燒了幾刀黃紙,以表達對這個五弟的哀思。

沒有人告訴我,父親死時琴姐的丈夫漢來沒來奔喪,此時他早已另娶了女人,有了兩個女兒。

雨生說,來不及打棺材,按父親生前的意願,用我家那口油松堂櫃收殮了。出殯時,孝子的白幡是小哥長山扛的,花幡是二哥忠扛的。送葬的人很多,七里八鄉的,知道信兒的都來了,這是我們沒想到的。送葬的隊伍是一支浩浩蕩蕩的隊伍。

雨生說,喪事在軍家操辦,後廚的苦活累活,主要是秀文和芳嫂幹的。

雨生又說：

「你大姐和孩子們哭得很厲害，很傷心。」

我明白姐夫的意思，滿洲人的喪俗是，如果老人去世，孩子們多，哭得厲害才吉利，才是喜喪。

最後雨生說：

「支客21的是國、劉戰和孫二林。各方面都照應得很好。」

晚上，在秀文家，我仔細詢問了父親臨終前的細節。

秀文說：

「姥爺真得人心。死那天像好人似的，其實和你走那會兒一樣。後半夜突然說心口燒得慌，就輕聲叫醒我和軍，說想喝點鹼面或者蘇打。給他喝了一把鹼面，還不行，就看見他坐不住了。等了一會兒，姥爺就說，軍，秀文，你們兩口子心好啊！秀文，你起來吧，把孩子抱走吧，抱到前院你媽家……」

秀文說到這兒，忍不住哭起來。一邊哭，一邊拽過一旁的女兒玉茹，孩子也跟著哭起來。

我的心一陣陣絞痛，像幾把刀亂扎一樣難受。

軍接過來說：

「直到咽氣，姥爺都明白。秀文抱孩子走後，他讓我快去叫玉茹她姥爺和鄰居老李頭兒，他說他等著他們來，想說幾句話。可倆人來時他就不會說話了，舉了兩次手，也不知道啥意思，然後就看看我，看看玉茹她姥爺，點點頭，又點點頭，眼睛突然亮

21俗語，幫忙接待來賓的人。

亮的。我看出他想說點什麼,就把耳朵湊近他的嘴邊,我隱約聽到『不要求人』。我握住他的手,點頭示意我記住了。不到五分鐘,掉了下巴,就走了,臨死也沒叫一聲,乾乾淨淨的……我,我不服老爺子別的,能在死前徹底戒了吃了半輩子的藥,這是一般人做不到的……」

軍說到這裡轉過身,走出屋外,這個五尺高的漢子竟也抹起了眼淚。

奇怪的是,這回我並沒有眼淚。也沒有想哭的衝動。我突然想起,滿洲人辭世,最大的心願是長子在場看到老人咽氣,這叫送終。軍只是傳說中與父親有血緣關係,然而他卻在父親最後時刻守在身旁。

這是天意嗎?

當然,我知道,父親最後一句話不是「不要求人」,而是「不要仇恨」,這是軍永遠猜不出來的。

姐夫雨生說:

「也沒啥可陪葬的,想了半天,把櫃裡找出的那副竹板又放他身旁了。我想,他年輕時喜歡唱落子,就給他帶走吧……」

我暗暗吃了一驚:雨生果然是父親最知心的朋友。

這時我突然想起劉戰,於是問雨生:

「劉戰為啥一直和我們過不去?」

雨生毫不遲疑地回答:

「還能為啥,他姥爺當兵那些年,他想娶耀祖舅舅的姐姐蘇靈。快到手時,他姥爺回來了!」

原來是這樣。果然應了古語,冤有頭,債有主。現代人說,

世上沒有無緣無故的愛，也沒有無緣無故的恨。

40
家信

通往響水劍石坳沒有路。

披荊斬棘，連攀帶爬，還沒到半山腰，我已經氣喘如牛，大汗淋淋。坐下來歇了兩三次，總算來到劍石坳。

當三四米高的劍石出現在我眼前時，我像被雷電擊中一樣愣住了：這個被故鄉人形象地稱作寶劍的巨石，哪裡是半截寶劍，分明是古埃及的方尖碑！雖然沒有方尖碑那樣高聳入雲，但從坳下仰望時，其直指天穹的氣勢絲毫不亞於方尖碑對仰望者產生的衝擊和震撼！

把鐵鍬放在一邊，慢慢走到劍石下，小心地伸出雙手，剛一觸到劍石，一股沁人肺腑的清涼迅速傳到每個毛孔。

正是上午十時左右，瓦藍瓦藍的天空不見一絲雲彩。陽光把遠山照耀得黃澄澄的。

繞著劍石轉了兩圈，掃一眼石前蘇媽媽那個墳坑，再把劍石兩側並排生長的九棵山柳一一數過，莊嚴肅穆之情油然而生。

按著父親生前所說，我小心翼翼地先鏟開劍石前盤根錯節的藤蔓根，然後挖下第一鍬。

什麼都沒有。一鍬黑黑的濕土，裡面露出野草白生生的根

須，還有幾隻山地昆蟲受到驚嚇，在黑土上爬上爬下。

第二鍬，第三鍬，我耐心而又焦急地挖著。難道，有人知道了什麼，多年前屍骨就被盜走了？或許，之前被來遷蘇媽媽墳的鄉民發現了？……

挖下一尺之深後，出現了碎石。我看出，這不是自然形成的碎石，而是人工放進來的。我的心跳加快了。

清理出半尺深的碎石，一塊青石板終於露出一部分。

把周圍擴展到兩平方米，一個長一米，寬高都在六七十公分的石匣完全暴露出來。

這是一鑿鑿，一錘錘打磨出來的精美石匣。我知道，這樣一個青石匣，一個好石匠，得鑿一個月或者更長時間，而我也知道，靠父親一隻好手，完成這個工程是不可能的。

我費力揭開石匣蓋，裡面又是一木匣，是最上等的油松木，全卯全榫，嚴絲合縫。

再打開木匣，兩副人骨乾乾淨淨地呈現眼前，兩個頭骨、其他是天骨、肱骨、股骨、脛骨、橈骨、肋骨……像被一一數過，整齊地排列在匣中。我知道，這就是大伯和四伯。

在木匣一角，一個深褐色瓜形陶罐安靜地臥著。

我跪下，脫下上衣鋪在地上。然後取出陶罐，輕輕地掀開蓋子，把裡面的東西一件件掏出來，放在上衣上。

一個熟牛皮袋，裡面裝著兩節指骨。一枚青天白日徽章，兩枚黑色塑膠紐扣。

另外一個鴿子蛋大的東西，由防潮的油氈紙包了四五層。

打開來，黑糖似的一團。這是鴉片，俗稱大煙膏。

最後一個疊得四四方方的薄片，也由四五層油氈紙包著，打

開來，是家信。

　　信是兩封，各兩頁，用同一種紅色豎格棉毛紙，藍色水筆行楷字。字寫得遒勁端正。

　　其中一封全文：

張師長澤勛鑒：

　　三十年[22]六月，中條山一役，師長軍孤軍馳援，以決死之心，救敝部及98軍將士於死境，余感懷日日，98軍上下，亦以奮戰殺敵感恩。是役後，轉戰南北，屢殲日倭精銳之師。然兩黨積怨太久，本可共建新政，民享太平，不料內戰爆發，昔日同仇敵愾、英勇抗倭之情境已成回憶。錦州之困，貴軍行動之快速、炮火之猛烈、官兵之奮勇，足可預見錦州乃至東北之成敗。餘為軍卒，死而無憾，然見范長官及眾袍澤眷屬，尤以婦孺甚，驚恐萬狀者，偷偷飲泣者，嗷嗷待哺者時時可見，於心不忍，愴然淚下。今不顧軍中禁忌，舍余一人之尊嚴，遣可捨生取義之葛副官忠亮見師長，望在西南角門放半條生路，余親率騎兵百騎護衛眾眷屬，於明日申酉之際突圍出城，假道葫蘆島或菊花島，或可逃命。護衛之騎，皆為跟隨敝下多年忠勇，無一貪生怕死之輩。余戎馬半生，身領將銜，受黨國澤芳多多，從來不敢一事懈怠，更無一己苟活之道理，惟有此一己私念。余乘白馬，背負三子，懷抱幼女，已有同歸於盡之悲決。余深知此舉於師長不公，甚至殘酷，此信一旦旁落，極有可能置師長於死地，此乃我萬死不抵之

────────────────

22 中華民國三十年，西元1941年。

過。胞弟鎮彩（一慈）受師長恩惠多年，膜拜景仰，願為生死。當年本可隨我南下，卻能斷胞情取友誼，足見忠誠。可歎兩軍反目，失去聯繫，不知生死。若仍在麾下，可委此任。日月穿梭，江山易改，真希望，國共兩黨能渡盡劫波兄弟在，相逢一笑泯恩仇！謹代表或可餘生的軍中婦孺再申謝忱，祝師長康泰百益。

　　侯千慈敬禮

　　　　　　　　　　　　　　　　　　　　　　十月九日

　　另一封全文：

一慈五弟臺鑒：

　　提筆呼喚汝名，不覺悲從中來！經年硝煙翻滾，槍彈如織，有多少袍澤兄弟橫屍沙場，死不瞑目。汝和侄兒寶山被大哥萬慈送入軍中，孰幸孰不幸一時難說。寶山已死，中條山上有其遺骨忠魂，為國捐軀，死得其所。恍恍之間，七載已過，兄實不知汝生死。若生，見信如面；若死，安祝亡靈！

　　上祖居寬城，為多舛之家，亂世之民不如太平雞犬，大哥萬慈因此一意孤行，帶眾兄弟背井離鄉，落腳塞北。那是蠻荒之地，民風不淳，文化貧瘠，兄於此地度日如年。兄少年飽讀詩文，立志報國，無奈只能背棄兄弟，一走了之。此乃正是兄無顏面對胞兄胞弟之難處。後終於和大哥有家書往來，然三年前突然中斷，不知何故。兄想塞北山高林密，為共黨出沒之地，以蔽兄身份計，家人或想主動放棄聯絡。

　　日倭投降後，國共衝突再起，兄從軍十八載，內戰之苦歷歷

在目，頓生退意。遂去職官長，想告老還鄉。然此時卻發現無鄉可還。躊躇猶疑間，佳時已過，以至不能全身而退。此次兄以高參一職，奉命協助范長官固守錦州，觀東北戰局及馬鏡如長官態度，錦州五七日必破。共軍炮火傾盆而下，城中百姓已無人關心生死。兄萬念俱焚，又見軍中老弱婦孺眷戚驚恐悲號，遂遣捨命葛副官忠亮，冒死給張師長澤下書，求他於西南角門放半條生路，於明日申酉由兄親率百騎護衛婦孺突圍。現實情告汝：突圍是真，兄卻不在百騎中。身為党國將領，兄決以全部犧牲以報國家養育，為國戰死，事極光榮。如汝先獲此信，同時附有寶山遺骨遺物和一塊煙土。寶山遺骨遺物，若能回歸長兄萬慈處，乃蒼天有眼。煙膏備汝傷時止痛，如遇大辱不過，亦可全吞守節。另信可直呈張澤師長，以師長當年中條山之義勇，必能審慎定奪。

汝少時頑劣，最不愛讀書，這是長兄萬慈之心病。汝既步余後塵，投身行伍，也未必錯誤，但軍人最講忠誠守信。日後如在軍旅，應精研曾滌生[23]家書，於國於家於己大有裨益。

槍炮聲緊，萬語千言自不待言。可悲一奶同胞，卻成敵我恩仇。長兄萬慈曾不滿余拒談家事。今亦實情相告：兄無家室，更無子嗣，呈張師長信中所及「背負三子，懷抱幼女」，實為博師長足信並同情爾。兄平時無積蓄，多餘薪俸已廣濟各地寺院僧眾。因自知有愧宗祖父兄，心中惴惴，故不敢早報實情。此役之後，若得活命，將遁入空門，贖百罪於拂塵。若死，亦不求名冊，不存屍骨，滾滾紅塵之中，兄不過一微小粒子耳！望五弟珍重！

23曾滌生，曾國藩號滌生。

二兄：侯千慈握手

民國三十七年十月九日

把兩封信連看了兩遍。內心已經平靜如水。

趁著太陽西斜，我重新把親人的遺骨遺物一一有序地放回原處，一如當年父親的虔敬和仔細。在把堂哥寶山的指骨放回牛皮袋前，我在右手心中握了又握，沒有特別的感覺，與我的手掌溫度一樣，不涼也不熱，像握著兩枚木質的軍棋子。放回帽徽前，我把兩枚黑色的紐扣先放進陶罐，然後十分仔細地端詳著這枚異黨的帽徽。我數了數，青天之上的白日光芒一共十二條，不知道十二條日光蘊含著什麼。在帽徽的下邊沿，子彈滑過的凹陷處，彩漆剝落處已經生銹，其他地方該藍的藍，該白的白。

對於兩封信，我曾猶豫一下，想拿走另外保存，可我隨後放棄了這個想法。我按原來的折痕折好了，用油氈紙再次一層層包好，小心地放入陶罐。

最後，我舉起那塊鴿子蛋大小的煙土，對著西山頂上那枚蛋黃般的太陽照了照，根本不透明，初看膠狀的紫紅色，我以為會像明膠一樣透明的。用油氈紙包好前，我又放在鼻子底下聞聞，有一股陌生的味道，說不出來，有點像麻油味，又有一股地羊的土腥味。這時我想，父親用藥多年，為何一絲一毫不肯動這塊煙土？

想到這兒，父親夜晚吸旱煙那個煙霧彌漫的場景突然一閃而過，我的心劇烈地抖了一下，趕緊把煙土放進陶罐。

蓋好陶罐，放入木匣，木匣再放入石匣。

　　把石匣原模原樣地移回去，緊貼著劍石。再把碎石、黑土一層層填好。

　　我沒用腳踩實，而是跪著，用雙拳一點點摁實，每摁一下，都覺得像和堂哥寶山握手。

　　一切妥當後，夕陽落山，餘暉之下。高高的劍石上半截立即被染成了油畫般的橘紅色。

　　正巧，一隻山鷹從山峰後飛來，它沒有飛向旁邊任何一棵山柳，卻徑直落到劍石頂上，等它發現跪在石下的我，嚇了一跳，立即拍打雙翅飛了起來。

　　我立起身，環顧一下如黛的群山，天地間一片靜穆。除了頭頂那只盤旋的山鷹外，確信沒有人看見這裡發生的一切，我松了口氣。

　　我心想，這是一個家族的祕密，我要守口如瓶。

　　「沒有祕密的家族，不能稱其為家族。我不會聽從父親的建議，我既不會告訴軍，也不會告訴雨生，我永遠不會對外姓人講的。」

　　我對自己說。

41
不要仇恨

　　時間過得真快，眨眼之間，父親病故整整二十三年了，原本想好好寫寫父親，但父親人生最光彩絢麗的時候，我還沒有出生，那是他當戰士和生產隊長時期的事情，內容多與戰爭、殺戮、死亡、生產、糧食、開山造林和女人有關。我其實不想用道聽塗說和想像來寫父親，那是小說家的本事，我只想寫寫我親眼看到的，或心靈感受到的——而這些，恰恰是最瑣碎而無趣的東西。但我只能這樣了。

　　如果大家希望我用最簡潔的話概括一下父親，應該是這樣：

　　父親四十五歲前有兩個名字，兩種生活，故事是傳奇而迷亂的，包括戰爭經歷和情感世界；四十五歲後，父親只剩下一個名字，這時他成為真正的鄉民，但他卻只有農民的樸實而缺乏農民的勤勞；父親一輩子崇尚知識，卻沒認識多少漢字；父親不高大也不醜陋，他留給子孫的最大財富，是寬廣的胸懷和善待他人的品格。

　　「不要仇恨」是父親留給這個世界的最後聲音。

跋一
寫出心中灼人的溫暖與疼痛

汪守德（作家、評論家）

　　一讀到侯健飛的《回鹿山》，我就被深深地吸引了。我感到一部真正好的作品，應該有一種迷人的力量，吸引著讀者不忍從書本之中抬起頭來，而《回鹿山》正是一部這樣的作品。作者或許讓我們相信，每個人都有屬於自己的歷史，也都在心中隱藏著一份巨大的祕密。當這份祕密隨著時日的遷延而不斷地發酵，並且有朝一日把這一切以灑滿陽光的筆墨，毫無保留地敞開來告訴他人，坦然地同讀者一起來分享時，便可以在作者與讀者心靈之間搭起一道訴說與溝通的橋梁。從侯健飛這樣一部可以稱為真正文學作品的問世，在中國的文學地圖中增添了一個叫回鹿山的地方。我們隨作者走進往事如煙、人生蒼涼、情意彌漫的回鹿山，認識了一個曾經廝殺疆場、後卻被生活苦難重重包圍的軍人父親，瞭解了一個鄉村青年苦澀而坎坷的成長道路和心靈歷程，體驗和感受到一個作者寫出的那種屬於生活所分泌的灼人疼痛與溫暖。

　　一切都與從戰場神祕歸來卻又寸功未立的父親有關，作者的命運似乎從一開始也就因此有了某種必然的定數。作者正是以這樣一種切入打開敘述的閘門，引領我們沿波討源地去尋找與發現普通而又非凡、百折千回的人生景致。處於時代劇烈變遷中的每

個個體，其人生軌跡本來就可能被歷史風沙塑造成無窮個版本。但父親的版本則只有一個，那就是出生入死卻無功而返，莫名其妙地回歸鄉里，這對於大歷史中的具體個體而言也可謂屢見不鮮、平淡無奇。然而按歷史向上的邏輯來判斷，父親的命運走向和結局並沒有體現為論功行賞這樣一種司空見慣的因果關係，他成為一顆被甩出正常運行軌道的星。作為一名曾經身披硝煙的軍人出現在人們視野中，前史與現實的對接是難以進行的，他在部隊的行跡在鄉親們看來顯得頗為可疑，因此也就自然給人們留下了巨大的懸念與猜測。而且在他回歸鄉村的人生中，因性格的某種乖張特徵以及非常的婚配，使其在一個平常的鄉村顯得另類得有些不可思議。因此父親這一角色對於兒女們來說，既是恐懼與溫暖兼具的天然蔭庇，又像頭頂籠罩著的灰色陰影。這也奠定了作者的整個生命、生活、成長的基調，也始終成為作者一生無法克制的仰望與探尋。

父親對於每個人的意義都是無與倫比的，這不僅是血脈意義上的，更是精神、心理和情感層面的。侯健飛當然更不會例外，由於擁有那些苦難的過去，甚至與父親之間的聯結更是錐心切膚的。因此作者經過多年的積累與思考，以凝重的筆墨將父親寫出，就為讀者還原了一個生活原態的、令作者恨愛交加的、具有濃厚文學意味的人物形象。正因為作者與斯人已逝的父親拉開了生命上與時空上的距離，沉澱發酵之後的生活似乎散發出更為濃烈的、甚至有些訴說不清的複雜滋味。作者以仰視、平視乃至俯視的角度，來觀察和描寫父親的不同側面，以類似於三維的立體透視，為我們掃描出的是作為一個父親的骨骼、血肉甚至氣韻，我們所認識的是一個在那樣的生活年代個性鮮明而又真實無比的

人。是生活與戰爭共同造就了他的性格，使他的血液中融入了某種堅硬的物質，留下了戰爭的清晰遺痕。但歷史本身的緣由和生活的淩厲與無情，使其不得不像一隻被拔掉爪牙的猛虎，蜷縮在這個叫回鹿山的地方，在無奈舔拭自己傷口的同時，一任歲月把他逐漸風化和銹蝕。但父親作為生活與作品中一個獨特的形象，既有其「高光」的部位，如他的性格的剛強與暴烈，他狩獵野物時的卓越技巧，他在許多問題上的通達智慧和頗具眼光，他以自己的方式表達著對各個親生和非親生兒女的愛等等，都讓人覺得他終究並不缺少作為一個老軍人的風骨。當然作者更寫出了父輩的最隱祕的甚至是見不得人的地方，如與除母親之外的其他女人相好，為減輕身體的疼痛而偷偷注射用作鎮定的「毒品」等，這些不名譽的行為在鄉村生活的小圈子裡，自然遭到人們的指指點點，使兒女們在人前抬不起頭來。然而，正是這種行為乃至品格之短才構成一個人物的真實所不可缺少的「暗部」。作者並非是以審父意識來剖析自己的父親，而是描寫既屬於父輩，也屬於自己的那種難以分割的人生，並把心中最為疼痛和灼熱的東西，以最為譏刺和曠達的文字寫出來，讓讀者一起來經歷和承受對於人物的那份直抵肺腑的揪心和感動。

由此可以認為，跟隨描寫父親筆墨的逐漸推進，侯健飛把一個真實的自己也毫無保留地袒露和刻劃出來。作為父母再婚而姍姍來遲的幼男，作者自始至終處於一種複雜的關係之中，這也註定了作者比常人具有更多一份對於血緣與親情的想像與體驗。而生活之路佈滿的艱辛與坎坷，如埋伏於青春歲月的饑餓，讀書求學的不上進，親人的恨鐵不成鋼，他人所由無端的輕視，心嚮往之卻慘遭失敗的初戀，至愛兄姊的齟齬與離散，生活無著時以

畫畫或做小生意謀生，諸如此類組合式的挫折與苦難連袂而來，不僅使其少年之心傷痕累累，更賦予其明顯的愁悶憂鬱的性格。作者在作品中進行著直視靈魂的書寫，那種生活的困頓與未知，那般人生的尷尬與無奈，那些丟人顯眼、令人氣短的舊事，都被作者以坦率與真誠之筆一一道來，幾乎到了難以置信的程度。但作者時刻充滿自省色彩的內心，無疑是其成長與勵志的不竭泉源，因而終究憑藉父親的過人眼光和自身富於才情與堅忍的努力追求，最終做出走上從軍之路這一重大人生選擇，也終於使其走到了頗為光明敞亮的今日。一個作者敢於自揭其短，把過往隱祕甚至難以啟齒的糗事全都曬將出來，該需要多麼大的勇氣。但當作者將其娓娓道來時，我們看到的是一個鄉村少年酸楚艱難的人生歷程與心靈跋涉，看到的是一個性格憂鬱內心卻注滿陽光的形象，看到的是一種真實且具人性光芒的力量。

《回鹿山》還寫到了更多與自己血肉相聯的人物，如母親、琴姐、小山哥、大姐榮等，這些自然形成的倫理人常都因為深刻的親緣關係，構成了作者五味雜陳的生活世界與情感世界。他們都是曾經或依然存在於生活中的真實原型，當作者以不加雕飾的筆墨將他們還原時，我們觸摸到的是那種底層人物清晰的生活質感和時代印跡。他們每個人都經歷著重壓之下的艱難生存，每個人都有著自身的獨特欲望與訴求，每個人也都書寫著自己熱望與苦難交織的歷史。由於血緣與生活同作者的距離是如此之近，因而他們的生生死死與喜樂哀愁，無不深深地撞擊甚至切割著作者敏感而脆弱的心靈與神經，也都在作者的內心產生創深痛巨、極為複雜的情感糾結。耐人尋味的是，在這些人物身上，作者傾注了怨懟與寬恕、疼痛與愛憐的雙重筆墨，把她們的秉性與命運以

挽歌式的、或諷諭式的筆調慨然寫出，便讓那些應是不堪回首的記憶幻化為動人心魄的意蘊和餘韻。作者這種對於往日生活苦澀與甘甜滋味的反芻與咀嚼，這種從心底蒸騰散發出的熾熱沉重的情感分量，充分反映出作者雖經磨曆劫，依然具有一副情志不改、宅心仁厚的古道衷腸。

《回鹿山》或許是一種介於散文與小說之間的文體。其實我們在閱讀過程之中常常處於對文體忽略的狀態，因為文體的分野理應服從於作者抒情達意的需要，而寫真實的心靈和人生的作品總是感人的，它讓你疏於糾纏其究竟應歸於哪類文字，而被作者在作品中反映出的文學追求、寫作態度和描寫能力所折服。我們有理由相信，這個被稱作回鹿山的地方，是作者出生之地，也是心靈錨地，其重溫和回首往事的過程，是其重新審視心靈、實現靈魂救贖和精神重塑的過程。彌漫在作品清醒、冷峻而苛刻的文字中，是作者對父親、對所有親友、對那片土地、甚至對自身所走過的那些歲月的揮之不去的眷戀。我們從中可以感受到作者對自己生命和情感源頭的父親永遠的敬畏與痛惜，感受到作者對生他養他的那片苦難之地永遠的惦記與牽念。正因為作者對最熟悉的生活和最神聖的情感進行某種具有經典意味的描寫，讓我們對回鹿山由陌生漸漸變得熟悉，印象隨之清晰深刻起來，心靈也因之變得異常的空明與澄淨。我們同樣有理由相信，苦難是產生文學的真正源泉，當作者飽嚐失意與酸辛之後，一個真正的作家所應持有的性格、境界與情懷便可能悄然孕育而成。通過對苦難進行長久而悉心的回味，便綻放成美麗絢爛而又含有異香的花朵，使這部字數看似不豐的作品，顯現出一種彌足珍貴的文學厚度和氣韻。

跋二
人在軍旅 痛在故鄉
—— 簡評第六屆魯迅文學獎獲獎作品《回鹿山》

朱向前（教授、評論家）

近百年來，學者們在建構文類學時，經過魯迅、周作人、胡適等前賢的努力，隨筆小品、雜感、美文雖然最終進入文學聖殿，成為包括詩歌、小說、戲劇的「四天王」之一，但在某些作家批評家和讀者眼裡，散文仍然低人一等，像個「文學隨從」。其實，散文在中國的歷史源遠流長。千百年讀書人博取功名、立言載道的文章皆屬散文，其中經典迭出，光鮮不朽，影響巨大。然而，現當代散文的創作和成長忽冷忽熱，應當得到各界進一步重視。

第六屆魯迅文學獎落幕之後，不出所料，眾媒體仍然聚焦在個別「爭議」作家和作品上，卻少見對獲將作家作品，特別是新人新作的評論報導，這是一條不太健康的彎路，對文學發展不利。儘管我非常不願意再以「殺出一匹黑馬」來老生常談軍旅作家侯健飛和他的獲獎長篇散文《回鹿山》，但文壇突然殺出的這匹黑馬著實讓人眼前一亮。

以我多屆「茅獎」、「魯獎」評委的經驗觀之，隨著評獎時段的拉長和獲獎名額的減少，獲獎難度在增大，有點開始從評作

品向評作家轉的趨勢。這從第八屆茅盾文學獎得主莫言、張煒、劉震雲、劉醒龍等人身上初見端倪。以此觀第六屆魯迅文學獎，亦有此意。我總結為三條「獲獎元素」：江湖名頭或資歷、本時段有扛鼎之作、有較高的人緣或人氣指數。而這三條，侯健飛兩頭不沾，只有作品一條似乎靠譜，但能否「扛鼎」，還須辨析。

《回鹿山》是一部原創長篇敍事散文，寫父與子的關係。作家以深沉壓抑、欲說還休的複雜情感和凝重、準確、平實乾淨的語言，優美且意味深長的文學意境征服了絕大多數評委，從二百二十多部參評散文中脫穎而出，直至最終勝出折桂。應該說，這個題材或主要人物（父親）是混沌難言、不易駕馭的。所幸作家摒棄了主題先行或思想預設，他只是尊重人尊重感情，回到原生態，操持客觀、理性、冷靜的立場與距離，還原生活與人物，探測人生的廣度與深度，使人讀後五味雜陳。此作主題、人物都不好提煉，難以歸類，這恰恰是作品的成功之處，不落窠臼，別開生面。

真情和抒情是散文兩大特色。好的散文是真情，但真情還需要深沉，情到深處，自然而發，如清泉絕頂，汨汨而流。直抒胸意更是方家慣用手法之一，然而，令人怦然心動又長久難忘的抒情，恰恰不是急風驟雨式的表白，也不是撕心裂肺的吶喊，而如遠古笛音，千回百轉，高高低低，又戛然而止，此處無聲勝有聲。《回鹿山》深情如此，抒情也如此。寫父親，十幾萬言，卻沒有一句甜膩之語，這恰好是中國式父子關係的真實寫照。在西方也是，父親和兒子的感情是截然不同的，父親愛的是兒子本人，兒子愛的則對父親的回憶。

有觀點認為，沒有哪個人真正瞭解自己的父親，但是，我

們大家都有某種推測或某種信任。《回鹿山》裡的兒子，正是由
於少年無知、缺少信任導致父子隔膜。開篇不久作者就寫道：
「我不曾真正愛過父親，不知道這是父親的悲哀，還是我自己的
悲哀。」這種過來式的確定表白，出人意料，一下子把親情定位
在理性、客觀、疏離的框架中，以致在描述父親種種時，只「奇
怪」地寫到父親那些令人很難忍受的缺陷：狂躁、陰鬱、潦倒、
依賴麻醉品，甚至還寫到與母親之外的另一個女人──這種自暴
家醜式的描述，不僅使作者的情感表達五味雜陳，也緊緊扣住讀
者的心弦。當一個作家以這樣「冷」的視角講述親情、還原生活
真實狀態時，距離感產生了別樣的閱讀審美。

　　換句話說，《回鹿山》真誠的寫作態度成就了作品的生命力
度和亮度。一部作品，能夠打動人的關鍵在於，讓讀者在閱讀的
同時產生對照或者參照，或者是類似聯想。我讀《回鹿山》正是
這樣。一部文學作品能夠勾起人們的對親情的那點回憶，能夠引
發真情在心靈深處的宣洩，這部作品無疑就是成功的！還有什麼
能比一個不是自己的故事卻讓人聯想到自己；一個別人的父親、
別人的姐妹、別人的弟兄讓人想起自己的兄弟、姐妹、父親，這
就是作品的真誠價值所在！魯迅的《一件小事》、巴金的《隨想
錄》、盧梭的《懺悔錄》都是真誠寫作的典範。此其一。

　　其二，《回鹿山》語言的凝練、平實、有張力並具人生哲
理，這在精短文章中很容易做到，但在長篇散文中從始至終保持
不變，是需要功力的。「過去一去不返，人生就是這樣，不管是
對是錯，往事並不能改變。誰都可能用哀傷和懺悔的心回憶故
人，但這並不能真正救贖什麼，我自己也一樣……幸好這些俱成
往事。現在，我再次與父親重逢，平靜而祥和。儘管我在人間，

父親在天堂，父子相距遙遠，可我相信，天堂裡有一雙眼睛總看著我，那是父親的眼睛。」這樣的描述不時出現，令人印象深刻。再如琴姐自殺後，作者寫道「我隱約看見，父親像一截樹樁一樣，站在琴的墳旁。周圍是安靜的春山，成群的雲雀從谷底飛起來，落在半人高的荒草叢中，還有三兩隻號寒鳥隱藏在一棵柞樹上。聽不見雲雀的啁啾，也聽不見號寒鳥的泣叫，清晨的楊樹谷半隱半現在繚繞的山嵐之中。一群藍色的野鴿從山坡上飛下來，又飛上去……」油畫般的質感滲透在字裡行間。

其三，長篇散文寫作借鑒某些小說的筆法和結構，《回鹿山》並非首創，同期並受到各方好評的作品就有彭學明的《娘》和臺灣作家齊邦媛的《巨流河》，但在詳略裁剪、時空交錯和白描手法上，《回鹿山》仍然別具手眼。俯拾皆是的意境之美，或可得益於作者二十多年的文學編輯生涯，在長期的編中學，編中練，一不留神得道成仙。

就這樣，作者將一位父親，一個兒子，兩個都有點兒失落的人的情感糾葛，再加上幾個身世複雜的兄弟姐妹的故事娓娓敘來。作者以哀婉動人的筆觸，再現了回鹿山這個地方紛繁複雜的社會面相，講述了迷惘困頓、身心都遭到摧殘的父親晚景淒涼的生活。作家在扉頁寫道：「這是一個父親的全部而不是一個老兵的全部……」既依稀透露出作者一絲無奈，又乍現一個胸有大局作家的靈光。對政治、戰爭和家族歷史，甚至對父親這個沒有戰功的老軍人，作者都保持自己一份深沉、含蓄而不乏洞見的思考。作者在時代的顯影劑中，始終關注人性的色彩與變化。因而《回鹿山》不僅打動了評委，也還吸引了廣泛的關注目光。

我對侯健飛瞭解不多，只知道他人在行伍，多年從事文學

編輯出版工作，編了很多有影響的好書，被稱作「最具眼光又有激情」的編輯人。但我還聽到另一種說法，侯健飛這個人有點扭巴，有時率真得近乎草莽。無論是褒是貶，這個人已經進入中國文學界的視野，儘管他人到中年，已經不再年輕。近日，我大致捋了一下侯健飛的散文創作，從〈我會不會忘卻姐姐〉、〈致未見面的兒子〉、〈活著的私語及其理由〉、〈字奠〉、〈再見梅娘〉、〈慢慢長大〉等，橫跨二十多年，親情成為他不能割捨的心結，親情散文家的稟賦初見端倪，遺憾的是，作品數量略少。

　　一位父親長眠在回鹿山那條寂靜的山谷，一個兒子永遠無法麻醉的疼痛。親情、傷痛、鄉愁在《回鹿山》裡成為一面黑夜裡的鏡子，照亮日月星辰，照亮江河草原，照亮異鄉人回家的路。侯健飛，一個人在軍旅，痛在故鄉的人，一個真正深諳文學內涵的人，以新穎的靈感和少見的赤誠之心創作了一部散文精品。我們有理由相信，《回鹿山》的出版和獲獎，或將成為中國文學「非虛構」文類寫作的一個拐點。

　　　　　　　　　　　　　　　2014年9月19日於古袁州

《回鹿山》評論摘要

　　閱讀侯健飛的《回鹿山》[24]，我被那發自內心的、毫不修飾的文字所打動，這是一部喧囂時代的「懺悔錄」。

　　我在《回鹿山》中讀到了一種宗教般的虔誠。當然侯健飛的虔誠不是面對基督教的上帝，而是面對自己的父親。

　　侯健飛寫作《回鹿山》，就像是給自己的精神世界裡投入了一塊明礬，它讓混濁的水逐漸澄清起來。這塊明礬就是宗教般的虔誠懺悔。《回鹿山》啟示人們，傳記和自傳的寫作應該打破避諱的咒語，讓它成為一次淨化心靈的「懺悔錄」。如果多一些像《回鹿山》這樣的「懺悔錄」，這個喧囂的時代也會多一些澄明和安寧。

——著名文藝理論家 賀紹俊

　　本書最大的啟發意義在於：我們當善待無名之輩。戰爭年代，在一場又一場的戰役中，許多人倒下犧牲了，只有很少幸運者在戰神護佑下成為人民功臣、國家元勳和集體記憶中的璀璨星斗，被歷史鄭重書寫，更多的人活著回到故鄉，由戰士還原為各

24《回鹿山》大陸簡體字版，由人民文學出版社2012年1月出版。——編者。

式各樣的勞動者，命途不免崎嶇多舛，生活不免暗淡艱辛。他們是無功而返的軍人，卻不等於在戰爭中沒有自己的戰績和作為，他們沒有勛章和可以證明自己「身價」的憑據之類，也壓根沒想過拿自己的「光榮歷史」兌換絲毫的幸福和榮耀，他們在故土完善自己的氣節，並將自己的生命融於故土，不要求評價，甚至連致敬都不需要。

     ——詩人、批評家、《解放軍文藝》雜誌副主任 殷實

  一次又一次，我的眼睛被淚水迷蒙著。自認堅強的我是極少流淚的，在我的成年記憶裡，能使我淚下的作品也只有《穆斯林的葬禮》、《我在天堂等你》和《活著》。我感覺，《回鹿山》就是一部北方版的《活著》。

     ——作家、山東省煤田地質局局長 高洪雷

  父與子，一對說不清是愛還是恨的前世今生的冤家，文永無完結的話題。《回鹿山》作為一部紀實體作品，無論結構、語言、敍事和人物都給人以親切真實的感覺，讀者在閱讀中不知不覺被藝術之本真所感染，這也是文學的魅力。

     ——作家、原解放軍文藝出版社副社長 黃國榮

  寫「父親」的作品很多，要出新可不容易。侯健飛的長篇散文《回鹿山》是又一部關於「父親」的作品，卻顯得與眾不同，

能見出新意。作家以一種很複雜的情感表達了對父親的認識、體味和敬畏，牽動著我們的心緒。《回鹿山》通過對「父親」這個有著豐富層面的形象的塑造，讓我們進一步認識了那些普通人，認識了那些看上去被排除在「歷史」之外的小人物，那些承受著生活苦難的人們身上所具有的歷史力量。這種力量一定不是我們這些「高貴」的人所賦予的，而是他們本身就能不斷產生的。我們能從他們那裡得到力量。

——文藝批評家、作家出版社總編輯　張陵

　　我瞭解《回鹿山》周邊的鄉民，甚至在日常生活中都會和來自那裡的人相處。時常讓我感動的是，他們保持著近乎笨拙的真誠，保持著近乎愚昧的寬廣胸襟。無論他們是因沉默而寬廣，還是因倔強而寬廣，因憂鬱而寬廣，但都在內心保持著足夠的容量，存放著本能的善意，這種善意足以抵擋任何苦難的砥礪。這在「五四」那一代鄉土作家那裡，曾經是被「哀其不幸，怒其不爭」的「愚民」、「順民」角色，但當知識份子也接到了地氣，也感知了生活，或許這樣的立場會悄然改變——這隱忍未嘗不是對生活、生命本身的最高尊重，未嘗不是懂得「活著」本質的最善意的自我解脫。或許從這個意義上說，有評論把《回鹿山》喻為「北方現實版的《活著》」也並非過譽。

——文學博士、人民文學出版社編輯部主任　付豔霞

　　書到手裡有一些日子了，一直不敢看。因為這是一位老朋友

的家史。我一向怯於太瞭解一個人，覺得那會給自己帶來很多不想知道的資訊。人應該有知情權，也應該有不知情權。這是一位前輩非常愛念叨的一句話。但還是翻開了，一個兒子對父親的懷念、懺悔、理解、追憶，讓人一下子墮入悲傷，在這種情緒中，每一個人都能從中讀到自己的關鍵字，比如傳奇、懺悔、辛酸、寬恕，我讀到的是悲傷。太晚明白世事的痛苦，太晚瞭解親人的痛苦和來不及愛他的——痛苦。

——《山西晚報》副刊部主任、知名記者 謝燕

作品很少將筆端觸及年輕時的父親，他只是個再平凡不過的鄉民。這個「鄉民」將自己年輕的輝煌深深鎖在心底，他不炫耀，也不爭奪什麼，他一點也不高大，但從未做過一件不夠光明磊落的事情。無論他是從戰場上逃跑的也好，厭惡戰爭離隊也罷，他把自己的操守和信仰留給了回鹿山這片高山草甸。

——北京外國語學院比較文學與跨文化研究博士 劉健

類似《回鹿山》這樣的非虛構作品，2009年至2012年在海峽兩岸出現了具有代表性的齊邦媛的《巨流河》、龍應台《大江大河》和侯健飛的《回鹿山》。《回鹿山》不僅寫下作者前半生的自傳，更重要的，作品透過個人遭遇，觸及了近百年來現當代中國種種的轉折、個人和親人的苦難遭際、家族個人跟民族國家的關聯、作家的悲歡憂患和對戰爭、對人性的深切和溫暖的認知；還有作家解剖自我的勇氣。讀罷《回鹿山》，相信讀者都會

深為書中的憂鬱氣氛所打動。作者筆下的人和事平凡質樸，作品的敍述風格獨特、語言的乾淨、凝煉和準確非常值得提倡和讚揚。《回鹿山》涵蓋的時代，主要是作者參軍之前的青少年時代，那是「歡樂苦短，憂愁實多」的生活，作品中顯現出來的「我」也是在憂愁、憤怒、苦難甚至是哭泣中長大的孩子。然而多少年後，作家竟是以如此內斂、內省、包括懺悔的方式處理那些「舊材料」，文中蘊藏的深情和所顯現的節制，非過來人、非看透大悲大喜、看穿造化弄人、非具有悲憫情懷的人所能做到。另一方面，《回鹿山》最終是一位文學人對一段歷史、一個長輩、一個家族從而也是一個時代的見證。隨著對往事的追憶，作者在書中一步一步艱難地成長，終而有了風霜，有了體悟，有了昇華，有了對更宏大的歷史和歷史之中家族中幾位長輩的認知、對鄉土社會人群種種的世態炎涼，包括傷害過自己和父親的他人的寬恕和體諒。作品的敍述雖讓我們覺得時間流淌，人事沉浮，卻有作者的聲音始終響亮——在這個聲音的引導下，我們與作者一起回顧他的苦難年華——那沉默、清醒、堅韌而勇敢的父親，一生悲苦的母親，沉默而真情的小哥，決絕而美麗的琴姐，有民族大義而又忠勇出世的二伯……《回鹿山》，一部關於靈魂洗禮的書，讓人如此悲傷、如此感動、如此震撼！

　　　　　　——知名文學評論家、研究員、文學博士　于愛成

　　　經常在廚房做家務的時候聽廣播電臺聯播《回鹿山》。我是在不經意間聽到北京廣播電臺這個聯播節目的。我不知道何時開始播放《回鹿山》的，也不知道故事是怎樣開頭的，在我聽到的

時候正播放到作者的一個叫琴姐的去世那段故事，聽著聽著，我不知怎的眼淚竟然在眼中打轉，心也隨之陣陣的酸楚、隱隱地疼痛，是為美麗，亦或是為遺憾，無以言表。

——摘自「靜靜生長的鳶尾」的博文

《回鹿山》告訴讀者：實際上我們大部分人的父親都是普普通通的勞動者，他們在創造社會財富的同時，也用自己或強健、或瘦弱的肩膀為家遮風擋雨。家，是不需要英雄的！家，就是爸爸媽媽健健康康、兄弟姐妹吵吵嚷嚷、一個都不少！哪怕那個爸爸卑微、瑣碎、微不足道。

——摘自「對牛彈琴8906」的博文

一部作品，能夠打動人的關鍵在於讓讀者在閱讀的同時產生對照或者參照，或者是類似聯想，我讀《回鹿山》正是如此。一部文學作品能夠勾起人們對親情的那點回憶，能夠引發真情在心靈深處的宣洩，這部作品無疑就是成功的！還有什麼能比一個無關自己的故事讓人聯想到自己，一個別人的父親、別人的姐妹、別人的弟兄讓人想起自己的兄弟、姐妹、父親，這就是作品的藝術價值所在！真情的解剖需要勇氣，需要淡定的心智，需要無我的境界，需要涵養和大量！

——摘自「蘭州汪泉」的博文

　　兒子學校老師暑期作業要求學生讀三本書，其中有《回鹿山》。兒子讀完後，希望我也讀一讀，特意把這本書放在我的桌子上。晚上收拾完屋子，我開始翻開書仔細閱讀。一個真實的父親和一個真實的兒子躍然書中。是的，這位父親是個平凡的父親，是個再普通不過的父親，但他讓我動容，不禁眼淚奪眶而出。我在想，是不是每個父愛的表現形式都不一樣，但又都是那麼的一樣？！那就是一個父親用他的行動表達著對子女深沉的愛。

——摘自 zhanghongbo 的博文

　　也許是生活中有太多的既得利益者，以小市民的心態，處處表現出對身份低下的農民和農民子弟的優越感而使作者感到憤憤不平和壓抑的原因吧，這就致使作者在《回鹿山》中，以自己是貧苦的農民的兒子的本來身份和紀實的創作態度，為自己當年在對日本人的戰鬥中被子彈擊穿頭蓋骨；又在遼沈戰役中被子彈擊穿腹部而後半生卻在一貧如洗的生活中備受歧視，甚至為了減緩因傷所致的長期劇烈頭疼所形成的藥物依賴症也被親人和鄉人視為毒癮者而被歧視的父親爭鳴，這同時也意味著是為歷史的真實和民主的進步而爭鳴。

　　作為紀實作品，作者的創作不同於同樣是自傳體作品的馬克‧吐溫的《密西西比河上》所描繪的喧囂世態，和高爾基的《我的童年》的那種流離顛沛的生活描寫。前兩者的目光是外向的，並不深入剖析自己；而把作為寫農村題材的《回鹿山》與同樣寫農村與城市巨大差距的路遙的《平凡的世界》相比，兩者也

有明顯的不同。路遙雖然很真實地寫了中國社會普遍存在的城鄉二元結構，觸及了從前文學作品從不敢觸及的農村青年在貧困無奈的生活中很難尋求出路的嚴酷社會現實，為備受歧視的農民階層伸張正義，但路遙對農民被貧困和歧視所扭曲的性格觸及得並不夠深；作品也不同於莫言在《紅高梁》系列中的我父親如何如何的張揚著的浪漫情懷，並以此填補自己作為貧苦農民的子弟而幾乎是於生俱來的那種根深蒂固的自卑；而《回鹿山》對自己的父親、親戚和鄉親都做了嚴厲的審視，對他們的形象不虛美，不隱惡，而對作者自己由於是母親48歲才生的小兒子，所以被大齡父母慣成的好逸惡勞，驕縱自私的性格更是進行了盧梭式的懺悔。作者以細膩的筆觸很深入地揭示了自己和周圍農民的劣根性，體味著親人親戚和鄉親對自己的幫助和關愛，並在家庭一系列變故中表現出了自己從少不更事到自主意識的覺醒，而逐步成熟起來，參軍後拼命學習和工作，對故鄉的家人鄉親由於理解而更加摯愛。這就使這篇為被埋沒者爭鳴的作品腳踏著堅實的土地，折射出了人性的光輝。

　　　　　　　　　　　　　　　——評論家、教授　井瑞

海峽文庫 A0500001

回鹿山

作　　者　侯健飛
封面題耑　陳　軍
版權策劃　李　鋒

發 行 人　陳滿銘
總 經 理　梁錦興
總 編 輯　陳滿銘
副總編輯　張晏瑞
編 輯 所　萬卷樓圖書(股)公司
排　　版　鄭　薇
封面設計　鄭　薇
印　　刷　百通科技(股)公司

發　　行　昌明文化有限公司
桃園市龜山區中原街32號
電　　話　(02)23216565
傳　　真　(02)23218698
電　　郵　SERVICE@WANJUAN.COM.TW
大陸經銷
廈門外圖臺灣書店有限公司
電　　郵　JKB188@188.COM

ISBN 978-986-92915-9-0
2016年6月初版一刷
定價：新臺幣350元

如何購買本書：
1. 劃撥購書，請透過以下帳號
　　帳號：15624015
　　戶名：萬卷樓圖書股份有限公司
2. 轉帳購書，請透過以下帳戶
　　合作金庫銀行古亭分行
　　戶名：萬卷樓圖書股份有限公司
　　帳號：0877717092596
3. 網路購書，請透過萬卷樓網站
　　網址 WWW.WANJUAN.COM.TW
大量購書，請直接聯繫，將有專人為
您服務。(02)23216565 分機10

如有缺頁、破損或裝訂錯誤，請寄回
更換

國家圖書館出版品預行編目資料

回鹿山 / 侯健飛著. -- 初版. -- 桃園市
: 昌明文化出版；臺北市：萬卷樓發
行, 2016.06
　　面；　公分
ISBN 978-986-92915-9-0(平裝)

855　　　　　　　　　　　105007547